# 淡海乃海

## 水面が揺れる時

～三英傑に嫌われた不運な男、朽木基綱の逆襲～

十一

［著］

［絵］



TOブックス

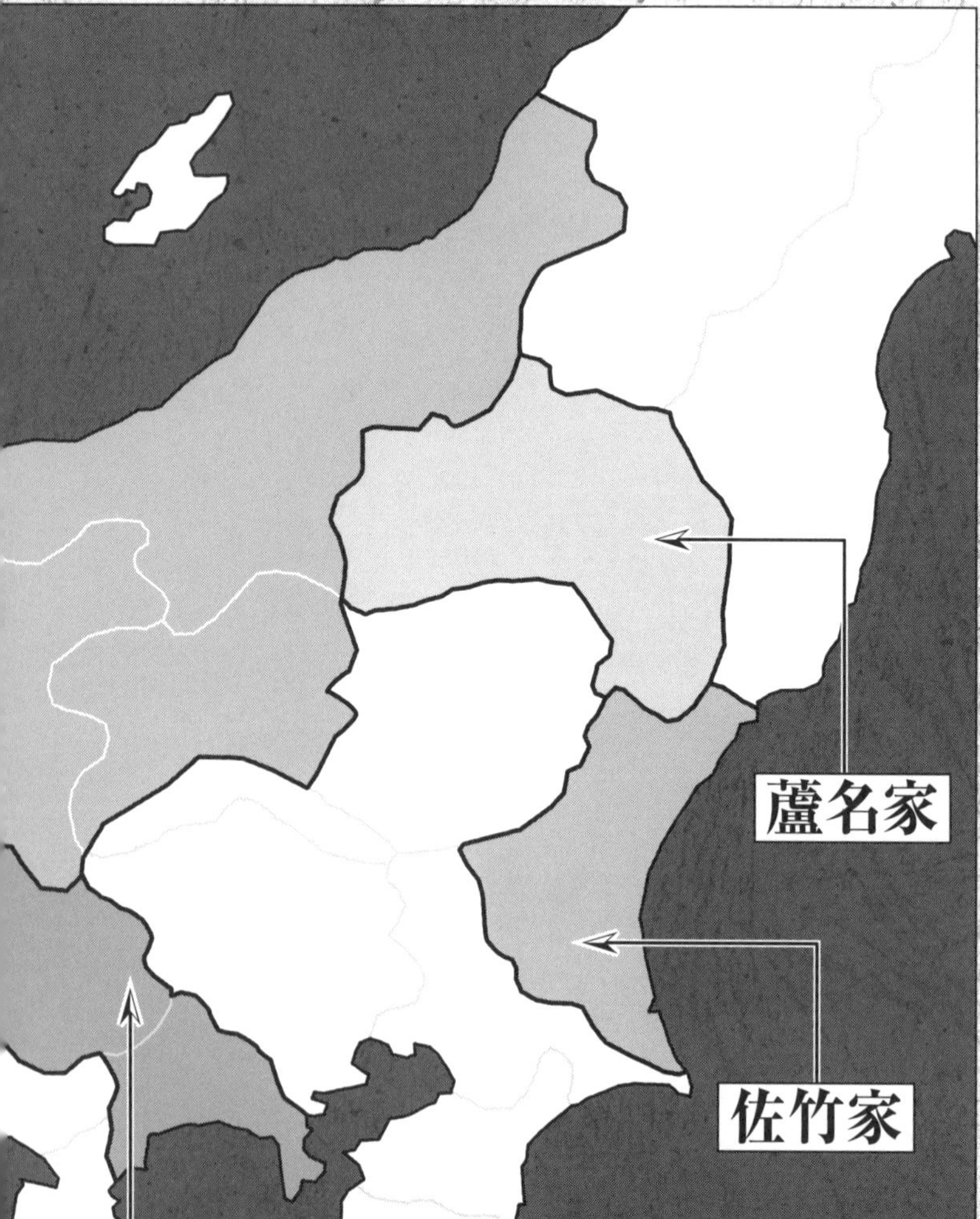

蘆名家
佐竹家
徳川家
太平洋

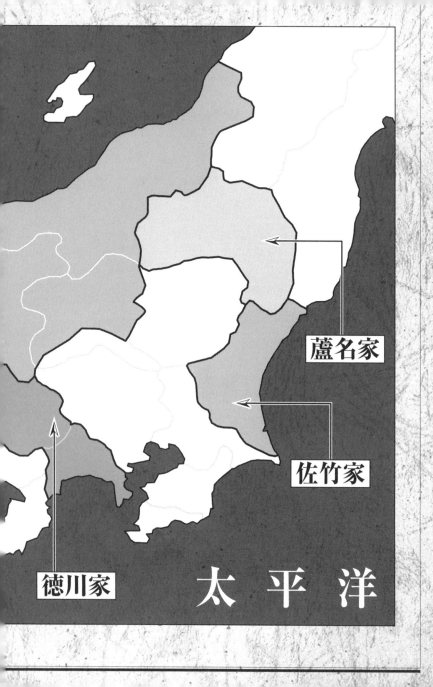

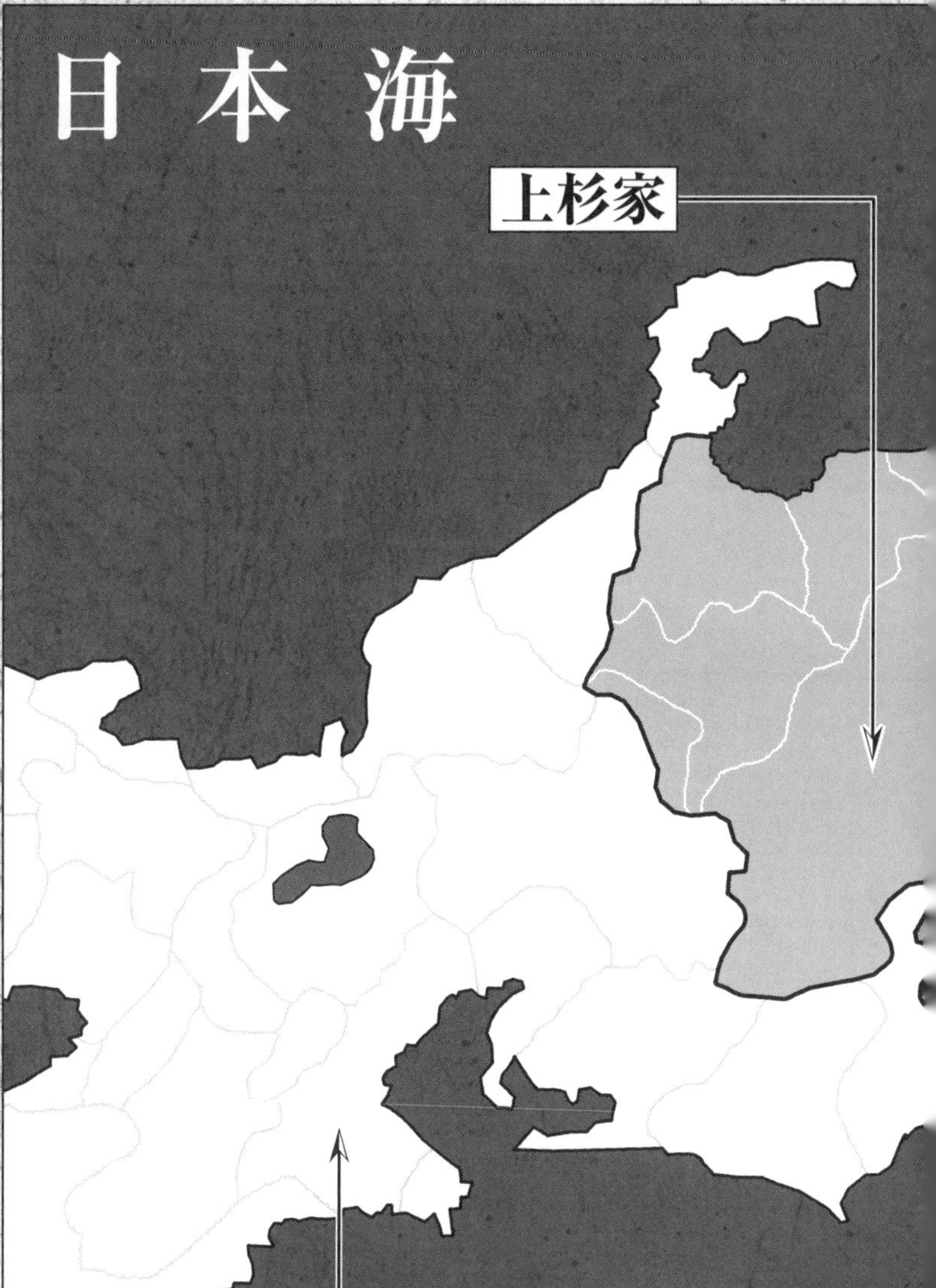


日本国勢力図①
［にほんこくせいりょくず①］

朽木家
琵琶湖
三好家
長曾我部家
太平洋

日本国勢力図② 【にほんこくせいりょくず②】

# 人物紹介

[じんぶつしょうかい]

## 朽木家

[くつきけ]

### 朽木前内大臣基綱《くつききのないだいじんもとつな》

主人公、現代からの転生者。天下の半ばを制し天下統一へと邁進する。家督を嫡男の堅綱に譲り隠居する。

### 朽木小夜《くつきさよ》

基綱の妻。六角家臣平井加賀守定武の娘。聡明な女性。

### 朽木綾《くつきあや》

基綱の母。京の公家、飛鳥井家の出身。転生者である息子に違和感を持ち普通の親子関係を築けない事、その将来を不安に思っている。

### 雪乃《ゆきの》

基綱の側室。氣比神宮大宮司の娘。好奇心が旺盛で基綱に強い関心を持つ。自ら進んで基綱の側室になる事を望む。

### 朽木《くつき》大膳大夫《だぜんだゆう》堅綱《かたつな》

基綱と小夜の間に生まれた子。朽木家の当主。

### 松千代《まつちよ》

基綱と小夜の間に生まれた子。朽木家の次男。

### 鶴《つる》

基綱と雪乃の間に生まれた子。朽木家の次女。

### 黒野《くろの》重蔵《じゅうぞう》影久《かげひさ》

鞍馬流志能便。八門の頭領であったが引退し相談役として主人公に仕える。

### 黒野《くろの》小兵衛《こへえ》影昌《かげあき》

鞍馬流志能便。重蔵より八門の頭領の座を引き継ぐ。情報収集、謀略で主人公を助ける。

### 朽木《くつき》惟綱《これつな》

稙綱の弟、主人公の大叔父　主人公の器量に期待し忠義を尽くす。

### 朽木《くつき》主税《ちから》基安《もとやす》

主人公の又従兄弟《またいとこ》。主人公と共に育ち、主人公に強い忠誠心を持つ。主人公からはいずれ自分の代理人にと期待されている。

### 明智《あけち》十兵衛《じゅうべえ》光秀《みつひで》

元美濃浪人。朝倉家臣であったが朝倉氏に見切りを付け朽木家に仕える。軍略に優れ、主人公を助ける。

### 竹中《たけなか》半兵衛《はんべえ》重治《しげはる》

元は一色家臣であったが主君一色右兵衛大夫龍興との不和から浪人、主人公に仕える。軍略に優れ、主人公を助ける。

### 沼田《ぬまた》上野之助《こうずけのすけ》祐光《すけみつ》

元は若狭武田家臣であったが家中の混乱から武田氏を離れ主人公に仕える。軍略に優れ、主人公を助ける。

## 朽木家譜代

[くつきけふだい]

### 宮川《みやがわ》又兵衛《またべえ》貞頼《さだより》

朽木家家臣　譜代　殖産奉行

### 荒川《あらかわ》平九郎《へいくろう》長道《ながみち》

朽木家家臣　譜代　御倉奉行

### 守山《もりやま》弥兵衛《やへえ》重義《しげよし》

朽木家家臣　譜代　公事奉行

### 長沼《ながぬま》新三郎《しんざぶろう》行春《ゆきはる》

朽木家家臣　譜代　農方奉行

## 阿波三好家【あわみよしけ】

### 三好《みよし》豊前守実休《ぶぜんのかみじっきゅう》

長慶の二弟。長慶死後、家督問題で不満を持ち平島公方家の義栄を担いで三好家を割る。

### 安宅《あたぎ》摂津守冬康《せっつのかみふゆやす》

長慶の三弟。長慶死後、家督問題で不満を持ち平島公方家の義栄を担いで三好家を割る。

### 三好《みよし》日向守長逸《ひゅうがのかみながやす》

三好一族の長老。長慶死後、豊前守実休、摂津守冬康と行動を共にする。

## 伊賀上忍三家【いがじょうにんさんけ】

### 千賀地《ちがち》半蔵則直《はんぞうのりなお》

伊賀上忍三家の一つ千賀地氏の当主。

### 藤林《ふじばやし》長門守保豊《ながとのかみやすとよ》

伊賀上忍三家の一つ藤林氏の当主。

### 百地《ももち》丹波守泰光《たんばのかみやすみつ》

伊賀上忍三家の一つ百地氏の当主。

## 河内三好家【かわちみよしけ】

### 三好《みよし》仙熊丸《せんくままる》

三好左京大夫義継の息子、河内三好家の当主。

### 三好《みよし》左京大夫義継《さきょうだゆうよしつぐ》

河内三好家の当主であったが足利義昭に斬られ死去する。

### 松永《まつなが》弾正忠久秀《だんじょうのちゅうひさひで》

三好家重臣。義継の死後は仙熊丸を守り育てる。

### 内藤《ないとう》備前守宗勝《びぜんのかみむねかつ》

三好家重臣。松永弾正忠久秀の弟。義継死後、仙熊丸を守り育てる。

## 織田家【おだけ】

### 織田《おだ》信長《のぶなが》

尾張の戦国大名。三英傑の一人。歴史が変わった事で東海地方に勢力を伸ばす。基綱に好意を持ち、後年同盟関係を結ぶ。大変な甘党。小田原城攻防戦の最中に病死。

### 織田《おだ》勘九郎信忠《かんくろうのぶただ》

織田信長の嫡男。小田原城攻防戦にて深手を負い死す。

### 織田《おだ》三介信意《さんすけのぶおき》

織田信長の次男、嫡男信忠の同母弟。優柔不断な性格で決断力が無い。弟の三七郎信考とは犬猿の仲。

### 織田《おだ》三七郎信考《さんしちろうのぶたか》

織田信長の三男、嫡男信忠、次兄信意の異母弟。癇性が激しく思慮が浅い。兄の三介信意を軽蔑している。

## 上杉家【うえすぎけ】

### 上杉《うえすぎ》左近衛少将輝虎《さこんのえしょうじょうてるとら》

上杉家当主。元は長尾家当主であったが上杉家の家督と関東管領職を引き継ぐ。主人公を高く評価し対武田戦について助言を受ける。大変な酒豪。

### 上杉《うえすぎ》景勝《かげかつ》

関東管領上杉輝虎の姉と長尾越前守房景の間に生まれた子。輝虎の養子となり主人公の娘竹を妻に娶る。

### 竹《たけ》

基綱と側室雪乃の間に生まれた子。朽木家の長女。上杉家へ嫁ぐ。

### 華《はな》

関東管領上杉輝虎の姉と長尾越前守房景の間に生まれた子。輝虎の養女となり織田勘九郎信忠に嫁ぐ。

### 奈津《なつ》

関東管領上杉輝虎の姉と長尾越前守房景の間に生まれた子。華の妹。輝虎の養女となり竹若丸と婚約する。

# 足利家(平島公方家)

【あしかがけ・ひらしまくぼうけ】

## 足利《あしかが》左馬頭《さまのかみ》義栄《よしひで》

義輝、義昭の従兄弟。義輝の死後、三好豊前守、安宅摂津守に擁立され将軍になる事を目指すが病死する。

## 足利《あしかが》義助《よしすけ》

義輝、義昭の従兄弟。義栄の弟。義栄の死後、三好豊前守、安宅摂津守に擁立され将軍になるが将軍職を辞職する事で義昭と和睦する。

# 徳川家

【とくがわけ】

## 徳川《とくがわ》甲斐守《かいのかみ》家康《いえやす》

徳川家当主。織田家を裏切り北条家を潰して甲斐、相模を領する。

# 朝廷・公家

【ちょうてい・くげ】

## 飛鳥井《あすかい》雅綱《まさつな》

主人公の祖父。

## 飛鳥井《あすかい》雅春《まさはる》

主人公の伯父。

## 目々《めめ》典侍《ないしのすけ》

主人公の叔母。朝廷に出仕。

# 近衛家

【このえけ】

## 近衛《このえ》前久《まえひさ》

五摂家の一つ、近衛家の当主。関白の地位にある朝廷の実力者。主人公を積極的に武家の棟梁へと推す事で天下の安定と朝廷の繁栄を取り戻そうとしている。

# 毛利家

【もうりけ】

## 毛利《もうり》右衛門督《うえもんきょう》輝元《てるもと》

毛利家の当主。毛利陸奥守元就の孫。

## 吉川《よしかわ》駿河守《するがのもり》元春《もとはる》

輝元の叔父。毛利陸奥守元就の次男。弱年の輝元を支える。勇将として名高い。山陰地方を担当する。

## 小早川《こばやかわ》左衛門佐《さんもんき》隆景《たかかげ》

輝元の叔父。毛利陸奥守元就の三男。弱年の輝元を支える。知将として名高い。山陽地方を担当する。

## 安国寺《あんこくじ》恵瓊《えけい》

毛利家に仕える外交僧。朽木の勢力拡大を防ぐために謀略を巡らす。

# 足利将軍家

【あしかがしょうぐんけ】

## 足利《あしかが》義昭《よしあき》

義輝の弟。一乗院の門跡であったが兄の死後還俗して足利義昭と名乗り幕府の再興を目指す。

# 本願寺

【ほんがんじ】

## 顕如《けんにょ》

浄土真宗本願寺派第十一世宗主。主人公を仏敵と敵視する。

## 下間《しもつま》筑後守《ちくごのかみ》頼照《らいしょう》

## 七里《しちり》三河守《みかわのかみ》頼周《よりちか》

## 杉浦《すぎうら》壱岐守《いきのかみ》玄任《げんにん》

本願寺坊官であり、加賀一向一揆の大将。越前に攻め込む。

# ◆勢力相関図[せいりょくそうかんず]

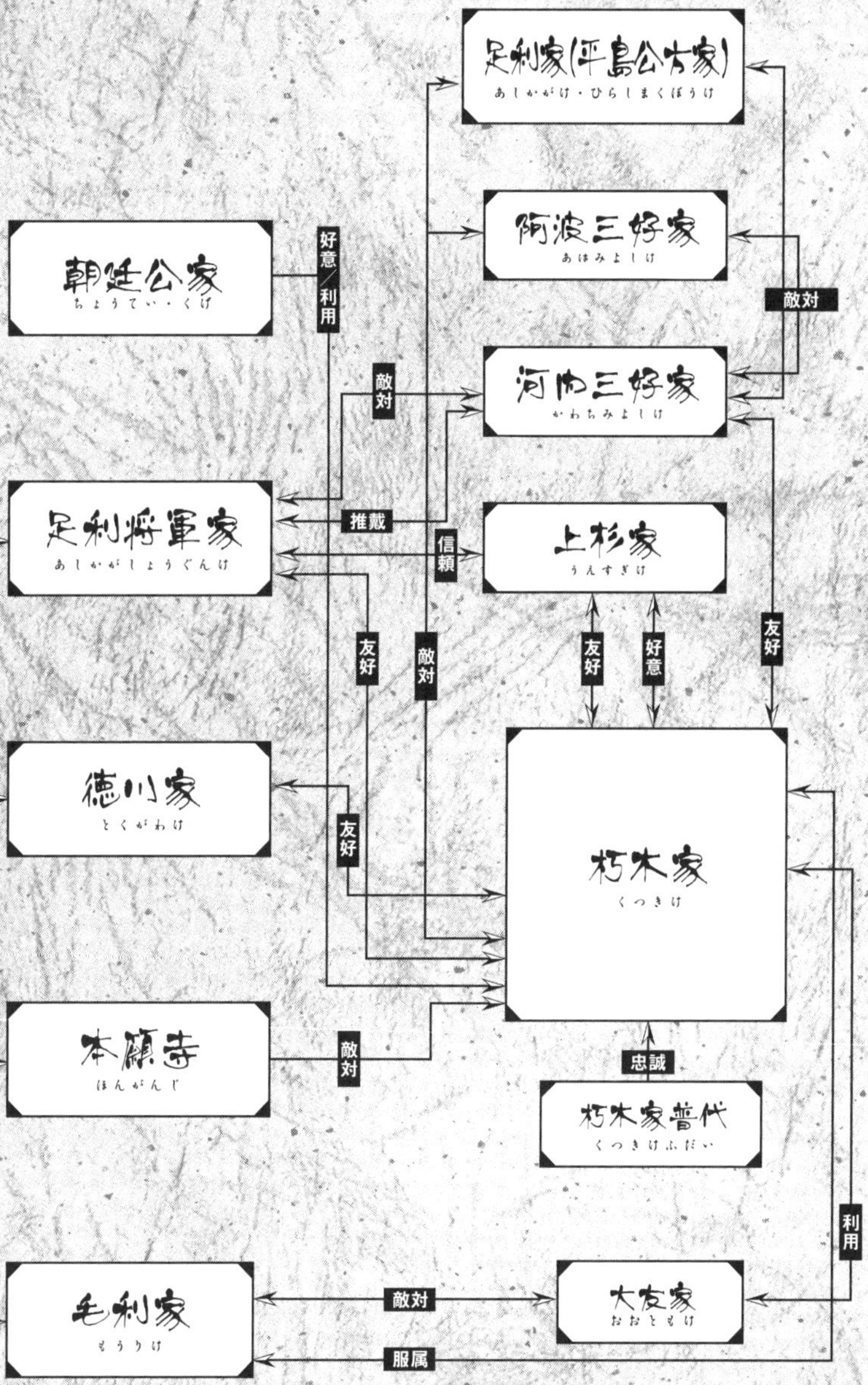

# 目次【もくじ】

懊悩《おうのう》……012
凶報……035
義昭、顕如、そして……。……066
波及……084
遠雷……098
不透明な未来……118
甲斐侵攻……131
心構え……146
四国暗雲……162
次郎右衛門佐綱……185
豊後侵入……217

天下の大権 239
足利左馬頭義尋 259
敗戦 272
鋼斬り 307
消滅 330
豊千代 345
外伝XXI 伯父・甥 359
外伝XXII 真実 373
出張版 応援おまけ漫画 漫画：もとむらえり 386
あとがき 388
コミカライズ6話試し読み 391


あふみのうみ
みなもがゆれるとき

朽木基綱

ILLUST. 碧風羽
DESIGN. AFTERGLOW

## 懊悩《おうのう》

禎兆元年（一五八一年）　十月上旬　　薩摩国鹿児島郡　内城　三淵藤英

指定された部屋で待っているとサッと戸が開いて男が入ってきた。一人だ。

「お待たせしましたかな？」

話しながら目の前に座った。太股《ふともも》が盛り上がっている。太っているのではない、鍛え上げられた身体《からだ》なのだと思った。

「いえ、そのような事は……。御多忙の所、お手間を取らせまする」

頭を下げると島津修理大夫様が首を振られた。色の白い穏やかな表情の男だ。太股の盛り上がりからは想像出来ない。

「いや、こちらも幕府の方とは話をしたいと思っていた。そういう意味では好都合、……ところで内密に会いたいとの事であったが某《それがし》と大和守殿が此処《ここ》で会っている事、公方様は御存知ない。そういう理解で宜《よろ》しいかな？」

「はい」

修理大夫様が〝うむ〟と頷《うなず》いた。薩摩言葉は出ない。その所為《せい》だろうか、口調が余所余所《よそよそ》しい様な気がした。

「公方様だけでは有りませぬ。幕臣達も知りませぬ。修理大夫様にお会いしているのは某の一存にございます」

今度は〝ほう〟と声を上げた。

「お互いに隠す事無く話したいと思いまして」

修理大夫様が〝なるほど〟と言って笑みを浮かべた。

「確かに、左様な余裕は有りませぬな」

「はい、お互いに」

顔を見合わせて頷いた。なるほど、口調が少し変わった。警戒していたという事かもしれぬ。

「修理大夫様は今回の前内府《さきのだいふ》様の隠居の件、如何《どう》思われますか？」

修理大夫様がジッとこちらを見た。〝フッ〟と笑う。

「宜しいのかな？　大膳大夫と言わなくて」

思わず苦笑いが出た。

「この場限りの事にございます。それに大膳大夫と蔑む事に意味が有るとも思えませぬ。違いましょうか？」

「そうですな、意味が無い。しかしその事に拘《こだわ》る御方、意味が有ると考える御方も居る。そうでは有りませぬかな？」

「……」

修理大夫様が微《かす》かに嗤《わら》った。修理大夫様は必ずしも義昭様に好意的では無い。その事を確信させる嗤い方だった。

「さて、隠居の件でしたな」

「はい」

「極めて厄介な事になったと考えています」

「……」

厳しい表情だ。修理大夫様は状況を厳しく見ている。

「息子に跡を譲っただけで無く駿河に移した。つまり東は大膳大夫殿に任せるという事になりましょう。となれば、前内府様の狙いは西、九州という事になる」

「はい。そうなりますと公方様の上洛《じょうらく》の件ですが……」

修理大夫様が渋い表情で頷いた。

「左様、そこが厄介。某はこれまでは島津の面目を潰すための小細工、島津と公方様の離間を目的とした謀略の一つと考えておりました」

「某もそう思っておりました。いや、最初はそうだったのかもしれませぬ」

修理大夫様が〝なるほど〟と頷いた。

「かもしれませぬな。しかし大膳大夫殿が東の抑えになったとすれば別な意味を持ちましょう」

やはりそこに気付いたか……。

「その意味とは？」

修理大夫様が私をジッと見た。

「……大和守殿はお分かりになられぬのかな？」

「……いえ、なれど修理大夫様のお口から聞きたいと思いまする」

修理大夫様が一つ息を大きく吐《は》いた。

「上洛の交渉は朝廷から使者が来て行っております。公方様が上洛を拒めばそれをきっかけにして島津征伐という事に成りかねませぬ。それが出来るだけの態勢が整いました」

その通りだ、交渉の失敗が手切れという事になるだろう。

「かといって公方様が上洛すれば島津の面目は地に落ちましょうな」

こちらも道理だ。しかし……。

「面目だけで済みましょうか？」

修理大夫様の表情が渋い。

「いや、そうはなりますまい。公方様が上洛すれば次に上洛を迫られるのは島津となりましょう」

そうだな、そうなる。

〝これまでは公方様に遠慮していたのだろう。だが公方様が上洛した以上遠慮は要らぬ。上洛しろ〟

前内府様はそう迫る筈《はず》だ。断れば当然だが戦になる。

「上洛すれば当家が琉球に持っている権益は相当に抑えられましょう。そして琉球は今まで以上に前内府様に近付く筈。当家に対する配慮など僅かなものになると思います。琉球との交易が思うように行かなくなれば当家は苦しい。そして国人衆もそんな島津には従わなくなる。それこそ前内府様に近付いて琉球との交易で有利になろうとする筈です」

薩摩に来て分かったのは島津が琉球と密接に結び付いている事だ。島津は琉球との交易で財を得ている。国が貧しい島津はそこに活路を見出している。

「島津は崩壊しかねませぬ」

シンとした。崩壊という言葉が耳に響いた。修理大夫様は相当に追い込まれている。島津は苦しい。

「正直にお訊《たず》ねします、朽木と戦って勝てましょうか?」

修理大夫様が一つ息を吐いた。

「……単独では相当に厳しいかと」

「……」

「龍造寺に働きかけていますが必ずしも思わしく有りませぬ。もっとも龍造寺と組んでも勝てるかと言われれば……」

修理大夫様が首を横に振った。

「お役に立てぬ事、申し訳なく思っております」

公方様も呼びかけているが龍造寺の反応は鈍い。その事を詫《わ》びると修理大夫様がまた一つ息を吐いた。そして微笑《ほほえ》んだ。

「簡単に勝てる相手では有りませぬからな。龍造寺も慎重になりましょう」

そう、簡単に勝てる相手ではない。大名達は前内府様の一挙一動に振り回されている。

「上洛の件、公方様は如何お考えです?」

修理大夫様が私を見た。

「元々は小細工をするとお考えでした。飛鳥井権大納言様との交渉でも上洛の意思は有るが謝罪や隠居は困ると拒んでおられましたが……」

「今は違うのですな？」

「はい、拒否すれば戦になると公方様も見ておられます」

修理大夫様が二度、三度と頷いた。修理大夫様が私を見た、視線が強い。

「では上洛？」

「出来ればそれを避けたいとお考えのようです。しかし避けられぬのならそこに活路を見出すしかないとも考えておられます」

「活路？　そのようなもの、有りましょうか？」

「さて、未《いま》だ見えませぬ。しかし諦めてはならぬと」

「なるほど」

修理大夫様が頷かれた。

「大和守殿」

「なんでござろう」

「これからも時折こうしてお話ししたいものです。如何《いかが》かな？」

「それは願ってもない事」

二人で顔を見合わせて頷いた。これで良し、島津と協力する態勢が取れた。此処から如何《いか》に対処するかだ……。

禎兆元年（一五八一年）　十月上旬　　薩摩国鹿児島郡　　内城　　三淵藤英

「上洛の事だが如何思われるか？」

私の言葉に松田豊前守殿、真木島玄蕃頭殿が複雑そうな表情をした。先《ま》ずはこの二人からだ。大勢の居る場では誰も素直に心の内は話すまい。

「朽木は嫡男が駿河へと送られた。三万の兵力が有るとなれば徳川は抑え込まれたと見るべきでござろう。要するに西へ攻め込めるだけの態勢が整った。そう見なければならぬ。我らとしても此処は腹の据え所でござろう。豊前守殿、玄蕃頭殿、忌憚《きたん》の無い御意見を伺いたい」

豊前守殿、玄蕃頭殿が顔を見合わせた。そして息を吐いた。

「されば正直に申し上げる。これ以上この地で反攻を目指すのは難しいのではないかと思う。天下の大勢は朽木に傾きつつある。残念だが公方様の御為に動こうとする大名は何処《どこ》にも居ない」

豊前守殿が首を振りながら言うと玄蕃頭殿が頷いた。

「今は昔と違う。昔は諸国に居た大名達が公方様に使者を寄越《よこ》した。使者ではなく兵を出せと思ったものにござる。だが我らはその事に相当に励まされていたのでござろう。今ではそのような事はない。日々孤立感が深まるだけだ」

今度は玄蕃頭殿の言葉に豊前守殿が頷いた。二人とも常の強気な発言は出て来ない。内心では相当に参っていたのだと思った。無理もない……。

「ならば上洛を受け入れられるか？」

二人の表情が渋いものになった。

「幕府の存続が保証されるなら迷わず上洛を致しましょうな。しかし上洛すれば幕府は終焉《しゅうえん》を迎えましょう」

玄蕃頭殿の言葉がポツンと響いた。

「大和守殿、豊前守殿、上洛すれば我らはそれを受け入れなければなりませぬ。受け入れられましょうか？」

答えられぬ。私だけではない、豊前守殿も無言だ。

「名前だけの幕府、無力な公方様、どれだけ蔑まれようとも我らは幕臣として誇りを持ち公方様を支えてきた。幕府が無くなれば一体我らのしてきた事は何だったのか……」

のろのろと玄蕃頭殿が呟《つぶや》いた。

「死んだ方がまし、そうお考えか？」

玄蕃頭殿が首を横に振った。

「そうではござらぬ。なんとか、幕府を守る事は出来ぬのかと……。それだけにござる」

「某も同じ思いじゃ。これまで通り、形だけでも良い。何とか幕府を存続させたい、それだけにござる」

豊前守殿が玄蕃頭殿に同意した。

「だが前内府様はそれを許しますまい」

私が前内府様と言うと二人は目を瞠《みは》ったが何も言わなかった。

「上洛の条件は征夷大将軍の辞任、それに隠居、そして京で騒乱を起こした事への謝罪。上洛後に拒めば解任、いやその前に三好、松永、内藤が公方様の御命を奪いましょう」

二人は何も言わない。だが反論が無いのだ。同意見なのだろう。

「公方様に隠居して貰っては如何であろう？」

豊前守殿が私と玄蕃頭殿を見ながら言った。玄蕃頭殿に視線を向けた、玄蕃頭殿は難しい表情をしている。

「形式的な事かもしれぬ。だが公方様に謝罪させる事は御立場的にも出来ないと思うのだ。御本人も嫌がるだろう。隠居した後なら謝罪もし易いと思うのだが……」

玄蕃頭殿が息を吐いた。

「豊前守殿のお考え、悪くは無いと思う。しかし……、公方様がそれを受け入れようか？」

玄蕃頭殿が私と豊前守殿の顔を見た。

「公方様は隠居など認めまい。あのお方は自らが将軍として今一度天下に号令する事を望んでおられるのだ。たとえ上洛しても理由を付けて隠居はするまい」

「命が懸かっておりますぞ？」

私の言葉に玄蕃頭殿が口元に力を入れた。

「それでも拒みましょう。今公方様は隠居せずに自らの立場を守る方法を考えておられる筈。そうは思われませぬか？」

かもしれぬな。あのお方は諦めるという事を知らぬお方だ。しかし一体如何やってこの窮地から抜け出すのか……。策が無ければ命を落とす事になるが……。

禎兆元年（一五八一年）　十月中旬　　薩摩国鹿児島郡　　内城　　顕悟

「顕悟にございます。宜しゅうございますか？」

「良いぞ」

部屋では御上人様が渋い表情で座っていた。私が傍《そば》近くに座ると御上人様が一つ息を吐いた。そして微かにお笑いになった。

「如何なされました？」

「いや、公方様が私と会いたがる筈だと思ったのだ」

はて……、先程公方様が話したい事が有ると言って御上人様を訪ねて来られた。半刻ほど余人を交えず二人だけでお話しになられた。

確かに珍しい事では有る。御上人様は門徒達を戦に使う事に反対だ。公方様は御上人様を自分に協力的ではないと避けている。傍に呼ぶのは教如様だ。

「一体どのようなお話が」

「上洛の事であった。公方様は朽木の要請に従って上洛しようとしている」

「なんと！　真《まこと》でございますか？　上洛すれば幕府は終わりますぞ」

御上人様が私を見た。

「だから此処に来たのだ」

「と言いますと？」

御上人様の視線が厳しい、思わず小声になっていた。

「あのお方は一向門徒と島津を手土産に上洛しようとしている」

一向門徒と島津を手土産？

「一向門徒と島津が公方様の要請で上洛すれば、そして朽木に協力するようになれば、朽木も公方様に対する扱いを変えざるを得ぬ。違うか？」

「なるほど」

自然に頷けた。

「龍造寺も一人では朽木と戦えまい。つまり九州は朽木に服属する事になる。朽木の天下取りが一気に進む」

「……」

「その後は関東から奥州にも声を掛けような」

「なるほど、敵対ではなく協力する事で力を示そうという事ですか」

御上人様が〝そういう事になるな〟と言って頷かれた。

「本気でしょうか？　本気で朽木のために協力すると？」

御上人様が〝ハハハハハハ〟とお笑いになられた。

「協力は本気であろう。だが目的は足利の天下を取り戻すためと見た。……国を追われた安芸門徒を安芸に戻したいと言っていたな。そのためにも力を貸して欲しいと」

「それは……」

御上人様が私を見た。

「これからも協力して事に当たりたいとも言っていた。要するに門徒を安芸に戻してやるから足利に協力しろ、そういう事であろう」

安芸門徒の事は御上人様も心を痛めておられる。それを利用しようとするとは……。

「……しぶとい、いや懲りぬお方ですな」

「そうだな、懲りぬお方よ！」

御上人様が低く吐き捨てられた。

「しかし上手《うま》く行きましょうか？」

問い掛けると御上人様が首を横に振られた。

「先ず上手く行くまい。朽木が公方様の目論見《もくろみ》に気付かぬとも思えぬ。となれば足利の影響力が残るような事を許す筈が無い。そうではないか？」

「確かに」

前内府様は甘いお方ではない。公方様の目論見は甘いと言わざるを得ない。

「問題はそうなった時よ。公方様が何を考えるか……」

「……我らを切り捨てるやもしれませぬな」

御上人様が私を見た。厳しい目だ。

「やはりそう思うか？」

「はい。あのお方は他人を利用する事しか致しませぬ。とても信用出来ませぬな。御上人様もやはりと仰られましたぞ」

「そうだな」

御上人様が頷かれた。

「如何なされます？」

御上人様が息を吐かれた。

「……今少し様子を見なければなるまい。もし、本当に上手く行くなら門徒達も救える」

「足利が協力しろと言ってきますぞ」

御上人様が私を見た。視線が揺れている。迷っているのだと思った。

「もし、上手く行き門徒達が戻れるなら……、私は隠居する」

「……御跡は……、教如様に？」

「教如は廃嫡する！」

「……」

厳しい御顔をされている。相当に教如様に不満が有るのだと思った。

「あれは私の悪い所だけが似た。乱世が終わろうとしている今、教如では門徒を導く事は出来まい。

跡は二男の顕尊に継がせる事を考えている。顕尊の名で一向門徒は武器を捨て念仏に専心しろと通達を出させるつもりだ」

「一向宗は俗世と縁を切る、そういう事でございますな？」

問い掛けると御上人様が大きな息を吐かれた。

「そうだ、反対か？」

「いえ、一向宗が生き残るにはそれしかないと思いまする」

御上人様が大きく頷かれた。


禎兆元年（一五八一年）　十月下旬　　　薩摩国鹿児島郡　　内城　　三淵藤英

指定された部屋は前回会った部屋だった。だが部屋に赴くと既に修理大夫様が居て私を待っていた。

「お待たせ致しました」

そう言って座ると修理大夫様が首を横に振った。そして〝大和守殿〟と話しかけてきた。

「昨日、公方様からお話が有りました。上洛に付いてです」

「……」

「公方様は島津にも上洛して欲しいと要請してきました」

修理大夫様の口調にはこちらを咎《とが》めるような色が有った。

「その事は先日書状にてお伝えした筈、そうでは有りませぬか」

「如何にも、しかし上洛は受け入れられぬと前回この部屋でお話しした筈。違いましたかな？」

「そうですな」

「では何故？」

思わず溜息《ためいき》が出た。

「修理大夫様のお怒りは分かります。しかし上洛を拒めば朽木は兵を出しましょう。違いましょうか？」

「……それは……」

修理大夫様が口籠った。戦えば負ける、それが現実だ。それを避けるという観点から見れば上洛はおかしな話ではない。幕臣達も事此処においては上洛は已《や》むを得ぬと判断している。

「公方様は島津を滅ぼさせてはならないとお考えです。そして前内府様の命に従うよりも自分の命に従った形にした方が良いのではないかと考えられたのです。その際、顕如殿にも上洛して貰う。そうする事で前内府様に恩を売ろうと」

修理大夫様が嗤った。

「足利の影響力を残すためでございますか？」

「否定は致しませぬ。足利の影響力を残す、そして何時かは……。その時は修理大夫様、顕如殿にも協力をして頂く事になりましょう。そのためにも島津家を守らなければならぬと。公方様はそう考えたのです」

「……そのような事が可能とお考えか？」

咎めるような色が視線に有る。不可能事に家を賭ける事は出来ぬと言っている。溜息が出た。その通りだ、可能性は無きに等しい。しかしそこに縋《すが》らざるを得ないのが現実だ。

「……分かりませぬな。しかし公方様だけが上洛すれば島津の立場はより厳しいものになりましょう。違いましょうか？」

「……」

「公方様もお一人で上洛されては殆《ほとん》ど力は無い。島津家を庇《かば》う事など出来ますまい。あっという間にこの薩摩に朽木の兵が押し寄せましょう」

修理大夫様の顔が歪《ゆが》んだ。

「修理大夫様、時機を待つというのも一つの手では有りませぬか？」

修理大夫様が首を横に振った。

「前回も言いましたが上洛すれば島津は戦う力を奪われましょう。公方様が望む時が来ても島津は戦えなくなっている懼《おそ》れが有ります。ならば今戦う方が良い。朽木勢を引き摺《ず》り込み横腹を突く。負けるとは限りますまい」

「耳川の戦いでございますか？　朽木と大友は違いますぞ。前内府様を甘く見られてはおられませぬか？」

修理大夫様が唇を噛《か》み締めた。愚かな……、自分でも分かっているのだ。当てにならぬものに縋ろうとしていると……。もっとも愚かなのは我等も似たようなものかもしれぬが……。

「上洛は出来ませぬ。某だけではない、これは島津の総意です」

「……」

「それに、いざとなれば公方様も幕府の方々も島津を切り捨てるのでは有りませぬか？　そうなれば島津は悔いを千載に残しましょう」

「……」

睨《にら》むようにこちらを見ている。

「前内府様は公方様と敵対しても公方様を殺そうとはしない。その事はそちらも分かっておられよう。だが我らは違う、前内府様が我らを殺す事に躊躇《ためら》う事は有りますまい。これではとても一緒には戦えませぬ」

「……戦うなら我らに覚悟を示せと？」

修理大夫様が〝如何にも〟と言って頷いた。信用が無いと思った。確かに京で敵対しても殺される事は無かった。毛利に与《くみ》しても殺されなかった。足利は大名達を唆すだけで自らは戦わない。そう思われている。馬鹿を見るのは踊らされた大名だけだと。顕如殿の反応が鈍いのも足利に対する不信が原因だろう。

今のままでは如何にもならぬな。上洛も公方様お一人でという事になりかねぬ。そして島津が滅べば公方様は島津を見殺しにしたと非難を受けよう。そうなれば足利の復権など到底無理だ。ただ侮蔑の対象として存在するだけになるだろう。……つまり公方様の上洛は意味が無い、いやむしろ足利のためにならぬと見なければならぬ。上洛は不可か……、だがそれを表に出せば朽木勢が攻め寄せよう……。となると……。

「修理大夫様、今少しお時間を頂けませぬか？」

「……」

「些《いささ》か考えたい事が有ります」

「考えたい事とは？」

「上洛せずに済む方法、そして朽木が此処に攻め寄せぬ方法です」

修理大夫様が訝《いぶか》し気な表情をした。

上洛する、上洛しないの二択では無い。上洛したくても上洛出来ないという状況を作り出せば良いのではないか？　そうなれば朽木も攻め寄せる事は無い。例えば病……。だが何時までも病で誤魔化す事は出来まい。そこを如何するか、そして如何やって島津の信頼を得るかだが……。


禎兆元年（一五八一年）　十月下旬　　　薩摩国鹿児島郡　　内城　　教如

「公方様にも困ったものですな。この期に及んで上洛などと……」

「……」

「島津と一向門徒の降伏を手土産にして足利の立場を少しでも良くしようという事らしい。足利はそれで良いかもしれませぬが島津にとっては……」

修理大夫様が首を横に振られた。

「教如殿は如何御思いかな？　困ったものとは思いませぬか？」

修理大夫様が俺をジッと見ている。

「そう思います。上洛などすれば今の状況を認める事になりましょう。一向門徒のためには受け入れる事は出来ませぬ」

二人で頷きあった。そうだ、受け入れる事は出来ぬ。

「顕如殿は如何お考えなのかな？」

「さあ、何を考えているのか……」

はっきりとは分からぬが父は安芸の門徒衆が戻れるならそれも良いと考えている節が有る。愚かな、今更安芸に戻れる筈が無かろうに……。朽木から取り戻す以外に方法は無いわ！

「この件は一向宗にとっても重大事だと思うのだが教如殿は顕如殿と話し合っておられぬのですかな？」

苦い、思わず唇を噛み締めた。

「話をした事は有りませぬ。父は次の宗主に愚僧ではなく弟の顕尊をと考えているようです。安芸の一件で愚僧を宗主として不適格と判断したのだと思います」

修理大夫様が〝それは〟と言って一つ息を吐いた。

「教如殿は公方様の要請に従ったまでの事、それにあれは教如殿だけの責任では有りますまい。公方様にも我ら島津にも責任は有る」

「……」

「一つの失敗だけで教如殿を跡継ぎに相応《ふさわ》しくないとは……。物事には勝ちも有れば負けも有る。負けた時に次に如何戦うかが大事だと思いますぞ」

同感だ。負けたままでは甘くみられるだけだ。一矢報いてこそ朽木も我らに一目置くというもの。父は負け続きで負ける事に怯《おび》えているとしか思えぬ。

「困ったものですな。危機であればこそ心を一つにして力を合わせねばならぬと言うのに……。そうでは有りませぬか？」

そうだ、今こそ力を合わせるべきなのだ。だが……。

「修理大夫様は公方様が上洛なされるのをお許しなされますのか」

「……」

「身勝手とは思われませぬか？　島津を頼りながら島津を踏み付けにするような扱いをする」

修理大夫様は無言だ。だが表情を見れば相当な憤懣《ふんまん》が有ると分かる。

「愚僧も心を一つにして立ち向かうべきだと思います」

「……残念ですがそれを妨げる者がおります」

「ならばそれを排除する事から始めるべきでは有りませぬか？」

修理大夫様が俺をジッと見た。

「……それが御父上でもかな？　教如殿」

「……それが公方様でもです」

禎兆元年（一五八一年）　十月下旬　　薩摩国鹿児島郡　　内城　　真木島昭光

「上手く行きませぬな」

三渕大和守殿が息を吐いた。空気が重い。皆が渋い表情をしていた。公方様は既に御寝《ぎょしん》なされた。宿直の上野中務少輔殿、一色宮内少輔殿を除いた皆が此処に集まっている。灯明皿に灯《あか》りが一つ、薄暗い部屋に灯りを囲むように集まっている。

「修理大夫様にお会いしたのですが上洛に反対のようでござる。顕如殿も上洛には積極的ではない。このままでは公方様お一人で上洛という事になりましょう」

彼方此方《あちこち》で溜息を吐く音が聞こえた。

「それでは如何にもならぬ。公方様が考える幕府の復権など到底無理だ。朽木は島津を滅ぼすだろう。我らは島津を見殺しにして逃げたと非難される。いや、侮蔑されるだろう。嘲笑を恐れて世の片隅で隠れて生きていく事になる」

米田壱岐守殿がノロノロと言った。

「大和守殿、島津は滅ぶ事を覚悟されたと言うのか？」

松田豊前守殿の言葉に大和守殿が首を横に振った。

「修理大夫様、いや島津家が恐れているのは戦えなくなる事。上洛すれば島津は戦う力を奪われると恐れている。それならば今戦うべきだと」

「勝てると？」

松田豊前守殿の問いにまた大和守殿が首を横に振った。

「殆ど勝ち目はござるまい。その事は修理大夫様も分かっておられる。それでも戦えなくなるよりはましだと……」

「座して死を待つよりは……、そんなところか」

また彼方此方《あちこち》で溜息が聞こえた。

「それに修理大夫様には我らに対する不信が有る」

「不信とは？」

大和守殿が問い掛けた私を見た。

「いざとなれば我らが島津を切り捨てるのではないかと」

「……」

「前内府様は敵対しても公方様を殺そうとはしない。しかし島津には容赦はせぬだろう。これでは一緒に戦えぬと」

やはりそれか……。

「大和守殿の言う通りじゃ、このままでは上手く行かぬ」

飯尾右馬助殿の言葉に同意する言葉が続いた。

「上洛すれば必ず謝罪させられるだろう。それでは足利の権威を守れぬ。やはり公方様には隠居して頂くしかない」

「しかし豊前守殿、公方様はそれを認められぬ。自らの手で足利の復権を望んでおいでだ」

「もう無理だ。隠居して頂き謝罪して貰った方が良い。前内府様も若君には謝罪せよとは言うまい。そういう形で足利を守るしかない。そうではないか？」

松田豊前守殿が皆を見回した。もっとも暗い所為で表情は見えない。

「元々公方様のお考えには無理が有るのだ。上洛して朽木の天下取りに協力する事で足利の力を温存する、そして機を見て足利の復権を図るという事だがそれをやるなら京に居る時にやるべきだった。今更前内府様がそれを許すとも思えぬ。そのような甘いお方では有るまい。北畠の事をお忘れか？　族滅に近い扱いを受けたのだぞ」

豊前守殿の言葉に幾つか頷く姿が有った。

「修理大夫様や顕如殿が協力せぬのも不信と言うよりも無理だと見ているからではないか？　足利にそんな力は無い、前内府様はそんな甘い方ではないと見ているからではないのか？　我らの口から公方様にそれを申し上げるべきだ。このままでは惨めな事になる」

シンとした。皆押し黙っている。豊前守殿の言う事は私も何度か考えた。おそらく此処に居る者は皆が何度か考えただろう。だがこれまで口にする者は居なかった。それを豊前守殿が口にした……。

「豊前守殿の申される事、尤《もっと》もと存ずる」

〝大和守殿〟という驚きの声が上がった。まさか大和守殿が公方様のお考えを否定するとは……。

「確かに公方様のお考えでは上手く行くまい。だが島津を捨てて上洛すれば壱岐守殿の申された通り、足利の面目は地に落ちるだろう。それは避けたい」

皆が頷いた。

「何か良い手段がお有りかな？」

問い掛けると大和守殿が〝例えばだが〟と口を開いた。

「公方様に病になって頂く、というのは如何か？」

〝病？〟と言う声が上がった。

「左様、病なら上洛したくとも出来ぬ。平島公方家の義栄様は堺から京に入れなかった。それは病が重かった事が理由にござる」

皆が顔を見合わせている。

「しかしそれでは時間稼ぎでしか有りますまい。この窮状を変える事は出来ぬと思うが」

私が疑問を口にすると大和守殿が〝如何にも〟と頷いた。

「だが今は上洛する、上洛しないで我らは迷っている。上洛出来ぬという考え方も有るのではないかと思うのでござる。如何でござろうか？」

また皆が顔を見合わせた。

確かにそうだが……。義栄様か、義栄様は入京される事無く亡くなられた。……亡くなられた？

## 凶報

禎兆元年（一五八一年）十二月上旬　　近江国蒲生郡八幡町　　八幡城　　朽木基綱

「駒千代、御父上様ですよ」

辰が声をかけると布団の上に居た赤ん坊は俺は眠いんだというように手足を動かしてむずかった。辰が嬉《うれ》しそうにしている。分かった、俺に遠慮は要らん。無理せずに寝て良いぞ、駒千代。赤ん坊は寝るのが仕事だ。変に泣かれるよりはずっと良い。

「駒千代は大殿に良く似ておいでです」

「そうか」

似てるかなあ？　瞼《まぶた》がちょっと腫れぼったくてカエルみたいな感じだぞ。まあ赤ん坊だからこれから面変わりしてくるんだろうとは思うが俺に似ているとは思えない。でもそれは口には出せない事だ。そんな事を言ったら辰が泣いて悲しむだろう。家康は結構そういう事を言ったらしい。魚みたいな顔とか、恐ろしい顔とか。狸《たぬき》のくせにとんでもない奴だ。

「似ているか？　福」

膝に乗せた娘に問うと娘は首を傾《かし》げた。福にも似ているとは見えないようだ。辰がコロコロと笑い声を上げた。家族団欒《だんらん》だな。福は今三歳、俺にも辰にも余り似ていない。ちょっと綾ママに似ているような気もするが三歳だからな、はっきりするのは未だ先の事だろう。

「慶事が続きますね」

「うむ、そうだな」

慶事が続いた。弥五郎の叙任、そして小夜、雪乃、篠の懐妊。最近城に居る事が多かったからな、ポンポンと女達が妊娠した。来年の六月から七月にかけて子が生まれるだろう。暑くなる前だ、負担をかけずに済む。

家臣達からは大殿は精力絶倫なんて冷やかされている。苦労してるんだぞ、これでも。それに子供が多い事は悪い事じゃない。戦国時代、子供の数が少ない事はむしろデメリットの方が多かった。側室を入れてバンバン子供を作る。それも戦国大名の務めで有る事は事実だ。……なんか人間というよりも野生動物みたいだな。

小夜からは今度の出産が最後になるだろうと言われている。要するに御褥《おしとね》辞退という事だ。小夜は今三十四歳だがこの時代だと高齢出産になる。子供に影響が出易いから避けるべきだという事のようだ。だから子供は作らない、避妊するという事で御褥辞退は却下した。いろいろ相談したい事だって有るし愚痴だって言いたい時は有る。そういうのは側室には言えんよ。

一番懐妊を喜んでいるのは篠だ。今度こそ男子をと強く望んでいる。竹生島に参詣に行きたいと言うから代りに俺が行くと言った。小夜、雪乃、篠の安産と男子誕生を祈って来よう。男子誕生は雪乃も望んでいる。万千代は七歳、妹の幸は福と同い歳《どし》だから三歳。大きくなって手がかからなくなってきた。男子をもう一人、そう思っているようだ。

弥五郎は、いや大膳大夫だな、大膳大夫は駿府に行った。織田の旧臣達はその大部分が駿府城に出仕する事になる。尾張に残ったのは三介とその弟妹達、それに織田三郎五郎信広だ。三郎五郎の歳《とし》は五十を超え六十に近い。若い頃は信長に謀反を起こした事も有ったが今では実直そうな老人だ。一門の長老として面倒をみて貰おう。それ以外の織田九郎信治、彦七郎信興、源五郎長益、又十郎長利は俺の下に出仕させた。徳川攻めに使おうと思ったがそれだと大膳大夫の下に付けることになる。それでは大膳大夫も織田の旧臣達も遣《や》り辛いだろうと思ったからだ。

三郎五郎信広と大膳大夫には徳川が尾張に手を入れてくる可能性が有ると伝えている。協力して徳川の調略を潰せと命じた。但し、三介は殺すなとも言ってある。三介は一度は織田の当主に成った男だ。これを殺せば旧織田の家臣に動揺が生じる。三郎五郎も迷うだろう。徳川の狙いはその辺りにも有る筈だ。三介を殺すのは下策だ。三介を殺さないと約束しておけば三郎五郎も迷う事無く動ける。

三介は思慮が足りないが心は強くない。脅し過ぎては拙《まず》いが適当に脅せば背を丸めて蹲《うずくま》る筈だ。そして一度脅しておけば二度と馬鹿な事は考えないだろう。むしろ厄介なのは三介を担ごうとした人間だ。そちらを排除すべきだ。三介よりも三介の周囲に気を付けろと大膳大夫に言って有る。三郎五郎は大丈夫だ、野心を持つには老いている。さて、如何なるか……。

大膳大夫は皆から御屋形様と呼ばれて照れ臭そうな顔をしていたな。慣れるのに時間がかかるだろう。俺も大殿と呼ばれるようになったが御屋形様と呼ばれるよりも楽になった感じがする。まあ呼び名が変わったのは男だけだ。女達は以前と変わらず小夜が御裏方様で奈津が御寮人様だ。本当なら小夜は大方様なのだろうが綾ママが居る、このままでと言う事らしい。

「大殿」

廊下から声がした。眼をやると黒田吉兵衛が控えていた。深刻そうな表情だ、何か起きたな。辰が不安そうな表情を見せた。

「辰、仕事だ。また来る」

「はい」

「福、辰の所に行きなさい」

「はい」

俺の膝から立ち上がると辰の下に向かい傍に座った。〝寒くなるから風邪などひくなよ〟と言って部屋を出た。

「吉兵衛、何が起きた」

「暦の間にて百地丹波守様が大殿をお待ちでございます」

「そうか」

丹波守が来た。となると九州かな？　義昭の上洛が決まったか？　いや、吉兵衛は何が起きたかは知らないようだ。となると吉事ではないのかもしれん、吉事なら口が軽くなる。凶事が起きたと考えよう。上洛交渉は決裂したのかもしれない……。

暦の間に入ると中の人間が一斉に平伏した。六人居る、百地丹波守の他に黒野重蔵、小山田左兵衛尉、進藤山城守、目賀田次郎左衛門尉、安養寺三郎左衛門尉、林佐渡守。重蔵と丹波守を除けば皆評定衆だ。丹波守が同席を望んだのだろう。かなりの凶事らしい、嫌でも身が引き締まった。伯父が拘束でもされたか？

上段に座り〝皆、面を上げろ〟と声をかけた。

「丹波守、何事が起きた」

「はっ、足利義昭公が御命を落とされました」

皆が顔を見合わせた。評定衆も今知ったらしい。命を落としたか、自然死ではないな、事件が起きたようだ。

「殺されたのか？」

「はっ」

「誰だ？」

まさか島津？　面目を潰されて怒り狂って義昭を殺した？　可能性は有るが単純過ぎる！

「顕如にございまする」

〝顕如！〟、〝坊主か〟と声が上がった。顕如か、驚きは無かった。義昭が殺された事も、顕如が殺した事も。何と言うか、別世界の話を聞いたような気がした。何処か現実感が無い。

「間違いないのか？」

「ございませぬ、飛鳥井権大納言様から大殿へと」

「伯父上が」

丹波守が頷いた。そうか、伯父の周辺に人を付けたか。

「一体何が起きたのだ？」

問い掛けると〝されば〟と言って丹波守が言葉を続けた。

それによると義昭が殺されたのは上洛の交渉の場での事らしい。義昭は本気で京に戻るつもりだったのだろう。飛鳥井の伯父と義昭の交渉は難航はしていたが少しずつ進んでいたようだ。進展が有れば雰囲気も明るくなる。交渉の場では笑い声が上がる事も有ったらしい。

事件が起きた時は交渉が長時間になったので一息入れていたところだったようだ。交渉に参加していた幕臣達も小用を済ませに行ったり茶の用意をしようとしたりで、部屋には義昭と飛鳥井の伯父、二人しかいなかったらしい。義昭の周辺は手薄になっていた。そんなところに顕如が入って来た。顕如に不審な点は無かったのだろう、義昭も飛鳥井の伯父も顕如に何の警戒心も抱かなかったようだ。

その理由の一つに義昭が俺と顕如の和解を考えていた事が有る。義昭はその事を伯父に打診していたようだ。勿論《もちろん》顕如はその事を知っていた。顕如と安芸門徒達は苦しい立場にいる。義昭は俺と顕如を和解させ顕如を京へ、安芸門徒を安芸へ戻そうと考えていた。何と言っても彼らの苦境は義昭に加担した事が原因だった。責任を感じたのかもしれないし或《あるい》いは和解の仲裁をする事で顕如達に影響力を残そうと考えたのかもしれない。

俺に自分の利用価値を認めさせようと考えた可能性も有る。義昭は和解は顕如達のためになると信じていた。そして顕如達の存在を島津は負担に感じているとも思っていたようだ。自分が去るのは不義理では有るが顕如達が居なくなればその分だけ負担は減ると思ったのだろう。

京へ戻り俺と島津の仲裁をするつもりだった可能性も有る。となれば自分の行動が島津を裏切る事になるとは思っていなかったかもしれない。俺と顕如の和解を成功させる、その外交成果をもって俺と島津の和解を促す。義昭なら考えるかもしれない。つまり俺との対立ではなく協調の中で征夷大将軍の権威を高める事に方針を変更した……。可能性は有るな。狙いはそこか？　だとすれば良い所で死んでくれた。一つ間違うと征夷大将軍と太政大臣の間で影響力を競い合う事に成っただろう。

惨劇は一瞬だったようだ。顕如は座っている義昭に話しかけるような感じで近付いたようだ。そして懐から短刀を出し二度、三度と義昭を刺したらしい。らしいと言うのは飛鳥井の伯父は眼を逸《そ》らしていてその現場を見ていなかったからだ。そして顕如は何事も無かったように部屋から立ち去った。伯父は顕如が義昭を刺した事に気付かなかった。義昭は声を出さなかったというから最初の一刺しで死んだのだろう。

義昭が横倒しに倒れたのは顕如が部屋から去った後で義昭が倒れた事で伯父は異変に気付いた。だがその時は具合が悪いのかと思ったらしい。義昭が死んでいると分かったのは義昭の身体を起こした時、大量の血が流れ出たからだった。伯父は腰を抜かして大声で人を呼んだ。幕臣達が集まり何が有ったのかを伯父に訊ねた。いや問い詰めた。最初幕臣達は伯父を疑ったらしい。

当然だが伯父は否定したし幕臣達も直《す》ぐに疑いを解いた。何と言っても伯父は刃物を持っていなかったし伯父には義昭を殺す理由が無かった。その時になって伯父は初めて顕如が義昭を殺したのかと疑いを持ったらしい。だが伯父は疑いは持っても如何にも信じられなかったようだ。それほど顕如の動きには不自然さは無かった。幕臣達も顕如が犯人だという言葉には首を捻《ひね》ったようだ。だが万一の事が有る。幕臣達は顕如を探した。

「それで、顕如は？」

「自らの部屋で首筋を切り自裁していたそうにございます」

丹波守の答えに重臣達から唸《うな》り声が聞こえた。頸動脈《けいどうみゃく》を切って自殺か。部屋は噴出した血で血溜《ちだま》りが出来ていたに違いない。二部屋も駄目にされたんだ、島津の家臣も後始末が大変だっただろうな。それにしても義昭が顕如に殺され顕如は自殺か。史実とは随分違う。

「大殿」

誰かが俺を呼んだ。皆が俺を心配そうに見ている。いかんなあ、トリップしていたか。

「いや、御労《おいたわ》しい事だと思ったのだ。征夷大将軍の御位に在る御方が坊主に殺されるとは……、さぞかし御無念であられたであろう」

ちょっと俯《うつむ》く仕草をすると座がシンとした。演技も必要だ。これで敵の死を喜ぶ嫌な奴という声は防げるだろう。征夷大将軍の権威がまた一つ下がったと思った。

「大殿、飛鳥井権大納言様はこの後の事を知りたがっておられます」

「この後の事か」

「はい、公方様の若君、そして幕臣達。それと権大納言様は戻りたいとの御希望をお持ちでございます」

そうだな、それが残っているな。だが義昭が死んだ以上もう政治的な価値はゼロだろう。義昭の子供は元服前だ。……待てよ、という事は平島公方家が存在感を増すという事か？　いかんな、足利家の人間は直ぐに将軍になりたがる癖が有る。後で三好豊前守、安宅摂津守、三好日向守に文を送ろう。間違っても妙な事は考えさせないようにしないと。

「上洛させねばなるまいな。だが交渉は一旦中断だ。伯父上には戻って頂く。御疲れであろうし色々と話も聞きたい。そう伝えてくれるか」

「はっ」

丹波守が手の者に伝えて来ると言って中座した。朝廷に伝えて新たな交渉者を選んで貰わなければならん。京に行かねばならん、その辺りを詰めないと。

しかしなあ、顕如が義昭を殺し自殺した。如何いう事だ？　顕如は俺との和解を望んでいなかったのか？　だとすれば義昭は顕如に警戒心を抱いた筈だ。簡単に近付くのを義昭も周囲も許したとは思えない。それに安芸門徒達の事を思えば和解はおかしな話じゃない。顕如は精神的におかしくなっていたのか？　一番考えられるのはそれだが……。皆も首を傾げながら話し合っている。丹波守が戻って来た。

「丹波守殿、顕如の後は誰が一向宗の宗主になるのだ？」

「年齢から言って長男の教如でありましょう。二十歳を超えていた筈。次男は十代半ば、三男は未だ幼児にございます」

「その長男の教如でございますが気性が荒く石山からの退去も最後まで反対したと聞いております」

丹波守と重蔵の言葉にうんざりした。坊主なのに気性が荒いって如何いう事だ？

気になるのは島津修理大夫と伊集院掃部助が頻《しき》りに連絡を取り合っていたという事だな。その部分を如何見るか。

「丹波守、今回の一件を如何見る。顕如は使嗾《しそう》されたと見るか？　それとも気が触れたと見るか？」

「両方かと思いまする」

ざわっとした。皆が顔を見合わせている。

「今回の一件で利を得たのは島津でございましょう。安芸門徒達は行き場が無くなった、嫌でも島津のために働かなくてはなりませぬ。そして顕如が居ない以上安芸門徒を纏《まと》めるのは伊集院掃部助になりましょう。若い教如では纏められますまい。それに安芸の騒乱は教如の独断で行われたといわれております。顕如は関与しておらぬとか」

なるほど、島津は儲《もう》けたな。

「しかし丹波守殿、島津は如何やって顕如を使嗾したのだ。義昭公は顕如と安芸門徒のために権大納言様と交渉していたのであろう」

林佐渡守の言葉に皆が頷いた。佐渡守、少しは朽木に慣れて来たかな。

丹波守が首を横に振った。

「分かりませぬ。ですが顕如は大分追い詰められていたようです。言動も不安定な所が有ったとか」

丹波守の言葉になるほどと思った。義昭が一向宗を取引材料にして自分だけが利を得ようとしているとでも吹き込めば有り得るかもしれない。そして義昭ならやりそうでは有る。島津がその辺りを上手く利用した……。筋は通るが納得はいかん。伯父の話を聞きたいな。伯父なら何かを感じた筈だ。ああ、それと大膳大夫に報《しら》せておかないと。


禎兆元年（一五八一年）　十二月上旬　　近江国蒲生郡八幡町　　大館邸　　大館晴忠

公方様が死んだ。病死ではない、顕如に殺害された。公方様が弑《しい》された事に驚いていない自分が居る。その事が不思議だった。

「宜しゅうございますか？」

声がした。見れば妻が廊下からこちらを心配そうに見ている。

「如何した」

「いえ、お声を掛けたのですが返事が有りませんでしたので……」

そうか……、気付かなかったな……。

「心配を掛けたようだな。少し考え事をしていたのだ。何用かな？」

出来るだけ穏やかに答えたが妻の表情は変わらない。相変わらず不安そうな表情だ。妻も公方様が弑された事は知っている。私が何を考えていたかも分かっているだろう。

「お客様がお見えです」

「……諏訪左近将監殿かな？」

「はい」

やはり来たか……。息を一つ吐いた。

「こちらにお通ししてくれ。それと茶の用意を……。大きめの茶碗《ちゃわん》で頼む。長くなるかもしれぬからな」

妻が〝はい〟と答えて去った。

直ぐに左近将監殿が入ってきた。表情が暗い。対面に座ると一つ息を吐いた。

「直に妻が茶を持ってきましょう」

言外に話はそれからと伝えると左近将監殿が無言で頷いた。互いに視線を合わせる事無く妻を待つ。その時間がやたらと長く感じられた。妻が茶を持ってきた時はホッとした程だった。

茶を一口飲む。左近将監殿も飲んでいる。二人で顔を見合わせた。

「驚かれましたかな？」

左近将監殿が〃いや〃と言って首を横に振った。

「驚きは有りませんでしたな。……伊予守殿は如何で？」

「某も有りませんでした」

また二人で顔を見合った。左近将監殿が息を吐いた。

「妙なものですな。公方様が亡くなられた、しかも弑されたとなれば大騒ぎが起きても良いのですが……」

「……変わりは有りませぬか？」

問い掛けると左近将監殿が〃ええ〃と頷いた。

「自分に驚きが無い。それが不思議で先程城下を歩いたのですが常と変わりの無い有様でしたな」

「そうでしたか……」

もう一口茶を飲んだ。

「まあ当然と言えば当然ですな。自分でさえ驚きがないのですから……」

左近将監殿が苦笑いを浮かべた。

「それで此処に？」

「ええ、無性に伊予守殿に会いたくなりましてな。会って如何なるというものでもないのですが……」

「左近将監殿のお気持ち、良く分かり申す。某も公方様が弑されたと聞いても驚きが無かった。他の者が驚かぬのは当然でござろう」

「左様ですな」

二人で顔を見合わせて小さく笑った。多分、これは自嘲だろう。幕府が健在なら大騒ぎになった筈だ。だがそれが無い。足利の幕府は滅んだのだと実感した。もう誰も足利には注意を払わぬのだと……。

「ただ、皆が驚かぬのと某が驚かぬのは少し違うような気がします」

「と言うと？」

左近将監殿がこちらを見ている。

「皆は足利に、幕府に関心が無いのでござろう。だが某はやはり殺されたか、いやとうとうそうなったか、そういう思いが有りました」

「……」

「あのお方は他者を道具として利用する事しかお考えにならなかった。当然ですが利用される側もあのお方を道具として見ていたでしょう。道具である以上、役に立たぬとなれば捨てられるのが道理……」

「左様ですな。某も似たような事を思いました」

左近将監殿が頷かれた。そうか、考える事は同じか……。

あのお方は天下を利用出来る道具と利用出来ぬ道具、そして邪魔な道具で判別した。邪魔な道具が有るとなれば何としてでも潰そうとした。大殿がそれであった。目の敵にして潰そうとした。あのお方にとっては大殿に与する朝廷も邪魔な道具でしかなかった。あのお方が天下の実権を握れば朝廷をどのように扱った事か……。朝廷があのお方を嫌ったのはあのお方に危険なものを感じたからかもしれぬ……。

「伊予守殿、あのお方はお幾つでしたかな？」

左近将監殿が首を傾げている。

「確か京を出られたのが三十代の後半だったと覚えています。あれから六年ですから四十代の半ばでしょう」

私が答えると左近将監殿が〝四十代の半ば〟と呟いた。

「若いとは言えませぬが年老いたとも言えませぬな。希望を持つには些か遅過ぎますが将来に絶望するには未だ早い。ご自身の一生を一体如何思われていたか……」

左近将監殿が溜息を吐いた。如何思っていただろう。義輝公が亡くなられた後、我らは義昭様を還俗させ足利の正統なる継承者として平島公方家に対抗させた。それが無ければ今でも穏やかに寺で過ごされていたのかもしれぬ……。

後悔されていたのだろうか？　我らの口車に乗ってしまったと恨んだか……。我らのした事は何だったのだろう？　無意味、いや世の中を混乱させただけで無く義昭様の一生も滅茶苦茶にしてしまったのだろうか……。いや、あの時はあれが正しいのだと思った。義輝公を殺した三好は許せなかったしその三好に担がれた平島公方家も許せなかった。あれは簒奪《さんだつ》だった。あれを許しては天下の秩序が崩れると思った。だが……。頭を振った、今更考えても仕方が無い事だ……。

「左近将監殿、公方様を弑したのは顕如と聞きましたが真と思われるか？」

互いに顔を見合った。左近将監殿が首を横に振った。

「分かりませぬな、何があったのか……。しかし義輝公、義昭公と二代にわたって将軍が弑されました」

「……そうですな」

「大名を唆して邪魔な敵を討つ。義輝公はその邪魔な敵に討たれ義昭公は味方と思っていた者に殺された。敵も味方も将軍を畏れ敬う事は無くなっていたのかもしれませぬ」

左近将監殿が溜息を吐いた。そうかもしれない。それだけ将軍の権威は落ちていたのだろう。義輝公も義昭公もその中で必死に足掻《あが》いていたのかもしれぬ……。いや、足掻いていたのは幕臣であった我らも同じか。となれば私と左近将監殿はあのお方に捨てられた事でそこから抜けられたのかもしれぬ……。皮肉な事よ……。

「不幸な御兄弟でしたな」

私の言葉に左近将監殿が〝そうですな〟と頷いた。お二方とも不幸だと思う。義輝公は三好に、義昭公は大殿に実権を奪われた。お二人に有ったのは征夷大将軍という名前だけ……。傀儡《かいらい》に甘んじる事が出来れば安楽な一生を送れたかもしれぬ。だが……。

「お跡は如何なりましょう？」

左近将監殿が問い掛けてきた。

「さあ、若君が足利家を継ぐのでしょうが征夷大将軍への任官が許される事は有りますまい」

「そうですな」

二人で互いに頷いた。朝廷は朽木家を頼りにしているのだ。足利の幕府の存続など認める事は無い。義昭様が亡くなられた事で幕府は自然に消滅する事になる。多分、誰もその事に関心を持たぬだろう。朝廷も素知らぬふりをするに違いない。

幕府が滅ぶ事を予想しなかったわけでは無いがこんな形で滅ぶとは思わなかった。鎌倉の幕府のように敵に滅ぼされたわけでは無い。気がつけば消滅している。そして誰もその事に関心を持たない。多分、幕府は実だけではなく名も無くなっていたのだろう。終焉か……。足利の天下は義昭公の死をもって名実ともに終わりを迎えたのだ……。となれば後は足利将軍家だが……。

「左近将監殿、若君は十歳を超えましたか？」

「十歳には成ったでしょう」

ならば元服してもおかしくは無い。しかし……。

「このまま九州で朽ち果てる、そんな事にならなければ良いのですが……」

左近将監殿が沈痛な表情をしている。そうなのだ、そうなりかねぬ懼れは有る。大殿が、朝廷が若君を如何に扱うかによっては若君は九州で埋もれ足利将軍家は朽ち果てるだろう。

「問題は九州に付いていった幕臣達でござろう。彼らが幕府は滅んだと認識出来れば良いのだが……」

「そうですな、それが出来なければ若君の将来も危うくなりましょう」

左近将監殿の言う通りだ。幕府が滅んだと認められなければ彼らは若君を擁して幕府は滅んでいないと声高に叫ぶだろう。そうなれば大殿も朝廷も若君を無視するに違いない。滅んだ事を認めれば程々の名門として扱われる事も難しくは無い。既に平島公方家の例が有るのだ。

「難しいかもしれませぬな」

ポツンと左近将監殿が呟いた……。

禎兆元年(一五八一年)十二月上旬　河内国讃良郡北条村　飯盛山城　内藤宗勝

「言葉が有りませんな」

私の言葉に兄が〝うむ〟と頷いた。

「まあ、他人を利用する事しか出来ぬお方だ。長生きは出来まいと思っていたが……、まさか斯様《かよう》な最期を迎えようとはの……」

渋い表情をしていた兄だが最後は苦笑を顔に浮かべた。義昭公が顕如に殺された。それを聞いた時は何の事か分からなかった。理解してからも本当かと訝しんでいる自分が居る。征夷大将軍が坊主に殺されるとは……。

「漸《よう》く覚悟を決めたのですが……」

「無駄になったの……」

兄の言葉に〝はい〟と答えた。左京大夫様、詩様を殺したあのお方は許せるものではない。御二方を亡くされた千熊丸様がどれほどに寂しい思いをされたか……。本当なら殺したい程に憎い相手だが前内府様に頼まれては嫌とは言えぬ。謝罪をさせ、出家のうえ隠居。それを条件として上洛を認めたのだが……。

「これで良かったのかもしれぬ」

「……」

「あのお方は千熊丸様にとっては伯父だが両親を殺した仇でも有る。如何応対すれば良いのか、千熊丸様も困ろう」

「……」

「それにの、あのお方の事だ。千熊丸様を利用しようとしかねぬからの」

「左様でございますな、百合姫様の事も有ります」

兄が〝うむ〟と頷いた。千熊丸様の許嫁は朽木家の百合姫様、既に家督を継がれた大膳大夫様とは同腹の妹君、利用価値が有ると判断するのは目に見えている。死んでくれて良かったと言うのは本音だろう。それに我らは手を汚さずに済んだ、それも悪くない……。

「気になるのは誰があのお方を殺したかだが……」

兄が憂鬱そうな表情をしている。

「顕如が殺した事を兄上は御疑いですか？」

「いや、顕如が殺したのは間違い有るまい。飛鳥井権大納言様の目の前で殺されたのだからな」

「……では？」

問い掛けると兄が息を吐いた。

「私が心配しているのは顕如の後ろに誰が居たのかだ。顕如が心を病んで突発的にあのお方を殺したというのなら良いのだが……」

「……島津が後ろに居たと？」

兄がまた息を吐いた。

「それなら良い。上洛されては島津の面子が立たぬ、そういう事であろうからな」

兄が心配しているのは島津ではない。となると……。

「……まさかとは思いますが兄上はあのお方の暗殺に幕臣が絡んでいるとお考えで？」

兄が〝分からぬ〟と言って首を横に振った。

「だがそうなら何を目的としてあのお方を暗殺したのかが問題になる。島津も無関係とは思えぬし……」

兄の表情が厳しい。幕臣達と島津の利害が一致するところか……。となると……。パタパタパタと廊下を駆けてくる音が聞こえた。厳しかった兄の顔が綻ぶ。

カラッと戸が開いて千熊丸様が姿を見せた。我らを見て嬉しそうに笑う。

「見つけたぞ、弾正の爺、備前の爺」

「千熊丸様、手習いは終わりましたかな」

私が問うと〝終わったぞ〟と千熊丸様が得意げに答えた。

「次は馬の稽古だ。爺達は見てくれるのであろう？」

「そうですな、では馬場へ参りましょうか」

兄が答えながら立ち上がる。私も立ち上がった。千熊丸様が身体を翻して走り出す。馬場へ向かうのであろう。

「守らねばの」

兄が私を見て言った。

「はい、守らなければ……」

千熊丸様を無事にご成人させ三好家を守る。それこそが我らが出来る恩返し、何としても守らなければならぬ。

禎兆元年（一五八一年）　十二月上旬　　駿河国安倍郡　　府中　　駿府城　　朽木堅綱

徳川が攻めてきた。兵力は三千、甲斐守は小田原に居るから家臣が率いているのであろう。直ぐに軍議を開いた。竹中半兵衛、山口新太郎、浅利彦次郎、甘利郷左衛門、佐久間右衛門尉、柴田権六、池田勝三郎、森三左衛門、そして風間出羽守。私が関東攻略を命じられた事で出羽守率いる風魔は私の直属になって関東の、徳川の情勢を調べている。

「三千の兵が甲駿街道を南下、根原を越え人穴に向かっております る」

出羽守の報告に皆が首を傾げている。三千の兵、中途半端だ。

「皆は如何思うか？　忌憚無く意見を述べよ」

声をかけると皆が頭を軽く下げた。

「陽動、挑発、牽制《けんせい》、いずれともとれるが甲斐守が御屋形様の出方を見ている事は間違い有るまい」

半兵衛の言葉に皆が私を見た。表情が動きそうになったが耐えた。私の出方を見ている、甲斐守は試しているのだ。おそらくは家臣達も私を測っている。我慢しなければならぬ。父上のように、慌てる事無く落ち着くのだ。

「おそらく甲斐守は小田原で戦の準備をしていよう。惑わされてはなるまい」

「同感だ。だが放置は出来ぬぞ。このまま南下させれば大宮だ」

大宮か、大宮は六斎市が開かれる町だ。確かに放置は出来ない。

「甲斐守の狙いは？　駿河か、伊豆か」

「分からぬ、だがどちらに進むとしても駿東郡を押さえようとする筈だ。南下する三千は囮《おとり》、本命は甲斐守の率いる兵であろう」

駿東郡か、駿東郡を押さえれば駿河と伊豆を分断出来る。そうなれば伊豆は孤立する。伊豆の国人衆は徳川に靡《なび》きかねない。

「兵を二手に分けよう。一手をもって駿東郡を守り甲斐守を押さえる。もう一手は南下する徳川軍を甲斐に押し返す」

私の言葉に皆が頷いた。

「佐久間右衛門尉、その方一万の兵を率いて南下する敵を抑えよ。打ち破る必要は無い、抑え甲斐へ押し戻すのだ」

「はっ」

右衛門尉が頭を下げた。父上は右衛門尉は守りに強いと言っておられた。適任だろう。

「柴田権六、森三左衛門は右衛門尉を助けよ」

権六と三左衛門が頭を下げた。

「池田勝三郎と山口新太郎は駿府城で留守を頼む。兵は五千を置く。私は残りの兵を率いて駿東郡に行く」

直ぐに動かせる兵は三万。私の率いる兵は約一万五千、それに駿河、伊豆の国人衆に触れを出せば二千から三千は集まるだろう。

「佐久間殿」

彦次郎が低い声を出した。

「何かな、浅利殿」

「御貴殿程の方にこのような事を言うのは釈迦《しゃか》に説法であろうがお聞き下され」

「はて、何であろう」

右衛門尉、彦次郎の表情が硬い。武田は織田に滅ぼされた、その所為で織田の旧臣達と彦次郎、郷左衛門の関係は微妙だ。私も気を遣う。

「敵は右衛門尉殿が近付けば後退し甲斐領内に引き摺り込もうとするのではないかと思う。甲斐領内は地形が険しい、大軍の利が生かし切れぬ。用心して頂きたい」

「……」

「特にこの時季は信濃は冬支度に入り兵を動かす事は先ず無い。甲斐は全ての兵を動かせる。油断は禁物にござる」

「なるほど」

右衛門尉が頷いた。権六と三左衛門も頷いている。

「右衛門尉、頼むぞ」

「はっ」

「出陣だ！　準備に掛かれ！」

〝おう〟という声が上がって皆が立ち上がった。疲れた、と思った。


禎兆元年（一五八一年）　十二月中旬　近江国蒲生郡八幡町　八幡城　朽木小夜

廊下に出ると大方様と出会った。顔色が良くない。

「大方様、如何なされたのです」

「駿河で戦が起きたと聞きました。基綱殿に詳しい事を聞こうと思ったのです。小夜殿は？」

「私も大殿に詳しい話を伺おうと」

とうとう駿河で戦が起きた。勝ったのか、負けたのか、不安でならない。

「では一緒に参りましょう」

「はい」

二人で廊下を大殿の下へと急ぐ。

「大膳大夫殿が心配です。一体如何なったのか」

「はい」

時折息子の事で大方様と話をする。上手くやっているのだろうか？　風邪などひいていないだろうかと心配は尽きない。その度に駿河に送った事は正しいのだと自分を納得させている。……途中で出会った小姓に大殿の居所を聞くと自室に居るとの事だった。

「基綱殿、入っても宜しいですか。小夜殿も一緒です」

大方様が外から声を掛けると部屋の中から〝どうぞ〟という答えが有った。大方様が戸を開け中に入る、私がその後に続く、部屋の中では大殿が奥に置いてある文机に向かって文を書いている最中だった。

「お邪魔でしたか？」

「いいえ、そのような事は」

大殿が巻紙を文机の上に置き、筆を措《お》いた。そしていつもお座りになっている場所に移られた。大方様が大殿の前に座る、私もその横に座った。

「如何なされました？」

「駿河で戦が起きたと聞きました。徳川が攻めて来たと」

大方様の言葉に大殿が頷かれた。大殿の表情は普段と変わりが無い。駿河での戦は大した事が無かったのかもしれない。

「そうですな、攻めてきました。まあ、小手調べと言ったところでしょう」

小手調べ？　大方様と顔を見合わせた。

「それは如何いう事なのでしょう」

問い掛けると大殿が顔に笑みを浮かべられた。

「甲斐守は大膳大夫の力量を確認しようとしたのだ。これまでは俺と一緒だったからな、今一つ大膳大夫という人間が掴《つか》めなかったのだろう。だが今は一人だ、大膳大夫が如何いう男なのか、どのように兵を動かすのかを確認しようとしたのだと思う」

また大方様と顔を見合わせた。

「それで、如何なったのです？」

大方様が問うと大殿の笑みが大きくなった。

「甲斐守は兵を退《ひ》きました。戦にはならなかったようです」

兵を退いた？　では勝った？

「勝ったのですか？」

「いいえ、勝ったのでは有りませぬ。大膳大夫に隙が無いと見て甲斐守は兵を退いたという事です」

勝ったのでは無い……。私と大方様を見て大殿が御笑いになった。

「そのように心配する必要は有りませぬ」

「……」

「甲斐守は甲斐から兵を南下させつつ自分は相模から大膳大夫の隙を窺《うかが》ったようです。上手くいけば駿河と伊豆を分断出来る、そう思ったのでしょう。だが大膳大夫は南下する敵を抑えつつ自らは兵を率いて相模の甲斐守に備えた。甲斐守は大膳大夫の兵の動かし方に隙が無いと見て戦を打ち切った……」

「……」

「まあ甲斐守もそんな簡単に上手くいくとは思っていなかったでしょう。先程も言いましたが大膳大夫の反応を確認したのだと思います。小手調べとはそういう意味です」

ではあの子は甲斐守に認められた、そういうことなのだろうか？　溜息が出た。

「良くやったと思いますよ。風間出羽守からの報せでは大膳大夫は甲斐守の動きに素早く対応したようです。対応が遅れればそれだけ判断力が遅いと侮られますからね。それに甲斐からの動きに惑わされること無く相模の甲斐守に備えた。甲斐守が兵を退いたのも付け込む隙が無いと見たからです。なかなか手強《てごわ》い、兵が多い利点を十分に活《い》かしてくる、甲斐守はそう思ったでしょう。織田の旧臣達もホッとしたと思います。安心して戦えると思ったでしょう。上々の首尾です」

大殿が声を上げてお笑いになった。ホッとした。大殿から見ても息子は良くやったらしい。大方様もホッとしたような表情をしている。

「しかし先程も言いましたがこれは小手調べです。甲斐守も大膳大夫を楽に勝てる相手ではないと認めた。来年からは本格的に徳川と戦う事になるでしょう。大膳大夫の真価が問われるのはこれからです」

「……」

「勝つ事も有れば負ける事も有るでしょう」

「負ける？」

大方様の問いに大殿が〝ええ〟と頷いた。

「甲斐守は決して弱く有りませぬ。隙を見せれば負けるでしょう」

「……」

「負けても良いのです。問題はそこで何を学ぶかです。学ぶものが有れば大膳大夫は強くなれます」

大殿はもう笑ってはいない。大膳大夫と甲斐守の戦いはこれから激しくなる。これからもこんな思いをするのだろうか……。


禎兆元年（一五八一年）十二月下旬　　近江国蒲生郡八幡町　　八幡城　　木下秀吉

「良く来たな、五郎左衛門、藤吉郎。待っていたぞ」

「はっ、師走の忙しい時に押しかけました事、御許し頂きとうございまする」

五郎左衛門殿の挨拶に大殿が声を上げて御笑いになられた。うむ、お元気そうだ。以前お会いした時と少しもお変わりない。

「案ずるな、五郎左衛門。忙しいのは女達だ。俺は至って暇でな、手持無沙汰で困っていたのよ。良く来たな」

声が明るい。歓迎されていると思うと心が弾んだ。五郎左衛門殿も表情が明るい。

「藤吉郎はこの城には既に来た事が有ったな」

「はい」

「五郎左衛門は初めてであろう。如何かな、この城は」

「はっ、噂《うわさ》には聞いておりましたが城下が賑《にぎ》やかなのに驚きました」

「うむ、だが尾張に造る城の城下町は此処よりも大きくなるぞ。城を造る場所が決まったのか？」

「はい」

「そうか、今茶が来る。それが来てから聞こう」

大殿の言葉が終わる前に小姓が茶をもって現れた。大殿の前に、そして五郎左衛門殿、俺の前に大振りの茶碗と菓子を置くと下がって行った。

「遠慮するな。菓子をつまみながら話そう。カステーラだ、美味《うま》いぞ」

ほう、これがカステーラか。話には聞いていたが見るのは初めてだな。五郎左衛門殿も珍しそうに見ている。大殿がカステーラを一口食べた。うむ、美味そうだな。俺も一口食べた。なるほど、日の本の菓子とは違う、なんとも言えぬ食感よ。カステーラを置いて茶を飲んだ。うむ、これも良い。カステーラには茶が合う。五郎左衛門殿も茶を飲んで〝ホウッ〟と息を吐いている。

「それで場所は何処になったのだ？」

いかん、忘れていた。五郎左衛門殿も慌てている。

「されば那古野に城を築こうと思っております」

「ほう、那古野か」

はて、大殿は那古野を御存知なのだろうか？

「藤吉郎」

五郎左衛門殿が俺を呼んだ。後を続けろと言うことだろう。

「はっ、那古野には既に城が有りますがそれを壊して新たに造る事になりまする」

「那古野の城というのは織田殿が一時期居城とされた城だな？」

「良く御存知で」

驚いた、五郎左衛門殿も驚いている。なるほど、先程那古野かと仰られたのはそれでか。あ、五郎左衛門殿がカステーラを一口食べた。俺もと思ったときに大殿から〝続けよ〟と催促された。

「那古野は土地高燥で台地は長く南に延びて熱田の海に臨んでおりまする。そして南北には美濃街道が通り、東西には東海道が通っております。交通の要衝の地に有り軍を動かすのに適しておりましょう。この地に城を築けば人が集まり大いに繁栄する事は間違い有りませぬ」

「うむ、そうだな。繁栄するだろう。それに海が近いとなれば城造りも楽だな。海を使って資材を運べる」

「はい」

大殿の声が弾んでいる。お喜びのようだ。

「良いだろう、那古野に城を築こう」

「はっ」

五郎左衛門殿と共に頭を下げた。

「これから縄張りだな。人が要るか？」

五郎左衛門殿と顔を見合わせた。俺が〝五郎左衛門殿〟と言うと五郎左衛門殿が頷いた。良し、今のうちにカステーラを……。美味い！

「お願い致しまする。城造りに長《た》けた者、普請作業に長けた者、町造りに長けた者は勿論、土木、治水に長けた者が要りまする」

「分かった、直ぐに人を送る。楽しみにしているが良い」

「はっ」

五郎左衛門殿が頭を下げた。慌てて俺も頭を下げた。

## 義昭、顕如、そして……。

禎兆二年（一五八二年）一月中旬　近江国蒲生郡八幡町　八幡城　朽木基綱

パチリと主税が白石を置いた。

「三です」

「うむ、こちらも三だ」

黒石で主税の三を防ぎつつ三を作った。駄目だ、如何も上手くない。

「四」

あ、やっぱりこっちに来たか。防ぎの石を置いた。重蔵が俺と主税の五目並べを見ている。チラッと俺を見た。笑い出しそうな顔をしている。そうだよな、俺の負けだもの。

パチリと主税がこちらの三を防ぐ石を置いた。

「大殿、四三です。某の勝ちです」

「負けたか。どれ、茶でも飲むか」

「はい」

重蔵がクスクスと笑いながら茶の用意を小姓に命じた。

「何故五目並べなのでございましょう、囲碁も中々の腕前と伺っておりますが？」

「囲碁は時間がかかるのでな、五目並べなら暇潰しに良いし直ぐ止められる。それが理由だ」

重蔵が〝なるほど〟と頷いた。

囲碁は時間がかかる。それに主税も俺も長考するからなかなか勝負がつかない。大体何事か起きて勝負は中断だ。評定、戦、面会、夜のお勤め、という訳で俺と主税の対戦成績は十二勝十七敗七十四勝負無し、いや勝負無しは七十五だったかな？　という変なものになっている。ちなみに中々の腕前というのはお世辞だ。俺も主税も下手の横好き、周囲が呆《あき》れるほどのザル碁だ。似合いの二人なのだ。

「大殿、昨年は事が多うございましたな、今年もでしょうか？」

「さあ、如何であろうな。まあ事が無いという事も無いだろう。松千代の元服も行わなくてはならん」

主税と俺の会話に重蔵が頷いた。確かに事が多かった。改元が有って織田が滅んだ。俺が隠居して弥五郎が大膳大夫になり朽木家の当主となった。足利義昭と顕如が死んだ。戦国史でも重要な一年になるだろう。

「それに駿河ではこれから本格的に戦いが起きよう」

「大殿の申される通りです、主税様。御屋形様の力量が試されましょう」

「そうですな」

昨年暮れ、駿河では大膳大夫と徳川甲斐守との間で戦いが起きた。甲斐守が仕掛け大膳大夫が受けた形だ。年が明ける前に大膳大夫の力量を確認しておこう、そんな感じだった。

戦闘は起きなかった。徳川が甲斐から攻めたが大膳大夫が兵を出すと直ぐに引いた。駿東郡に抑えの兵を置いた事が良かった。付け込む隙が無いと見たのだろうな。大膳大夫からは相模への抑えとして駿河の興国寺城、沼津城、長久保城、伊豆の山中城を強化すると文が来た。慎重だな、良い事だ。焦らずにじっくりと行けと返事を出した。銭も送った。

尾張では今年から本格的に城造りだ。昨年末に丹羽五郎左衛門と木下藤吉郎が場所が決まったと説明に来た。何処に造るのかと思ったら那古野だ。今有る城を取り壊して大々的に造ろうと言う事らしい。ちょっと不思議な気分だった、くすぐったいと言うか恥ずかしいと言うか。でも嬉しかったし楽しかった。

問題はこれからだ。具体的な縄張りは如何するのか。本丸、二の丸、三の丸を如何造るのか、防御機構である堀は如何するのか、町造りを如何するのか、未だ何も決まっていない。それにあの辺りは湿地や窪地が多いから埋め立て等で地盤を固めなければ築城は難しい筈だ。人も要れば土も要る。水を抜くために大規模な土木工事が必要になるだろう。銭は勿論だが材木、巨石も必要だ。

　こちらから人を送ると言った。城造りの好きな奴、土木工事の好きな奴、町造りの好きな奴を送る。沼田上野之助、黒田官兵衛、藤堂与右衛門、長九郎左衛門、日置助五郎、長沼陣八郎、増田仁右衛門、建部与八郎。そこに丹羽五郎左衛門、木下藤吉郎、木下小一郎、蜂須賀彦右衛門、前野将右衛門が加わる。どんな城が出来上がるのか楽しみだ。

　お茶が来た。三人でお茶を啜《すす》る。今日は寒い、熱いお茶は何よりの御馳走《ごちそう》だ。月が変わったら京に行かなくてはならん。飛鳥井の伯父が帰って来る、話を聞かないと。それに義昭の死の後始末をしなければならない。多分俺が段取りを付けるのだろうな、他にやりたがる奴がいるとも思えん。此処は割り切ろう、義昭の遺児達を上洛させるには俺が義昭のために色々と骨を折っていると思わせる必要が有る。

　足利将軍家の菩提寺は等持院だ。尊氏の二百回忌法要を等持院の坊主を呼んでやらされたな、あの時はうんざりした。しかしなあ、歴代の足利将軍は初代尊氏を除いて等持院に葬られていないんだ。確か相国寺が多かった筈だ。その代り歴代将軍の木像が置かれている。如何すべきかな？　遺体は薩摩の寺で葬るとしても等持院か相国寺に改葬と言う形にした方が良いだろう。……等持院にしよう、最初と最後は等持院だ。それと義昭の木像を等持院に造らねばならん。義昭の木像？　あの栄養失調のプロレスラーの木像を造る？　なんか不本意だな。足利に関わると常に不本意になる。

　今年の正月は松永弾正と内藤備前守から今後は息子の松永右衛門佐久通、内藤飛騨守忠俊に後を任せたいと申し出が有った。本人達は飯盛山城に詰めるらしい。今年で九歳になる千熊丸の養育に専念したいそうだ。駄目だとは言えん。あの二人にとっては千熊丸を立派な大将に育てる事が三好長慶への恩返しなのだからな。それに俺にとっては未来の娘婿だ。しっかりした人物に育てて貰わないと。二人にとって義昭が死んだのはある意味不本意だろう、怒りのぶつけ所が無くなったのだ。もしかすると息子達に後を任せたのは年齢よりもそれが有るのかもしれない。

「大叔父上の具合は如何かな？」

俺が問うと主税が困ったように笑みを浮かべた。

「まあ良くも無く悪くも無くと言ったところです」

「そうか。朽木はこちらに比べると寒い。大叔父上に風邪に注意するように伝えてくれ」

「有難うございます。祖父も喜びましょう」

ほんと、親しい人間が死ぬのは寂しいわ。蒲生下野守もいよいよいけないらしい。京へ行く前に見舞いに行こう。多分最後の見舞い、いや別れの挨拶になる筈だ。今まで有難うと礼を言おう。寂しくなると……。

禎兆二年（一五八二年）　二月中旬　　　山城国葛野郡　　近衛前久邸　　朽木基綱

「公方の墓か」

「はい、薩摩での葬儀は已むを得ますまい。しかし京に墓が無いのはおかしな事と言えましょう。ですので京で改葬という形を取らざるを得ないと思うのですが……」

「そうでおじゃるの」

余り乗り気じゃないな、太閤近衛前久の顔を見て思った。仕方ないよ、俺だって乗り気じゃない。渋々だ。

「改めてこちらから上洛を促す使者を出さなければなりますまい。そうでなければ向こうも帰り辛い筈。遺族に義昭公の墓を改めて京に建てると言えば戻り易いと思うのですが……、殿下の御考えは如何でしょう？」

「磨《まろ》の？」

「義昭公の近親者と言えば京では殿下の他には居られませぬ」

殿下が顔を顰《しか》めた。

そんな嫌な顔をする事は無いだろう。もう向こうは死んでるんだ。いや、死んでるから嫌なのかな？　死んでまで迷惑をかけられるとか。その気持ちは良く分かる。足利という家は生きていても死んでいても迷惑をかける家なんだ。俺は散々迷惑をかけられた。……あ、今度は溜息を吐いた。

「そうじゃの、仕方有るまいの」

「では等持院に改葬し木像を安置するという事で」

木像を安置という所で殿下が目を剥《む》いた。分かる、その気持ちは良く分かるから……。俺だって不本意だ、なんであんな奴の木像を造らねばならん。でも一人だけ木像が無かったらそれはそれで問題だろう。後世で俺と殿下が反対したから木像は造られなかった、心の狭い奴、なんて言われるのは御免だぞ。あんただって嫌だろう。

「分かった、已むを得まいの」

扇子で顔を隠し殿下がまた溜息を吐いた。切ないよ。

「後は某にお任せ頂けましょうか？」

「うむ、頼む。……済まぬの、前内府」

「いえ、御気になされますな。これも務めと思うております」

殿下が俺をじっと見て頷いた。ほんと、務めだよこれは。不本意でもやらなければならん。しかも率先して。唯一の救いは正面の男が俺の気持ちを理解してくれている事だ。

「殿下、次の使者はどなたに？」

「未だ決まってはおじゃらぬ。だが甘露寺権大納言が最有力じゃな、多分決まりであろう」

「左様で」

甘露寺権大納言か、武家伝奏を務めていたな。まあ適任か、後で旅費でも送っておこう。親朽木派を作るチャンスを逃すべきじゃない。現代社会の政治家もこうやって人脈作りをしたのかもしれん。殿下が〝ところで前内府〟と声をかけてきた。表情が険しい。

「飛鳥井権大納言から妙な話を聞いた。前内府は聞いたかな？」

「聞いております。如何にも腑《ふ》に落ちませぬ。殿下と話をしたいと思っておりました」

「麿もじゃ。如何思う」

殿下が身を乗り出した。

「訝しい事と思います」

「そうよな、訝しい。いや事実ならばおどろおどろしい話よ」

殿下が深刻そうな表情で頷いた。

薩摩から戻った飛鳥井の伯父は憔悴《しょうすい》しきっていた。目の前で人が殺されたのだ、それも仕方が無い事と思ったがそれだけでは無かった。伯父は怯えていた。薩摩で殺されるのではないか、拘束されるのではないかと思ったらしい。まさかと思ったが伯父の話を聞いて俺も納得した。伯父の話が事実なら伯父が京に戻れたのは僥倖《ぎょうこう》に近い、病死という形で毒殺されていてもおかしくは無かった。いや、今でもその危険性は有る。伯父には暫《しばら》く八幡城に避難しろと助言した。伯父は蒼白《そうはく》になって頷いた。

伯父は義昭は謀殺されたと疑っている、いや確信している。俺も同感だ、裏に島津が居ると思った。だが伯父の話を聞いて考えを変えた。義昭殺害には幕臣達も絡んでいる。おそらく、島津と幕臣達の共謀だろう。

〝あの時、一息入れようとなった時だが幕臣達が綺麗《きれい》に居なくなった。そんな事は有り得ぬ、人払いを命じられぬ限り必ず誰かが公方の傍に居る。だが誰も居なくなった。公方も『これは如何した事か』と訝しんでおった。そして顕如が直ぐに来た。まるで計ったかのように……〟

確かにおかしい、そしてタイミングが良過ぎる。伯父が疑うのも無理は無い。伯父は当初自分にかけられた嫌疑を打ち消すので必死だった。だが日が経つにつれ徐々に疑念が湧いた。そして震え上がった。

「殿下、幕臣達にとって公方は邪魔だったと思われますか？」

殿下が首を横に振った。

「分からぬ。だが権大納言の話では公方は三好、松永、内藤への謝罪に難色を示していたそうだ。元はと言えば三好は陪臣、松永、内藤は陪々臣ではないかと。公方が生きていては和議は成らぬのではないかと幕臣達が考えた可能性は有ろう」

かもしれん。或いは謝罪無しで上洛となれば三好、松永、内藤の襲撃を受けると思った可能性も有る。今度こそ殺されると。

「大分困窮しておったようじゃの」

「そのようです」

天下は朽木による統一に向かっている。天下に諸大名が乱立する時代では無くなったのだ。力を失った公方に利用価値が有ると考える大名は殆どいない。義昭を受け入れた島津も何処まで義昭に利用価値を認めていたか。利用価値が無い公方など誰も見向きもしない。義輝の頃とは違い使者に礼物を持たせて送る大名など皆無に等しい。寂しいだろうし惨めであっただろう。幕臣達はその生活に耐えられなかったのかもしれない。

義昭の傍には義輝に従って朽木に逃げた幕臣もいる。朽木に居た頃は諸大名から使者が来た。謙信のように大名が直接来た事も有る。朽木も経済的な援助は惜しまなかった。流浪の将軍では有ったが貧しくは無かったし希望も有ったのだ。京にも近かった。今とはまるで違う、時代が変わったと嫌でも認めざるを得なかった筈だ。彼らが本当に打倒朽木を信じられたのは毛利を頼った時までだろう。その先は惰性だろうな。

「跡取りは十歳ぐらいであろう。公方よりは御し易かろうな」

「謝罪も厳しいものには出来ませぬ」

殿下が微かに頷く。つまり幕臣達にとって義昭は和解への障害と見えた可能性が有る。幕臣達が義昭と俺の和解では無く足利家と俺の和解と考えたならば、いやそう考える事で自分達を正当化しようとしたならば義昭殺害は十分に成り立つ。そして島津にとっても自分達を捨てようとする義昭は許せるものではなかった筈だ。しかし分からぬ事も有る。

「殿下、顕如は何故公方を殺したのでしょう。伯父の話では顕如は朽木との和解を望んでいたという事ですが……」

俺が問うと殿下も困ったような表情を見せた。

「麿にも分からぬ。心を病んでいたとも聞いているが公方は顕如と前内府の和解を考えていた。顕如もそれを了承していた。それが事実なら顕如に公方を殺す理由は無い」

そうなんだ。如何見ても顕如が義昭を殺す理由が無い。殿下の扇子がパチリと音を立てた。

「前内府、九州に移ってから一向宗は大きな動きを見せておらぬ。そこに顕如の意思が有ったとは考えられぬか？」

「と申されますと？」

殿下がぐっと身を乗り出した。

「これ以上、政に関わるのは危険と見たのよ。そなたと和解するためには動かぬ方が得策と見た。有り得ぬかの？」

……有り得るかもしれない。安芸の騒乱は教如が指示を出したと丹波守が言っていた。顕如は無関係だと……。

「しかし顕如の影響力は小さくなっていると聞いておりますが？」

「かもしれぬ。じゃが顕如が戦はならぬと言えば門徒達も簡単には戦は出来ぬとは思わぬか？」

なるほど、顕如がギリギリのところで門徒達を抑えた可能性は有る。或いはそこに義昭の意思も絡んでいたかもしれない。殿下にそれを指摘すると〝有り得る事よ〟と殿下も頷いた。

「某は公方が朽木との敵対では無く朽木の天下獲りに協力する事で征夷大将軍の影響力を残そうと考えたのではないかと思っております。顕如との和解、その後は島津との和睦。そうする事で一向宗、島津を残し征夷大将軍の影響力を維持しようとした……。有り得ぬと思われますか？」

殿下が顔を顰めた。

「あの男なら考えそうな事よ。だが前内府はあの男を信じられるかな？　その話に乗れるかな？」

「……」

難しいな。一向宗との和解は考えても良い。朽木の法を守るなら問題は無い。だが島津との和睦？　それは朽木の覇権を認める事なのかな。それに義昭の協力というのが本心からの協力なのか、それとも雌伏という協力なのか。如何にもあやふやだ。俺が無言でいると殿下が頷いた。

「そうであろうの、信じられまい。だがそれはそなただけでは無かろう。島津も公方を信じられなかったのではないかな？」

「……つまり島津は和睦に否定的だった。となると島津にとって顕如、公方は邪魔でしょうな」

「そうよな、島津だけではない、顕如の息子、教如にとっても邪魔であっただろう。かなり気性が激しいと聞く。石山での戦いの折、最後まで朽木と戦う事を主張していたのは教如であった。あの時、朝廷の扱いという形を取ったのも教如を中心とした強硬派を抑えるのが目的じゃ」

教如か、史実でも主戦派として知られている。大体において和平を結ぶ時、厄介なのは敵よりも味方の強硬派だ。またパチリと音がした。

「のう、前内府。公方と顕如を邪魔だと思う人間があの二人の周囲には少なからず居たとは思わぬか。幕臣達もそなたの一向宗への厳しさを見ておる。そなたと顕如の間を取り持つなど危険と見たやもしれぬぞ」

「なるほど」

島津、教如、幕臣達。立場や望みは違うがそのいずれもが義昭と顕如を邪魔だと思った。あの二人、孤立していたのかもしれん。となると……。

「島津、教如、幕臣。皆で顕如の耳に公方が一向宗を利用して自分だけ利を得ようとしている。或いは一向宗を贄《にえ》にして自分だけが助かろうとしていると吹き込みましたか」

「おそらくはそうでおじゃろうな。そして顕如も公方を信じきれなかった……」

殿下が大きく息を吐いた。特に幕臣達の吹き込みが大きかっただろうな。何と言っても義昭の周辺からの情報なのだ。そして義昭には信用が無い、常に誰かを利用しようとする。自らの力が無い所為だが顕如が義昭を疑うには十分過ぎる状況が揃《そろ》ったという事だろう。顕如は孤立し追い込まれた……。

「顕如は孤立し追い込まれていたのかもしれん」

「……」

「こうなってみると飛鳥井権大納言を使者に送ったのも拙かったかもしれんの。前内府、そうは思わぬか？」

「なるほど」

言われてみればその通りだ。飛鳥井家は一向宗と敵対する高田派、佛光寺派と密接に繋《つな》がっている。その飛鳥井と公方がこそこそと何やら話している。顕如にとっては十分に疑うべき事であっただろう。

「……顕如は、真に自殺したと思われますか？」

殿下が驚いたように俺を見た。そしてホウッと息を吐いた。

「疑っておるか。……そうよの、それも十分に有り得る事よの。何故公方を殺したかが明らかになれば不都合が生じよう。となれば口封じに動いたやもしれぬの。幕臣達が公方の周りから居なくなったのはそれも有ったのかもしれぬ」

疲れたような口調だった。気持ちは分かる。俺も何とも遣る瀬無い思いだ。

「我らの推測が真なら、教如は公方が一向宗を犠牲にする事で朽木と和睦を図った。或いは朽木が一向宗の根絶と引き換えに和睦を打診した、公方はそれを受け入れた。そのような事を言って顕如の行動を擁護し門徒達を自分の下に引き付けようと致しましょう」

「そうなるの。如何致す？」

殿下が俺を見た。如何する？　決まっているさ、望み通り根絶やしにしてやる。あれ？　殿下が顔を青褪《あおざ》めさせている。俺、悪い笑みでも浮かべたか？　それとも殺気が出た？

「今一つ気になる事が有ります」

「分かっておる、公方の遺族、幕臣が戻るかでおじゃろう」

「はい、島津が素直に戻すか。殿下と話していて疑問に思いました」

戻れば幕臣達が生き残る可能性は高くなる。そして島津、一向宗の滅亡の可能性は高くなる。これでは割が合わん。役に立つか如何かはともかく人質に取るんじゃないだろうか。

「戻すであろうよ」

殿下が冷たい笑みを浮かべている。俺を笑っているのか？

「分からぬか？　そなたを殺すために戻る」

「某を殺す……」

「戦では島津も教如もそなたには勝てまい。このままでは滅びを待つだけよ。となれば如何する？幕臣達が和解を装ってそなたに近付き命を奪う、そうは思わぬか？」

殿下が扇子で口元を隠すようにした。何時の間にか声が小さくなっていた。

「なるほど、しかし公方の若君が居りますぞ」

「あくまで無関係を装って殺す」

「……」

「そなたが死ねば全てが変わる。島津も足利も一向宗も、全てが息を吹き返す。それが事実か如何かは分からぬ。だがあの者達はそう思っていよう」

確かに和解なんかよりも俺を殺した方が一向宗も島津も生き残る可能性が高い事は事実だ。そして近付くのも容易《たやす》いだろう。島津の事、教如の事、報せたい事が有ると言えば……。もしかするとこれって三重交換殺人なのか？　顕如が義昭を殺す、そして足利が俺を殺す、となると顕如を殺したのは島津？　しかし有り得るだろうか？

「有り得ぬと思っておるか？」

驚いて殿下を見た。心を読まれたのか？

「昔の事だが幕臣が三好修理大夫を殺そうとした事を忘れてはなるまい。未遂に終わったがあれは当時の公方、義輝の差金の筈。その時の幕臣達が義昭の傍に居たのだ。その者達が同じ事を考えぬと思うか？」

暗い声だ、殿下がじっと俺を見ていた。なるほど、そんな事も有ったな。確か暗殺者は進士、進士一族からは義輝の側室が出ていた。そして人間は過去の出来事を参考にする……。義昭と顕如の死、次は俺か。

「となると伯父が戻って来たのは当然ですな。伯父に万一の事が有っては某を怒らせる事に成ります。戦になりかねませぬ」

「そういう事よの」

「……十分に注意致しましょう」

「それが良いの」

殿下が頷いた。この話は此処までにしよう。あまり愉快な話じゃない。

「先日関白殿下から文を頂きました。公方が亡くなられた以上、征夷大将軍は空位となった。征夷大将軍に就任し幕府を開いては如何かと」

「そうか、麿の所にもその話は有った。関白は相国府には今一つ賛成出来ぬらしい。朝廷の権威が低下するのではないかと危惧しておる」

それだけじゃない、関白九条兼孝は俺の立場が高くなり過ぎると心配している。簒奪の意思は無くても帝に並ぶのではないかと不安視しているのだ。

「今回の一件で征夷大将軍には益々《ますます》就けぬ事になりました。それをやれば某を征夷大将軍に就けるために顕如を唆したなどという噂が流れかねませぬ」

「なるほど」

「その時に疑われるのは某、太閤殿下、関白殿下となりましょう」

「馬鹿な」

殿下が顔を顰めた。しかしな、必ず疑いの目は俺を含めた三人に行く。まして年内に伯父は准大臣に昇進するのだ。如何見ても伯父を使って顕如を使嗾した事への褒賞でしかないだろう。疑いは益々強くなる。

「それに義昭公が征夷大将軍を返上し某が征夷大将軍に就任するならともかく義昭公が殺された後に征夷大将軍に就こうとすれば平島公方家が征夷大将軍職は足利家の家職で有ると言い出しかねませぬ。勿論、征夷大将軍職は某に下されましょうが後々に火種を残しかねない恐れが有ります」

「なるほど」

殿下の渋面が更に酷《ひど》くなった。今の所平島公方家に動きは無い。だが必ず関心を持って見守っている筈だ。征夷大将軍職に価値が有るなどと思わせてはならんのだ。

「朝廷の権威、帝の権威を冒すつもりは有りませぬ。それについては納得していただけるだけの方策を考えます」

「うむ」

殿下が頷いた。僅かに喜色が見える。この男にもやはり不安は有るのだと思った。俺はそんなつもりは無いんだ。簒奪とか帝に並ぶとか考えた事は無い。安定した政権、政治体制を作りたいだけだ。それがこの国の発展に繋がる筈だ。何故それを理解しようとしないのか。……寂しいわ。

「殿下、いずれ九州では戦が始まりましょう」

「そうじゃの」

「九州から目は離せませせぬ」

「うむ」

枷《かせ》を外した門徒達が動く筈だ。動くのは俺を殺す準備が出来た時だろう。その時、おそらくは大友領に入って戦の切っ掛けを作る筈だ。そして島津が動けば龍造寺、秋月も動く。最初に潰れるのは大友という事になるのかもしれない。ま、史実とほぼ同じだな。

# 波及

禎兆二年（一五八二年）　二月下旬　　尾張国愛知郡那古野村　　那古野城　　木下長秀

「順調じゃのう、小一郎」

「はい」

目の前では大勢の人間がうごめき那古野城が解体されつつあった。兄の声は弾んでいた、だが表情には複雑な色が有った。

「如何されました、兄上」

声をかけると兄が困ったような表情をした。

「うむ、昔の事を考えておったんじゃ」

「……兄上」

兄が首を横に振った。

「分かっとる、分かっとるんじゃ、小一郎。殿様はもう居られんとな、良く分かっとる」

この那古野城は亡き弾正忠様が居城とされた城だった。だが家督を継がれた後、清州城を攻め獲り居を移された。

「妙なもんじゃ、俺が織田家に仕えて一年程で殿様は清州に移られた。この城には思い出なんぞ殆ど無い筈なんじゃがこうして取り壊していると不思議に昔を思い出すわ。皆若かったのう、懐かしいわ、随分と無茶をやったものよ。又左も内蔵助も」

「左様で」

兄が那古野城を見ながら〝うむ〟と頷いた。

「大殿は幕府を開かれるのでしょうか？」

「分からん、じゃが足利義昭公が亡くなられたからの。征夷大将軍に就くのに不都合は無い」

これまでは義昭公が征夷大将軍の地位にあった。実の無い将軍、実の無い幕府。だが大殿が将軍になり幕府を開けば足利の幕府とは違い強力な武家の府となろう。

「義昭公の事は唐突だったのう、小一郎」

「はい」

義昭公が殺された。しかも本願寺の顕如に。九州の片隅で起きた事では有った。だが天下を揺るがす一大事だと言えよう。征夷大将軍が、一向宗の宗主が死んだのだ。皆が驚いた筈。

「大殿は如何御考えでしょう？」

「……大殿は何処に城を築くのかを聞くのが楽しそうであったな、その事は話に出なかった」

「左様で」

余り関心が無い、或いは話せぬ何かが有る、そういう事か。

新たに城を築く場所についてはかなり揉《も》めた。最初に考えたのは勝幡に城を築く事だった。勝幡は津島に近い、町造りも容易で繁栄し易いという判断からだ。だが津島は既に朽木に服属しており津島を押さえるという事に余り意味は無かった。また勝幡は土地が低く川が氾濫し易いという欠点も有った。それに勝幡は尾張の西に寄っていた。尾張全体を押さえるには不適当だろうという事になった。

勝幡の次に出たのは清州だった。尾張の中心部に位置し東海道と伊勢街道が合流し東山道にも繋がる要所だ。此処を押さえれば尾張を押さえられる。だが清州は水攻めに弱く土地も狭い。大殿の望まれる天下の巨城を造るには不適当と判断せざるを得なかった。

それに皆が口には出さなかったが清州は織田家にとって格別の地だ。城を取り壊し新たに朽木の城を築くという事が織田一族に如何いう影響を及ぼすか、正直不安が有ったと思う。城造りは尾張を安定させるためのもの、不安定にさせるのでは本末転倒になる。

清州の後に候補に挙がったのが那古野だった。那古野は土地高燥で台地は長く南に延びて熱田の海に臨んでいる。そして南北に美濃街道、東西に東海道という交通の要衝に有り大軍を動かすのにも適しているだろう。年末に兄と丹羽様が近江に報告に赴いたが大殿は大層喜ばれたという。特に那古野が海に近い事、交通の要衝で有る事を喜ばれた。交易を重視する大殿にとってそれは重要な利点なのだろう。

実際城造りでも海に近い事は大きな利点だ。木材、巨石を運ぶのに船が利用出来る。巨石は瀬戸内から、そして木材は飛騨、信濃、美濃から川を使って長島へ、そして長島からは海路熱田へとなる。那古野は津島を超える商業の街になるかもしれない。

大殿は兄と丹羽様を助ける人間を送ると仰られた。そして沼田上野之助、黒田官兵衛、藤堂与右衛門、長九郎左衛門、日置助五郎、長沼陣八郎、増田仁右衛門、建部与八郎等が年が明けると尾張にやってきた。名の知られた者も居れば無名の者も居る。だが経歴を聞けばなるほどと頷く者ばかりだ。皆が新たな城造り、町造りに興奮している。兄の言った通り、戦などよりも遥《はる》かに面白い仕事になるだろう。

「駿河では興国寺城、沼津城、長久保城。伊豆では山中城が防備を固めていると聞きます。東海道は彼方此方《あちこち》で城普請ですな」

私の言葉に兄が〝うむ〟と頷いた。

「若殿、いや御屋形様は腰を据えて取り掛かろうとされているようじゃ。戦は徳川と上杉の間で先に起きるかもしれんな。又左や内蔵助がやきもきしていよう。ま、相手は徳川というよりも小田原城じゃ、焦らずじっくりと、そういう事じゃろう」

小田原城か、難敵では有る。時間がかかるだろう。

「兄上、徳川が御屋形様を掻《か》き回そうとすれば駿河よりも尾張に手を入れてくる可能性は有りませぬか？」

兄が私を見た。

「その可能性は十分に有る。だが織田家の方々が簡単に動くとも思えぬ。昨年末、岩村の御坊丸様が元服なされた。景長と名乗られたが名付け親は大殿じゃ。遠山一族の通字で有る景と御父君の長、大殿は織田一族に対して好意的だと皆が理解した筈」

「確かに、……ですが念を入れたいと思いまする」

「……そうだな、そうしておくか。場合によってはこちらの普請にも影響が出かねん。後で小六、将右衛門に小一郎から伝えてくれ。徳川に邪魔をさせるなとな」

「はっ」

兄が満足そうに頷いた。兄は前を進む、後ろを見守るのは私の役目だ。


禎兆二年（一五八二年）　二月下旬　山城国葛野郡　近衛前久邸　九条兼孝

「前内府に征夷大将軍を奨《すす》めたと聞いたが真かな？」

「はい」

「これ以上奨めるのは止める事じゃ」

「はて、何故でおじゃりましょう」

太閤殿下が不機嫌そうな表情をしたまま口を開こうとしない。迷ったが思い切ってこちらから口を開いた。

「公方が亡くなった今、前内府が新たに幕府を開くのに支障は無いと思いますが？　公家達の中にも幕府を開くべきだと言う者は少なからずおります。良い機会ではおじゃりませぬか」

「……」

「新たに政の府を整えるよりも慣れた幕府の方が混乱は少ないと思うのです。確かに武家の府では理《ことわり》が整わぬという部分は有りましょう。前内府が不安に思う気持ちも分かります。しかしその部分こそ新たに理を整えれば良いのではおじゃりませぬか？　それを放置せよとは麿も申しませぬ」

「……」

「むしろ太政官の府を開く方が帝との関係も難しくなるのではないか、朝廷との衝突が増えるのではないかと思うのですが」

太閤殿下の渋面が酷くなった。

「公方の殺害じゃがあれには裏がおじゃるぞ」

「……と仰られますと？」

問い掛けると太閤殿下が一つ息を吐いた。

「島津、幕臣、それに本願寺の教如が絵を描いて公方を殺したというのが麿と前内府の読みじゃ」

「まさか」

太閤殿下が嘘《うそ》ではないというように首を横に振った。

「証拠は無い、だが顕如一人の凶行とするには些か無理が有る。誰かが絵図を描いたのは間違いなかろう」

「……」

言葉を出せずにいると太閤殿下が軽く笑った。

「そなたが顕如を唆したのか？」

慌てて首を横に振った。

「とんでもおじゃりませぬ。そのような事、麿には無理におじゃります」

「であろうな。麿にも無理じゃ。前内府も何もしておらぬ。征夷大将軍に興味が無いのだからの、前内府に公方を殺す理由は無い」

「……」

「だが前内府を征夷大将軍に任じれば殺した連中は顕如の後ろには麿らが居たと言うであろうよ。前内府を征夷大将軍にするために顕如を使って公方を殺した。顕如を唆したのは飛鳥井権大納言だとな」

「……馬鹿な」

太閤殿下が首を横に振った。

「飛鳥井権大納言は准大臣になるのじゃぞ。如何見ても公方暗殺の論功行賞としか見えまい」

「……」

太閤殿下が私を見た。

「そなたが疑われるのは間違いないの。前内府を征夷大将軍にと熱心に推しているのはそなたじゃからの」

「ご冗談を」

声が震えた。

「冗談ではおじゃらぬ。前内府は征夷大将軍に拘っておらぬのだ。征夷大将軍に拘っているのは我ら公家であろう。当然だが疑いの目は我らに向く。そして朝廷に、院に、帝に向く事になる。院の、帝の名を汚す事になるぞ」

「……」

「それで良いのか？」

「いえ」

首を横に振った。太閤殿下が一つ息を吐いた。

「ならば征夷大将軍の件でこれ以上動くのは止める事じゃ。……誰のためにも成らぬからの」

「……はい」

まさか、公方の殺害が我らの所為にされかねぬとは……。折角の好機と思ったのだが……。


禎兆二年（一五八二年）　二月下旬　越後国頸城郡春日村　春日山城　上杉景勝

寒い、冷えると思っていたら雪が降っているようだ。小姓達が火鉢に炭を足している。暖かくなるまであと一月はかかろう。兵を動かすとなれば更に半月後か。それまでは動く事は出来ぬ、この春日山でじっとしていなければならぬ。毎年、十二月の半ば過ぎから翌年の四月の半ばまで、越後は熊のように冬眠する。雪国の宿命《さだめ》とは言え辛い事だ。

伏嗅《ふせかぎ》から報告が来ている。越中の神保、椎名に動きは無しか。昨年から今年にかけて徳川、蘆名が頻りに使者を越中に送っていると報告が有った。おそらくは寝返らせて越中方面で事を起こそう、こちらの兵力の分散を狙おうという事だろう。信玄坊主めが良くやった手だ。神保は宗右衛門尉長職から息子の宗右衛門尉長城に代替わりしている。椎名家も小四郎景直に代替わりだ。上手く行けばと思ったのだろうな。

神保と椎名が協力するという事は先ず有り得ぬ。あの両家はずっといがみ合ってきたのだ。代替わりしたからと言って関係が改善するなど有り得ぬ事だ。上杉が越中中部に領地を持つのも両者を引き離す事で直接接する事を無くそうという意図が有る。そして神保、椎名は上杉、朽木にそれぞれ前後を挟まれている。敵対すればあっという間に滅ぼされるだろう。神保も椎名もその事は良く分かっている筈だ。

徳川も蘆名も大分焦っている。蘆名はこちらが下野の那須と手を結び蘆名を攻め獲るつもりだと気付いたようだ。伊達に協力を要請しているようだが伊達の反応は思わしくない。伊達にしてみれば余計な事に手をだしてこちらを巻き込むのは止めてくれという事だろう。

徳川は朽木の動きに神経を尖《とが》らせている。朽木は弥五郎殿、いや大膳大夫殿が駿府に居を移した。対徳川戦、関東方面の戦は大膳大夫殿が責任者という事だ。昨年末に徳川が駿河に対して仕掛けたようだが大膳大夫殿は危なげ無く対処した。未だ若いが功を焦るという事は無いらしい。

それにしても舅殿も思い切った事をしたものよ。家督を譲り東海道五か国を譲るとは。奈津からの文によれば突然の事であったらしい、皆が驚いたとか。そうであろうな、舅殿は三十代半ば、大膳大夫殿は十代半ば。舅殿には身体の具合が悪い等という話は聞かぬ。家督を譲る必要など何処にも無い。織田、そして上杉の事が頭に有ったのであろう。後継者を決め経験を積ませるという事だ。官位の事と言い舅殿らしい周到さよ。驚くわ。

その舅殿から足利義昭公と顕如の一件について文が来た。顕如が義昭公を弑し自ら命を断ったと言う事であったが舅殿の文には訝しい、不審が有ると記されていた。なにやら裏が有るらしい。だがこれで足利将軍家も一向宗も一層の凋落《ちょうらく》を免れまい。その分だけ舅殿の権威が増す。舅殿はまた一歩天下に近付いたと言える。

養父は義昭公の死に複雑そうな表情であった。何かと頼られた事を思ったのかもしれぬ。しかし俺にとっては困ったお方でしかなかった。朽木家との縁組、関東管領への就任、いずれも邪魔をした。俺の立場を強めようとはしてくれなかった。到底その死を悲しむ事など出来ぬ。おそらく舅殿も同じであろうな。随分と迷惑を掛けられている。良く殺さなかったものだ。俺なら何処かで我慢出来なかったかもしれぬ。

戸が開いて母が入って来た。小姓達に席を外すように言っている。小姓達が俺を見た。頷くと部屋を出て行った。それを見てから母が目の前に座った。人払いをしたと言う事は表向きの話ではない、内向きの話だろう。表情が険しい、厄介事のようだ。気が重かった。

「何事でしょう、母上」

「そなた、竹姫の事を如何するつもりです？」

「……」

竹姫？　如何する？

「床入りの事です、今年でもう十四歳ですよ」

床入り？　十四歳？……つまり、その……、そういう事か？

「そなた、竹姫が嫌いですか？　他に想う女子が居るのですか？」

「そのような事は」

「無いのですね。ならば」

「あ、いや、母上、今少し大人びてからでも」

母が眉を顰《ひそ》めた。いかん、御機嫌を損ねたか。

「そなた、分かっているのですか？」

「は？」

「足利義昭公が亡くなられました」

「はい」

「征夷大将軍職は空位となったのですよ」

「……」

なるほど、舅殿が幕府を開く事が出来るという事か。母が俺を見てゆっくりと頷いた。

「これからは朽木家が天下を率いるのです。その中で上杉家が如何いう位置を占めるかを考えなければなりませぬ」

「……」

「大膳大夫様に奈津が嫁いでいます。いずれ子が出来ればその子が天下を治める事に成ります。上杉の血を引く子が天下を治めるのです」

「……」

まあ、そうなるか。しかしあの奈津の産んだ子が天下を治める？　寒気がするな、出来れば朽木の血が強く出て貰いたいものだ。そうでなければ天下が騒々しくなる。皆が目を瞑《つぶ》って耳を塞ぐだろう。そして口を閉じるに違いない。

「その時、そなたと竹姫の間に生まれた子が如何いう意味を持つか、分かりますね？」

「はい」

父方から見ても母方から見ても従兄弟だ。親兄弟を除けばもっとも近しい親族だな。

「上杉を守るという意味においてもそなたは竹姫との間に子を作らねばなりませぬ」

母がじっと俺を見ている。なるほど、朽木家が天下を治めた時、最大の大名が上杉家となる。危険という事か。

「母上のお話は良く分かりました。もっともな事と思います。明年では如何ですか？　その頃になればずっと大人びましょう」

「……」

「あまり無理はさせたく有りませぬ」

小さい声で言うと母が渋々頷いた。

「……分かりました、明年ですね、頼みましたよ」

不満そうでは有ったが母は部屋を去った。

母が去ると部屋に小姓達が戻って来た。皆、もの問いたげな表情をしている。敢《あ》えて無視して顔を顰めると小姓達がこちらを見ないように視線を逸らせた。それで良い。床入れか、何と言うか、幼い時に預かったから妻というより妹のような感覚だった。妻か……。

いかん、そんな事を考えている場合ではないな。四月半ばになれば兵を動かす。諏訪から甲斐に攻め込む。諏訪衆は徳川を離れこちらに付くと約束してきた。大分徳川に不満が有るらしい。武田最後の当主、信頼は諏訪の血を引いていた。その所為で徳川は今一つ諏訪衆を信じていないらしい。諏訪衆はその事を面白くなく思っている。駿河から大膳大夫殿に甲斐へ動いて貰おう。使者を出さなければならん。使者は舅殿にも出した方が良いだろうな。


禎兆二年（一五八二年）　二月下旬　　近江国蒲生郡八幡町　　八幡城　　朽木小夜

「寂しくは有りませぬか？」

「もう慣れましてございます」

「それなら良いのですが」

大方様がホウッと大きく息を吐かれた。大膳大夫が駿河に行ってから大方様は時折私を慰めて下さる。でも寂しいのは大方様も同じ、時折今のように深い息を吐かれる事が有る。

「今年は正月を一緒に祝えませんでした。寂しい事です」

「戦がございましたから已むを得ぬ事でございます。来年は共に祝えましょう」

「そうですね。それにしても何時になったら戦が無くなるのか……」

また大方様が息を吐かれた。今度は俯いて小さく。駿河で戦が起きたと聞いた時は胸が潰れるかと思った。一人で戦が出来るのだろうか？　大事にならぬのだろうかと。

これまで何度も大殿を戦場に送った、でも一度としてそのような想いはしなかった。負ける等という事は微塵《みじん》も思わなかった。おそらく大方様も同じであろう。改めて大殿があの子を駿河に送った理由が分かったような気がする。家臣達も同じ事を思ったのではないだろうか。

戦にならずに徳川が兵を退いたと聞いた時には心からホッとした。何時か、あの子が戦に赴いても平然と受け入れる事が出来る日が来るのだろうか……。あの子が出陣すればもう大丈夫と思える日が来るのだろうか。とても想像が付かない。でもそうなって貰わなければ……。

「大方様、大殿が天下を統一されれば戦は無くなりましょう」

「その日が何時来るのか……」

「十年とはかからぬ筈でございます」

「十年ですか」

大方様が息を吐かれた。十年、過ぎ去ってみれば短いけれど十年を待つのは確かに長い。

そして十年後には息子達はこの近江を離れて各地に散らばるのだろう。既に松千代は尾張に行く事が決まっている。息子達だけではない、娘も散らばるだろう。雪乃殿の娘、竹は上杉に嫁いでいる。私の娘、百合も三好家に嫁ぐ事が決まっている。少しずつ私の周りは寂しくなっていくに違いない。

「気の重い話をしても仕方有りませんね。小夜殿、お腹の子に障りは有りませぬか？」

「はい、すくすくと育っております」

「嬉しい事です」

お腹の子は順調に育っている。生まれるのは六月の末から七月の初め、雪乃殿、篠も同じ頃に子を産む筈。篠の産む子が男子ならば良いのだけれど。大殿もそれを願っている。

「孫が生まれるのは嬉しいのですけれど、そろそろ曾孫《ひまご》の顔も見たいと思います。小夜殿も孫の顔が見たいのでは有りませぬか？」

「そうでございますね、私もそろそろ御祖母様と呼ばれてもおかしくない年になりました」

二人で顔を見合わせて笑った。子を産むのはこれが最後、この後は孫が生まれるのが楽しみになるだろう。松千代も元服を迎える、先ずは松千代の嫁を決めなければ……。

## 遠雷

禎兆二年（一五八二年）　三月上旬　　山城国葛野・愛宕郡　　東洞院大路　　勧修寺邸
勧修寺晴豊

「今度、九州に行く事になりました」

甘露寺権大納言殿の言葉が耳に響いた。島津の下に居る公方の遺児と幕臣達を上洛させる、そのための使者に甘露寺権大納言殿の名前が挙がっているのは知っていたが正式に決まったか……。

「左様でおじゃりますか……。大事なお役目におじゃります。首尾良く成し遂げられお戻りに成られる事を祈っております」

「有難うございます」

甘露寺権大納言殿が頷いた。

「前内府から薩摩は遠いから路銀に使ってくれと銭を頂きました」

「ほう」

思わず声が出た。甘露寺権大納言が笑みを浮かべている。

「何と言ってもあのような事がおじゃりましたからな。麿が行きたがらぬとでも思ったのかもしれませぬ。お気遣いを頂いたようです」

「左様でおじゃりますか」

甘露寺権大納言殿の口調に嫌味は無い。少なからぬ銭が渡されたのだろう。相変わらず銭を使うのが上手い。

「前内府からは銭だけで無く文も頂きました。麿に危難が及ぶような事は無いと思うが気を付けて行って欲しいと書いておじゃりましたな」

「なるほど、随分と気を遣っているようで……」

甘露寺権大納言殿が頷いた。もう笑みは無い。

「まあ、何と言っても公方が殺されましたからな」

「飛鳥井権大納言殿も随分と驚いたと聞いておじゃります」

甘露寺権大納言殿と顔を見合わせ共に溜息を吐いた。目の前で公方が顕如に殺されたと聞いた。どれ程の衝撃であった事か……。とても想像が付かない。

「昔、父が公方について言っていた事がおじゃります。権力の怖さを知らない。兄弟揃って終わりは良く有るまいと……。確か上洛した直後でおじゃりましたな。前内府が実権を握る前の事ですが……」

甘露寺権大納言殿が頷いた。

「麿も似たような事を考えた事がおじゃります。余りにも危うい、あれでは近寄る事は出来ぬと……」

今度は私が頷いた。

懼れていたことが現実になった。予想が当たっても少しも嬉しくない。公家達が公方に近付かなかったのは公方が傀儡だから、そして前内府という実力者が居たからだが公方に近付いて面倒に巻き込まれては敵《かな》わぬという想いもあったからだろう。勧修寺は昵懇衆だが離れた。他の昵懇衆も離れた。誰が見ても危うかったのだ。公方は、幕臣達はその危うさに気付かなかったのだろうか……。

「京に戻りたい、何度もそう思った事でおじゃりましょうな」

甘露寺権大納言殿が嘆息を漏らした。

「ええ、思った事でしょう」

京に戻る事無く異郷の地で果てた。異郷の地で亡くなった征夷大将軍は公方の他にも居る。だが九州の果てで命を奪われた公方は居ない……。徐々に九州の片隅に追い詰められ絶望しただろう。

実権を取り戻したいという想いと京に戻りたいという想い、一体どちらが強かったのか……。

「今考えると前内府が公方を何故征夷大将軍から解任しなかったのか、分かるような気がします」

「と言いますと？」

問い掛けると甘露寺権大納言殿が躊躇うような表情を見せた。

「こうなる事を前内府は分かっていたのではないかと思うのです」

「……」

はて、如何いう事だろう。

「我ら両名が公方の最期は良くあるまいと思った。前内府もそう思ったとは思えませぬか。足利の権威を落とすには征夷大将軍を剥奪するよりもそのままにした方が良い、いずれは哀れな最期を迎える。その方が……」

「その方が足利の権威を落とせる……」

甘露寺権大納言が頷いた。有り得るだろうか？　有り得るかもしれない……。だとすれば今回の一件は前内府にとっては予想通りだったのかもしれない。

「怖いものでおじゃりますな」

「はい、怖いと思います」

二人で頷いた。前内府は足利の幕府を自滅させるために征夷大将軍を剥奪しなかったのだとすればその残酷さを何と表現すれば良いのだろう。ただ怖いとしか言えない自分にもどかしさを感じざるを得ない。

「幕府もこれで終わりでおじゃりますな」

「はい、二百五十年続いた足利の世もとうとう終わりを迎えました」

甘露寺権大納言殿の〝とうとう〟という言葉に妙に納得する自分がいた。足利は弱かった。そして分裂して足利の内《なか》で争う事も有る程混乱した。だがそれでも滅ばなかった。足利の名にはそれなりに重みが有ったのだろう。だが前内府がそれを自滅に追い込む形で終わらせた。

「前内府は得をしましたな」

「……」

私の言葉に甘露寺権大納言が困ったような表情をした。問い掛けたわけでは無いが答え辛かったのかもしれない。だが間違いなく得をした。上洛させた後、公方の待遇を如何するかは問題だった筈だ。それに公方の所為で三好左京大夫が死んでいる。三好、松永、内藤の三者は簡単には公方を許せなかった筈、前内府も頭を痛めただろう。だが公方が殺された事でその全てが解決した。

……甘露寺権大納言殿の困ったような表情が引っ掛かった。……まさかな……。甘露寺権大納言殿を見た。未だ困ったような表情でこちらを見ている。……まさかな……。


禎兆二年（一五八二年）　三月上旬　近江国蒲生郡八幡町　八幡城　朽木基綱

目の前に二人の少年が居た。朽木松千代、朽木亀千代。二人とも俺の息子だが顔立ちはちょっと違う。松千代は母譲りの面立ちだが亀千代は俺に似ているだろう。要するに松千代は美少年だが亀千代はごく普通だ。背丈はそれ相応だろうな。松千代は今年十五歳、亀千代は十二歳になった。

二人の後ろには傅役が控えていた。朽木主殿、長左兵衛綱連、石田藤左衛門。千種三郎左衛門忠基、黒田休夢。息子二人は暦の間に呼ばれるのは初めてだ。松千代は不思議そうに彼方此方《あちこち》見ているが亀千代は俺を見ている。

「松千代」

「はい」

幾分声が低くなったか。何時の間にか子供は育つ。置いて行かれるのは親の方なのかもしれない。いかん、少し感傷的になっているな。今はそんな時ではないのに。

「年内に吉日を選んでその方を元服させる」

「はい!」

「松千代様、おめでとうございまする」

「兄上、おめでとうございまする」

傅役達と亀千代が祝いの言葉を言った。松千代が〝有難う〟と頷いている。

「既に知っていようが尾張の那古野という地に城を築いている」

「はい」

「大きな城だ、この八幡城を超えるだろう」

「……」

八幡城を超えるという事に想像が付かないのかもしれない。松千代は困惑している。

「その城が出来上がれば松千代が城主となる」

「私がでございますか？」

「そうだ。その方の兄、大膳大夫が東海道五か国を治めている。尾張は東海道の要衝の地だ。その方は城に入り尾張を押さえる。そして兄、大膳大夫配下の一将として兄を助けるのだ」

こくりと頷いた。

「城は何時頃出来ましょう？」

「分からんな主殿。三年ぐらいは掛かるかもしれん。だが松千代は元服したら直ぐに尾張に送る」

〝なんと〟、〝真で〟と声が飛び交った。本気だ。

「松千代は尾張の末森城に入る。そして那古野の城の城造り、町造りを学ぶのだ。良いな」

「はい！」

声に勢いが有る。松千代の良い所は明るくて伸びやかな所だ。おかげで酷い命令を出しても罪悪感を覚えずに済む。この子は人に好かれるだろう、外に出しても不安は無い。

「亀千代」

「はい」

「その方も後三年もすれば元服だ」

「はい」

「元服すればその方も外に出る事に成るだろう。今から準備をしておけ」

「はい」

〝はい〟としか言わないが大丈夫かな？

「勉学に励んでいるか？」

「はい」

「武芸は如何だ？　励んでいるか？」

「はい、励んでおります」

チラリと千種三郎左衛門を見た。三郎左衛門が頷く、問題は無いようだ。

「そうか、その方が自ら太刀を取って戦うなどという事は先ず有るまい。だがその時が来た時になって慌てるような事が有ってはならん。勉学、武芸、共に励めよ」

「はい」

「以上だ、下がって良いぞ」

皆が下がった。どうもよく分からん息子だな。学問の出来は悪くないらしい。武芸にも今は励んでいるようだ。しかし驚くという事が無いし燥《はしゃ》ぐという事も無いらしい。要するに何を考えているのか分からん子供なのだ。もっとも朽木の譜代からは俺の幼少時に一番似ていると言われているようだ。俺ってこんな子供だったかな？　どうもよく分からん。

考え込んでいると細川与一郎が〝長宗我部宮内少輔様がお見えになりました〟と報告してきた。頷くと直ぐに宮内少輔が現れた。不仁不義の大将との評価も有るが表情は穏やかで四国を切り獲る程の猛将には見えない。もっとも俺だってそんな怖い顔をしていないから顔で判断するのは危険だ。

「如何されたかな、宮内少輔殿。願いの儀が有るとの事だが」

「はっ、出来ますれば前内府様の下で仕事を頂きたく、こうして願い出ておりまする」

「なるほど、俺のために働くと言われるか」

「はい」

宮内少輔がにこやかに頷いた。まあそんな所だろうとは思ったが。

「その理由は？」

「天下獲りを目の前に見ているだけなのは面白く有りませぬ。出来ますればそこに加わり前内府様が如何なる天下を造るのか、見とうございまする」

宮内少輔は俺より十歳上だから四十代前半か。暇なのは事実だろうな。或いは一条家の事が関係しているのかもしれん。一条家の隠居は大友の所に行っている。此処で俺のために働いて土佐は一条よりも長宗我部と思わせたいとでも思ったか。

「我が願い、お聞き届け頂けましょうや？」

「ふむ、宮内少輔殿の意の有る所は分かった。だがこの場では即答しかねる。少し考えさせて貰おう」

「はっ、宜しく御検討をお願い致しまする」

宮内少輔が深々と頭を下げて部屋から去った。

さて、如何するかな？　家臣として迎え入れるのであれば相談役だろう。蒲生下野守が先日死んだから今相談役は重蔵だけだ。長宗我部宮内少輔元親か、良いかもしれない。戦国大名としての見識を利用するのだ。となるともう一人、飛鳥井曽衣を入れよう。公家としての見識を利用する。これからは朝廷対策も重要だ。一条家も宮内少輔を相談役に入れる事に不安を感じる事は無い筈だ。

禎兆二年（一五八二年）　三月上旬　　近江国蒲生郡八幡町　　八幡城　　黒田休夢

「黒田殿、少し時間を頂けませぬか」

相役の三郎左衛門殿が話しかけてきたのは亀千代様の御前を下がり邸へ戻ろうとした時だった。

「構いませぬが」

「ではこちらへ」

案内されたのは三郎左衛門殿に与えられた部屋だった。部屋の中は小奇麗に片付いている。壺《つぼ》が有ったのがおかしかった。色から見て織田焼だろう、相当に磨いている。三郎左衛門殿が座る、それに正対する形で座った。

「今日は驚きましたな」

「驚きましたな。この城の主は御屋形様、朽木家の当主は御屋形様、そういう事なのだと思いました」

私の言葉に三郎左衛門殿が頷いた。確かに驚いた。松千代様を元服と共に尾張に送る。御屋形様配下の一将として扱うと大殿が仰られた。そして亀千代様も元服後は外に出すと仰られた。予想外の事であった。

「松千代様も亀千代様も御裏方様の御腹の子にござる。それだけに扱いには気を使うのでござろう」

三郎左衛門殿が嘆息を漏らした。

「大殿は今の朽木家にとっては敵を討つ事よりも内を固める方が大事と思われたのかもしれませぬな」

三郎左衛門殿が〝なるほど〟と頷いた。そして私を見た。

「御屋形様を駿河に送ったのもそれ故と休夢殿はお考えかな?」

「はい、三郎左衛門殿は有り得ぬと思われますかな?」

問い掛けると三郎左衛門殿が首を横に振った。

「いや、十分に有り得る事にござろう」

「御屋形様を駿河に送り経験を積ませる以上松千代様、亀千代様をこの城に置く事は出来ぬ、そういう事なのでしょう」

三郎左衛門殿が頷いた。

「休夢殿の申される事、尤もじゃ。松千代様、亀千代様だけではない。家臣達が勘違いせぬようにと思われたのであろう。御家騒動から家が勢いを失う事は良く有る。場合によっては滅ぶ事も有る。織田家がそうであった。六角家もじゃ。大殿が朽木家を織田家のように、六角家のようにしてはならぬと思ったとしても不思議ではない」

自分は六角家の事は詳しくは知らない。だが織田家の御家騒動は酷かった。最終的に織田家は何も出来ぬままに滅んだ。朽木家ではそのような御家騒動が起きそうな気配は無い。だがその気配が出る事も許さぬという事なのだろう。大殿は果断と皆が言うが用心深さも相当なものだ。

「三郎左衛門殿、某はこれまで亀千代様を立派な大将にと思っておりました」

「某も同じ思いでござる」

「しかし足りませんでしたな。大殿が望んでおられるのは御屋形様を助け支えられる大将に育てて欲しいという事なのだと思います」

三郎左衛門殿が頷いた。

「亀千代様は十二歳、あと三年で元服と大殿は申された。ならばあと三年で御屋形様を助けられる大将に育てなければなりませぬな」

「はい、学問や武芸ではなく心を鍛えなければ……」


禎兆二年（一五八二年）　三月上旬　伊予国宇和郡高串村　丸串城　三好長逸

横になってうつらうつらしていると息子の久介が部屋に入って来た。

「父上、御具合は如何ですか？」

「今日は気分が良い。起こしてくれぬか、久介」

「宜しいので？」

「構わぬ、寝てばかりでは却《かえ》って身体が疲れる」

久介が背に手を当てるとゆっくりと身体を起こしてくれた。やれやれ、起きるのも一苦労だな。自分で起きられぬようでは儂《わし》ももう仕舞か。手前に脇息を置き両手で抱えるようにして身体を支えた。

「久介、平島公方家に動きは無いか？」

「ございませぬ。豊前守様も摂津守様も動こうとはされませぬ。平島公方家が単独で動くなど有り得ぬ事、御安堵《ごあんど》なされませ」

「そうか、それなら良い」

「もう足利の世では無い、皆分かっております」

「なら良いがな、それが分からぬ者も居る」

「……」

不満そうだな、未だ甘い。平島公方家が動かぬのは朽木家が有るからよ。朽木家が揺らぐような事が有れば平島公方家が如何動くかは分からぬ。

「良く似た兄弟であったな。他人を唆してばかりいたが最期は天寿を全うする事が出来なかった」

「そうですな、こうなると将軍職を返上した権中納言様は公方様に勝たれたと言って良いのでしょうか？」

「そうだな、勝ったと言えよう。公方を哀れと思う者は居ても権中納言様を哀れむ者はおるまい。哀れまれるとは敗者である証なのだ」

儂の言葉に久介が頷いた。今になって思えばあの兄弟は愚かである以上に哀れであったのだろう。あの兄弟の不幸は自分達が敗者である事を認められなかった事に有る。

あの時、前内府が権中納言様と公方の和議を提案してきた。あれを受け入れる事で権中納言様、三好家、安宅家、十河家は生き残った。そうでなければ如何なっていたか。哀れまれていたのは我らであったかもしれぬ。我らはギリギリのところで勝ち札《ふだ》を掴んだのだと今なら分かる。危うい所であった。それにしてもその勝ち札を差し出してきたのが朽木とは……、妙なものよ。

「孫七郎、孫八郎は如何した？」

「領内の見回りに出ております」

「そうか」

孫七郎長道、孫八郎長雅、二人の孫は共に二十歳を超えた。もう一人前だ。儂が歳を取る筈だ。

「父上、豊前守様の御具合が良くないようです」

なるほど、その件で訪ねて来たか。久介の表情は暗い。豊前守の容体はかなり悪いのだと分かった。これはどちらが先に逝くか、分からなくなったわ。

「厄介な事に成ったの」

「はい、豊前守様に万一の事が有れば如何なるか……」

「まあ摂津守殿が御存命の間は問題有るまい。だが一時凌《しの》ぎでしかないの」

「はい、摂津守様も五十を超えました。それを思いますと父上の申される通り、一時凌ぎでしか有りませぬ」

朽木の毛利攻めに協力し三好家は伊予一国を得た。これによって三好一族の領地は阿波二十万石弱、伊予四十万石弱を三好家、讃岐二十万石弱を十河家、淡路六万石を安宅家、合わせれば約八十万石に達する。その内の伊予国宇和郡十万石を我が家が得た。兵にすれば三千は動かせよう。

周囲からやっかみの声が上がるのは已むを得ぬ事と言える。だが宇和郡は九州に近い。豊前守の考えは朽木の九州攻めの折は我が家が先鋒を務めよという事。そのための十万石、三千の兵となれば決して多いとは言えぬ。九州は大友、島津、龍造寺、秋月が居るがいずれも大きいのだ。

「阿波守が騒いでおるか」

久介が頷いた。

「それに甚太郎も不満を言っていると聞き及びます」

「そうか、困ったものよ」

三好阿波守長治、豊前守の嫡男であり三好家の次期当主でもある。だが思慮に欠け気性も荒い。豊前守殿も阿波守には不安を感じていると聞く。

そして安宅甚太郎信康、摂津守の嫡男だが安宅家の石高が我等よりも少ない事を不満に思っているらしい。確かに淡路は小さい。だが銭による収益は大きいのだが……。或いは摂津守も同じような不満を持っているのかもしれぬ。となると摂津守は頼れぬ事になる。その事を言うと久介の顔が益々暗くなった。

「父上、今一つ厄介な事が」

「未だ有るか」

「はい、掃部頭が阿波守に我らの事を悪し様に罵っているとか」

「……掃部頭か」

細川掃部頭真之か。阿波守護、細川讃岐守持隆の一子であり阿波細川家の正統な跡取りでもある。母親の小少将は夫である讃岐守の死後、豊前守に嫁ぎ阿波守、そして十河家の当主となった民部大輔存保を産んだ。掃部頭に三好家の血は流れていない。だが密接に三好家と繋がっている人物では有る。そして父親の讃岐守を殺したのは豊前守だった。豊前守は実父の仇であり養父という複雑な関係にある。

「父上、如何思われます?」

久介が不安そうな顔をしている。何とも面倒な事だ。あの当時、小少将を室にするなど止めろと言った。儂だけではない、皆が豊前守を止めた。だが小少将を室にし掃部頭を囲う事で反三好勢力に利用される事を防ぐと豊前守は言っていたが……。

「掃部頭、獅子身中の虫かもしれぬ」

「父上も左様に思われますか」

「その方もそう思えばこそ厄介と言っているのであろう」

久介が頷いた。掃部頭は三好家を憎んでいる。混乱させその中で阿波細川家の再興を狙っているのかもしれぬ。阿波の国人衆の中には三好家を疎み阿波細川家に思いを寄せる者が居る。となれば豊前守の容体が悪化した今、牙を見せ始めたという事であろう。

「久介、その方は如何考えている」

「……いざとなれば権中納言様に仲裁を頼もうかと」

「止せ、権中納言様を巻き込むな」

「しかし」

「前内府は足利の権威を認めておらぬ。その方も足利の世ではないと言ったではないか。我らが足利の権威を使えば前内府は不快に思うぞ。我等に対してだけではない、権中納言様に対してもだ。天下人を不快にさせて如何する? 百害あって一利もないわ」

「……では如何なさいます」

頼れるのは……。

「近江に行く、仕度を致せ」

「父上！」

久介が声を上げた。

「前内府とは色々と有るからの、最後の挨拶に行く。誰も不思議には思うまい」

「しかし」

「案ずるな、船を使えば大した事は無い。それに輿を使う。孫七郎、孫八郎を呼び戻せ、供をさせる」

久介がじっと儂を見た。

「……当家の行く末を朽木家に賭けるのですな」

「そうだ。そして孫七郎、孫八郎を引き合わせる。最悪の場合、その方も殺される可能性が有る。孫七郎、孫八郎を朽木に託さねばなるまい」

三好家内部で争っては掃部頭の思う壺であろう。そして戦になれば嫉《ねた》まれている当家は間違い無く潰される。いざとなれば宇和郡を捨て山陽の朽木領に退避する事で滅亡を避けよう。その辺りの段取りをつけねばならん。

二度と三好家には戻れまいな。朽木の直臣として生きるしか道は無かろう。……妙なものよ、あの時の童子に倅《せがれ》と孫を託すことになるか……。あの時童子を殺さなかったのは助けたのではなく助けられたのかもしれん。長生きはするものよ、世の中の不思議に気付かされるわ。真、妙な縁よな。

禎兆二年（一五八二年）三月下旬　　近江国蒲生郡八幡町　　八幡城　　三好長雅

「御祖父様、大丈夫でございますか？」

「大した事は無い」

兄と共に祖父を支えながら廊下を歩く。軽い、驚くほど祖父の身体は軽くなっていた。昔は甲冑《かっちゅう》を纏って戦場を駆け巡った剛の者、幼い我らを軽々と抱き上げた逞《たくま》しい祖父であった。だが今の祖父にはそのような物を感じさせる力強さは無い。年を取る、身体が老いるとはそういう事なのだと思った。

「日向守殿」

正面遠くから声がした。男が一人足早に近付いて来た。三十代前半ぐらいであろうか？　ごく普通の取り立てて目立つところの無い人物だ。その後ろから何人か人が付いて来た。それなりの身分の者らしい。祖父とも顔見知りのようだ。未だ若いが朽木家の重臣なのだろうか？

「これは」

祖父が俺と兄の手を払い跪《ひざまず》こうとする。

「御祖父様？」

「控えよ、孫七郎、孫八郎。前内府様であられる」

「は？」

思わず兄と顔を見合わせ近付いてくる人物を見た。これが？　祖父が低い声で〝控えよ！〟と俺達を叱責する。慌ててその場で跪いた。本当に前内府様なのか?

「無用、無用、そのような事は止められよ」

前内府様が祖父の前で跪かれた。

「日向守殿、よう見えられましたな」

前内府様が祖父の手を取った!

「御久しゅうございまする。かかる無様な姿をお見せする事、御許しくだされませ」

「何を申される、詰まらぬ事を気に病まれるな。此処では話が出来ぬ。さ、ついて参られよ」

「はっ」

「その二人は日向守殿の孫と聞いたが?」

「はっ、孫七郎長道と孫八郎長雅にござる」

祖父に名を呼ばれたので兄と二人それぞれに頭を下げた。前内府様が頷く、如何見ても普通の方だな。それにしても祖父とは随分と親しいらしい。そんな話は聞いた事が無かったが……。

「では孫七郎、その方日向守殿を背負え」

「は?」

背負え? 此処で? 兄が目を瞬《しばたた》いている。祖父が〃あ、いや〃と声を上げた。

「これ以上日向守殿を疲れさせてはならん。孫七郎、早う背負え。その方が背負わぬなら俺が背負うぞ。俺はぐずぐずするのが嫌いだ」

「は、はっ」

兄が慌てて前に出て祖父に背を差し出した。前内府様が〝日向守殿、遠慮はなされるな〟と言って立ち上がる。祖父が困ったように首を振ってから兄の背に身体を預けた。

兄が祖父を背に乗せて立ち上がり俺も立ち上がった。前内府様が満足そうに頷く。

「では参ろうか」

前内府様が歩き出したのでその後に続いた。どうも分からん。本当にこの方が前内府様なのだろうか？　せっかちだとは聞いていたが……。

## 不透明な未来

禎兆二年（一五八二年）　三月下旬　　近江国蒲生郡八幡町　　八幡城　　三好長雅

案内された部屋には布団が敷いてあった。傍には脇息も有る。はて、祖父を此処に？　まごついていると上座に座った前内府様から〝遠慮するな〟とのお言葉を頂いた。兄が布団の上に祖父を降ろすのを手伝う。祖父は前内府様に恐縮しながら脇息を使い楽な姿勢をとった。

その後で兄と共に祖父の後ろに控えた。しかし異例の事だな。三好の本家でも祖父に対してこれだけの厚遇はしない。朽木家の家臣も訝りながらも不快感を示す事無く両脇に控えている。祖父と前内府様の間には余程の繋がりが有るのだと思った。

「さて、日向守殿。今日は如何なる用件で参られたのかな？」

「御覧の有様なれば長くはございませぬ。最後の御挨拶と一つの願い事が有って参上致しました」

前内府様が頷かれた。

「お互い乱世を生きてきた者だ。詰まらぬ気遣いはするまい。良く生き抜かれたな、日向守殿。三好家を守られた。見事なものだと素直に思う」

「運と主君、それに敵と味方にも恵まれました。そうでなければ此処まで生きては居りますまい」

また前内府様が頷かれた。

「敵と味方か。最初は敵、今は味方。何度か兵刃を交えた事も有った。思えば不思議な縁であった……」

「真に」

今度は祖父が深く頷いた。

「日向守殿、寂しくなるな」

「有難き御言葉、死出の旅への何よりの餞《はなむけ》にござる」

三好家と朽木家は何度も戦ってきた。俺が物心が付いた頃には敵と言えば朽木家であった。自分も朽木家と戦う事になるのだと思っていたが元服前に三好家と朽木家は和睦した。祖父はこれ以上朽木家と戦うのは不利だと言って和睦を熱心に勧めたと聞いている。また朽木家から祖父に和睦への協力依頼が有ったとも。

「幼い頃、三好家は嫌になるほど大きく強かった。自分の無力さに何度も何度も心が圧《お》し潰されそうになった事を憶えている。それに耐えるのは容易な事では無かった」

「それは我等も同じにござる。前内府様は押してもびくともせぬような手強さでござった」

「鍛えられたからな」

「では育ててしまいましたか」

「そうなるかな、となると礼を言わねばなるまい」

前内府様と祖父が声を上げて笑った。二人とも声が明るい、楽しそうだ。祖父と前内府様には確かに繋がりが有る。でもそれは他人を憚《はばか》る物ではないのだろうと思った。

「それで日向守殿、願いとは？」

「当家の事にござる」

「当家とは三好家の事かな？　それとも日向守殿の家の事かな？」

「我が家の事にて」

祖父が我が家の事情を説明し始めた。豊前守様の具合が良くない事、跡継ぎ阿波守様の御器量に不安が有る事。三好一族の中で我が家を良く思わない人間が少なくない事、内紛が起きそうな事……。前内府様は祖父の話を遮る事無く最後まで黙って聞いていた。

「細川掃部頭か、やはり三好家の弱点となったか。掃部頭に与する者と言うと日和佐、新開、多田、伊沢、そんなところか」

「やはり御存知であられましたか」

祖父の言葉に前内府様が頷かれた。驚いた、前内府様は阿波の内情をかなり良く御存知だ。事が起これば日和佐肥前守、新開遠江守、多田筑後守、伊沢越前守らが掃部頭様に付くと見ている。

「昔、四国を攻め獲るには如何すればよいかを考えた。正面からぶつかるのはきつい。阿波を混乱させ土佐から阿波を攻めさせる。それと同時に畿内から淡路、四国に攻め込む。阿波を混乱させるには掃部頭とそれに与する者を使うのが一番だと考えた」

「なんと、そのような事を御考えで」

前内府様が苦笑を浮かべられた。

「もっとも考えただけで終わった。土佐が長宗我部、一条で争い朽木は一条家を援助する事になったからな」

「……」

「宮内少輔、惜しかったな。その方が一条家と和を結び阿波へ出るなら長宗我部家は土佐半国に阿波で半国程は領する事が出来たかもしれぬ」

脇に控えた一人の男が軽く頭を下げた。宮内少輔？　長宗我部宮内少輔だろうか？　そう考えていると前内府様が〝長宗我部宮内少輔だ〟と教えてくれた。何と、長宗我部宮内少輔が家臣として仕えている。朽木の大きさというものが改めて分かった。

「もっともそうなると一条は大友と組んで伊予に出たであろうから毛利とぶつかるな。毛利は三好と結ぶか。大友・一条・長宗我部・朽木連合対三好・毛利連合か。多分そこには秋月、龍造寺も加わるな。九州、山陽、四国で大戦だが少し分が悪い。やはり三好と結んで正解か」

前内府様が笑い声を上げられたが俺は笑う事が出来ない。余りにも大きな話で呆然《ぼうぜん》としていた。

「それで、日向守殿、如何される。俺に如何して欲しい」

「庇護《ひご》を、願いまする」

「庇護か」

「はい、もし阿波守に攻められれば宇和郡十万石を捨てる所存。御助け頂きとうござる」

前内府様がじっと考えこまれた。

「……助けるのは良いが、……日向守殿、それは三好家を捨てる決心をされたという事かな？」

「……捨てねば御助け頂けませぬか？」

前内府様が首を横に振られた。

「いや、そうは言わぬ。……だが日向守殿の話を聞くと三好家は第二の織田家になるやもしれぬと思った。違うかな？」

「……そうなるやもしれませぬ」

祖父の答えに前内府様が頷かれた。

「三好家程の大家が混乱すればその影響は四国全土、畿内、九州、山陽にまで広がる恐れが有る。そのような事は到底見過ごす事は出来ぬ。朽木は四国に兵を出さざるを得ない。そうではないか？そうなれば久介殿、或いはそこにいる孫七郎、孫八郎が決断する事になる」

「……」

「勿論、三好家が混乱しないという可能性も有る」

「なるほど」

今度は祖父が考え込んだ。

「この場で返答をとは言わぬ。ゆるりと考えられよ。庇護の件は問題無い、俺が請け負う。案ぜられるな、安芸の明智に報せておく。いざとなればそちらに退《しりぞ》かれるが良い」

「はっ、有難うございまする」

祖父が頭を下げたので兄、俺も頭を下げた。

「御疲れであろう。暫くこの城に逗留《とうりゅう》されると良い。伊予に戻られるのは疲れが取れてからで良かろう」

「有難うございまする」

「孫七郎、孫八郎、交代で近江見物でもしては如何かな？　案内をさせるぞ、遠慮はするな」

「はっ、有難うございまする」

前内府様が穏やかな表情で頷かれた。怖いお方、手強いお方の筈なのだが……。


禎兆二年（一五八二年）　三月下旬　　近江国蒲生郡八幡町　　八幡城　　三好長逸

案内された部屋には布団が敷いてあった。そこに横たわると直ぐに孫達が話しかけてきた。

「驚きました。御祖父様と前内府様があれほど親しいとは思ってもいませんでした」

「孫八郎の申す通りです。某も驚きました」

「色々と有るのだ」

孫達が興奮している。会ったのはこれで三度目、親しいのだろうか？　いやそうでは有るまい。だが我らの間に何かが有るのは間違いない。そうでなければ頼ろうとは思わぬ筈。不思議な事では有るな。

「御祖父様、前内府様が三好家を捨てる決心をされたかとお尋ねになりましたが？」

「某も気になりました。三好家を退去するという事は捨てるという事だと思うのですが」

「三好家を捨てるというのは三好攻めを手伝えるかと問うているのだ。三好家が無くなっても良いかと」

〝三好攻め〟と孫七郎が呟いた。今一つ理解出来ぬらしい。孫八郎も同様のようだ。困ったものだ、乱世も終りに近付いているというのに物の理が分からぬとは……。

「いずれ阿波守は我らを滅ぼそうと考えよう。その時、阿波守を止める者は居らぬか、居ても微々たるものであろうな。阿波守に敵対しても到底敵うまい。そうなれば掃部頭の思う壺よ。あ奴を喜ばせる事は無いわ。それ故前内府様を頼る」

二人が頷いた。この事は船に乗っている間に話したから二人とも十分に理解している。

「我らが退去すれば三好家の混乱を避けられる、そう思ったのだが前内府様は阿波守では混乱は避けられぬと見ておられるようだ。要するに阿波守では掃部頭を抑えられぬという事よ。三好家が混乱すればその混乱は四国だけに留まらず九州、山陽、畿内にまで及びかねぬ。前内府様が兵を出すのは当然と言える。そうなれば三好家は滅ぼされるか、領地を大きく削られよう」

「そうなりましょうか？　長宗我部も一条も混乱は致しましたが領地を削られてはおりませぬぞ」

孫七郎が疑問を口にすると弟の孫八郎が頷いた。

「三好を長宗我部や一条と一緒にするな。あの者達は両家で土佐一国、三好は淡路も入れて四か国を持つ。扱いは当然違う」

「三好の勢力を抑えにかかると？」

「そうだ、孫七郎。それに四国には朽木家の領地が無い。前内府様は四国に楔《くさび》を打ち込みたいとも考えておられよう」

孫七郎が〝なるほど〟と言い孫八郎が頷いた。

「如何なされます、御祖父様」

孫八郎が問い孫七郎が窺うような表情で儂を見た。

「孫八郎よ、三好家には戻れまい。我らは朽木家の中で生きて行かなくてはならん」

「では」

「そうだ、三好攻めを手伝うのだ。そうでなければ信を得られぬ。これは儂の遺言と思え、良いな」

二人が頷いた。三好家を捨てるのではなく裏切る事に成る。なればこそ儂が決断しなくては……。

倅や孫達にはあくまで儂の遺言として朽木に協力させよう……。已むを得ぬ事だ。


禎兆二年（一五八二年）　三月下旬　　近江国蒲生郡八幡町　　八幡城　　朽木基綱

三好日向守とその二人の孫が下がった。随分と歳を取ったな、もう長くは有るまい、また一人死を迎える。親しかったわけでは無いが好意は持っていた。向こうも同じだろう。寂しくなる。……感傷にひたってもいられないな、考えなくてはならん。相談役は揃っている。軍略方と兵糧方を呼んだ。軍略方からは真田源五郎と宮川重三郎、兵糧方からは蒲生忠三郎、鯰江左近が来た。それと主税を呼んだ。いかんな、尾張に人を送った所為で軍略方と兵糧方が手薄だ。新たに人を入れなければ……。大膳大夫の側近だった四人を入れようか。他にも何人か入れよう。

「三好家が揺れかけている。三好家《あそこ》は内に細川という火種を抱えているからな。当主の豊前守が生きている内は良いがその後は分からん。今は熾火《おきび》の状態だが燃え上がって四国を燃やし尽くすかもしれん。そして豊前守は容体が優れぬようだ。日向守の話では長くは有るまい」

俺の言葉に皆が頷いた。

「宮内少輔、曽衣。二人は四国の者だ。三好阿波守についてどの程度知っている？」

二人が首を傾げた。

「さて、気性が荒いとは聞いた事が有ります」

「他者の言う事を聞かぬとか……」

余り良くは知らないらしい。そうだな、三好と言えば如何しても父親の豊前守を注目する。実権のない倅は無視しがちだ。我が家の倅もそう見られていたのかもしれない。伊賀から報せが無いのもそれが理由かもしれない。おまけに三好は味方、四国は島だ。如何しても警戒心、優先度は低くなる。早急に伊賀衆に三好を調べさせよう。

「重蔵は如何だ」

「某が調べた時は十年程前になります故、阿波守は未だ二十歳にならぬ頃で有りました。先程宮内少輔殿、曽衣殿が申された通り余り良い評判は聞かなかったと覚えております。三好家中では十河家に養子に行った弟の民部大輔存保の方が評価が高かったと覚えておりまする」

「なるほどな」

何となく納得した。史実においても三好阿波守長治は居た筈だ。だが俺は聞いた事が無い。豊臣政権下では居なかったのだろう、つまり秀吉の天下統一前に滅んだという事だ。長宗我部に滅ぼされたか、或いは阿波国内で反三好、親細川勢力に殺されたかだな。この世界では細川掃部頭が動いている。史実でも似たような事が有ったのだとすれば織田と戦い長宗我部に脅かされ阿波国内での争いで死んだのかもしれない。

「豊前守が死ねば三好家は混乱するかもしれん。日向守はその原因になるのを避けようとして三好家を去ろうとしているのであろうが……」

混乱の原因は三好阿波守長治自身だとすれば余り意味は無い。

「義昭公、顕如の死で九州がキナ臭くなってきた今、四国での混乱は余り面白くは有りませぬ」

源五郎の言葉に皆が頷いた。確かに面白くは無い。三好の兵力は当てに出来ないという事だ。最低でも二万は減るな。三好が混乱すれば土佐も動かすのは避けた方が良いだろう。土佐も入れれば二万五千か……。

「九州攻め、急いだ方が良いと思うか？」

皆が顔を見合わせている。

「俺は島津、龍造寺、大友の三氏が潰し合うのを待っていた。だが思いの外に時間がかかるな。このままで行くと九州攻略を行う頃に四国が酷い事に成りかねん」

面白くない、一つ間違うと中国地方まで混乱するだろう。西日本は大混乱だ。

「大殿、九州攻めを行う場合、大友の救援という形を取られますか？」

「そうなるだろうな」

主税の問いに答えたがこれも面白くない。出来れば大友は潰すか小大名に落としたいんだ。キリシタンの影響力を排除したい。それに現時点で九州遠征を行っても龍造寺、島津は攻略前に降伏しかねない。それじゃ本領安堵で九州は何にも変わらない。いや、幕臣達が如何動くかで変わる可能性も有るか……。不確定要素が多過ぎるな、イライラする。

史実だとこの時期は信長が死んで中央は秀吉の下で再編中だった。その所為で九州、四国は殆ど放置状態だった。だがこの世界では中央に混乱は無い。だから俺は時間を持て余している。どうも上手くない。出来れば島津に九州統一寸前まで行って欲しいんだ。そうなれば島津も朽木に譲ろうとしない筈だ。戦って島津を潰せる。タイミングが合わない。だから島津も幕臣を使って俺を殺そうというのだろう。

「九州攻めを行うべきかと思いまする」

進言したのは蒲生忠三郎だった。

「その理由は？」

「時を無駄に費やすべきでは有りませぬ。九州遠征を行い九州の諸大名を朽木家に服属させるべきだと思いまする。もし諸大名が朽木に服した後に朽木に敵対するような事をすれば、それを理由に潰すべきにございましょう」

服した後に敵対か、そんな事が有るかな？

「忠三郎、その方四国の混乱時に九州でも動きが有ると見るか？」

問い掛けると忠三郎が首を横に振った。

「分かりませぬ。しかし無ければそれは朽木に服した、叛意《はんい》は無いものと判断出来まする」

「なるほどな」

四国の混乱に限らないか。未だ東日本は制していないのだ、機を窺う可能性は有る。

「九州攻めの準備をしよう」

皆が頷いた。

「但し、九州攻めは足利義昭公の遺族を上洛させてからだ。それまでは公には出来ぬ。軍略方と兵糧方は密かに準備を整えよ。次の評定で正式に話す。八門と伊賀衆を早急に呼べ」

皆が頭を下げた。今一つ思うように物事が進まない。駿府の大膳大夫も来月には戦だ。上手く行けば良いのだが……。

## 甲斐侵攻

禎兆二年（一五八二年）三月下旬　　駿河国安倍郡　　府中　　駿府城　　朽木堅綱

「これが小田原城ですか」

「なるほど、確かに大きい。謙信公が攻め倦《あぐ》み織田様が攻め落とせなかったのも分かります」

半兵衛と新太郎が声を出した。目の前に小田原城の絵図が有った。風間出羽守が作成したものだ。旧織田家の人間は小田原城を見ているが私や半兵衛、新太郎は見ていない。そこで出羽守が小田原城の絵図を用意してくれた。車座になって半兵衛、新太郎、出羽守と見ているが絵図面からでも大きい事が分かる城だ。

「元々は二の丸までしか有りませんでした。それでも関東管領上杉謙信公の初期の攻撃を凌いでおります。しかし四度目の川中島の戦い以降、上杉家は信濃攻略に力を入れました。北条家はその間にこの三の丸」

出羽守が身を乗り出して絵図の北西の方向を指した。

「八幡山の奥、小峯御鐘ノ台から天神山の丘陵を取り込む空堀を造っておりまする」

出羽守が指をすっと南方に動かす、溜息が出そうになった。

「かなりの大工事の筈ですが？」

「その当時は人を集める事に苦労しませんでしたので……」

半兵衛の問いに出羽守が答えた。そうか、その当時は未だ北条家はかなりの力を持っていた。上杉家が信濃攻略を終わらせれば関東攻略に本格的に取り掛かると見て三の丸を造ったという事か……。北条左京大夫氏康、上杉に押されはしたが中々の人物だったのだな。

「三の丸を造った事で小田原城の防御は一層堅固な物となり申した。しかし当時の北条家の方々はこれでも守りは不十分と考えこの八幡山の北に有る谷津丘陵を取り込む空堀、土塁を造り防御を海岸まで延ばす事を考えたのでございますが……」

出羽守が口籠った。そして新太郎が息を吐いている。とんでもない事を考えるものだ。だがそれを成そうとした時には北条家にはそれを成すだけの力が無かったという事か……。

「それが出来ていればとんでもない城になっていたな」

私の言葉に皆が頷いた。

「しかしそれが無くても力攻めでは簡単には落ちぬな。損害が増えるだけだろう。父上が申されたが調略で崩していくしかないが……」

「簡単にはいきますまい。先ずは小田原城を囲む城から落としていかなければ……」

「そうだな」

調略を行うにしてもこちらの武威を一度は示さなければならないだろう。力を示さなければ相手はこちらを恐れない。それでは調略は上手く行かない。特に徳川の譜代なら。

「小田原城を囲む城と言えば湯坂城、鷹ノ巣城、宮城野城、進士城、塔ノ峰城、浜居場城、河村新城、足柄城がございます」

出羽守が懐から絵図面を出した。小田原城の絵図を畳み新しい絵図面を広げる。絵図面には小田原城を囲む城の大まかな配置が記されていた。出羽守が東海道の街道を指で指し示した。その指をずいっと湯坂城まで動かす。

「東海道を進めば先ずぶつかるのは湯坂城にございます、この城を抜かなければ小田原には進めませぬ。なれど湯坂城に向かう道は坂が多く軍を動かし易い道では有りませせぬ」

「……」

「それにこの湯坂城、六つの郭《くるわ》から成り立ち決して容易く落とせる城とは申せませせぬ」

「織田は落としたのであろう？」

半兵衛が問うと出羽守が頭を下げた。

「はっ、当時湯坂城に詰めていた者が織田に降伏致しました」

つまり織田には敵わぬと見たわけか……。そして北条が取り返し今は徳川の城になっている。

「湯坂城の城将は確か大久保新十郎、治右衛門の兄弟だったな」

問い掛けるとまた出羽守が頷いた。

「はっ、大久保氏は徳川家臣の中でも本多氏と並び忠誠心の厚い一族と言われておりまする」

甲斐守も湯坂城の重要性は理解している。となると調略は難しいか。

「足柄越えは如何か？」

問い掛けると出羽守が軽く頭を下げた。

「足柄峠を越えるとなれば足柄城を落とさねばなりませぬが足柄城も決して安易に落とせる城では有りませぬ。本丸から北西に向けて郭が四つ、それぞれ空堀にて仕切られております。それに近くには浜居場城が有りますれば後詰も容易いかと」

こちらも容易に落とす事は出来ないか。

「やはり今回の戦では上杉の支援に専念すべきかな？」

私の言葉に三人が頷いた。

「甲斐に侵攻しつつ相模にも圧力をかけましょう。芸が無いように見えますが徳川にとっては一番嫌な事の筈。徳川が苛立《いらだ》って無理をするようならそこを突くべきかと」

そうだな、半兵衛の言う通りだ。こちらから攻め手が無い以上徳川の失策を待つのも手だ。追い込まれている徳川が無理をする可能性は有る。

「御屋形様、巨摩郡南部では穴山の一党が御屋形様に従うと申し出ております」

「それは有難いが甲斐は上杉領になる。その辺りを穴山の者達は如何考えているのだ、出羽守」

「朽木家にて禄《ろく》を頂きたいと。甲斐を捨てると申しております」

「良いのか、それで」

出羽守が頷いた。

出羽守の話では穴山一党の頭領は穴山彦八郎信邦というらしい。彦八郎は穴山家最後の当主だった穴山陸奥守の弟だ。陸奥守には彦八郎と彦九郎という弟がいた。彦九郎は若くして死んだらしい。

陸奥守は織田の甲斐侵攻で死んだが彦八郎は織田の追跡を逃れた。徳川には仕えなかったらしい。だが朽木が東海道に勢力を伸ばした事、上杉が甲斐を領するとなった事で朽木に仕えようと決断したようだ。

「穴山一党が味方に付けば身延路は問題有りませぬ」

「うむ、有難い事だ。良くやってくれた、出羽守」

労《ねぎら》うと出羽守が軽く頭を下げた。

「他にも穴山の者達が周辺の武田遺臣に声をかけております。味方は増えましょう」

「分かった。甲斐攻めは或る程度目処《めど》は立ったと思う。問題は相模攻めだ。甲斐を失えば甲斐守は益々小田原に閉じこもろう。出羽守、どんな手段をとっても良い。徳川を、甲斐守を苛立たせてくれ。頼む」

「はっ」

苛立てば城から出て来る可能性も有る。家臣達が甲斐守に愛想を尽かすという事も有り得よう。いや、家臣が独断で兵を動かすという事も有る。様々な手を尽くすべきだ。

「ところで出羽守、尾張の様子は如何か？」

私の言葉に半兵衛、新太郎の表情が厳しくなった。二人も気にかかっているらしい。

「はっ、徳川の手の者が頻りに動いております。しかし今のところ問題は有りませぬ」

「三介殿もか？　出羽守」

「三介殿もにございます」

「そうか」

出羽守の答えは力強かった。予想外だな、動くと思ったのだが……。

「川並衆が動いております」

川並衆？

「木下藤吉郎殿の指示で動いているようにございます」

「木下……、そうか、城か」

出羽守が頷いた。城造りの妨げになると見て動いているという事か。父上が大分信頼していると聞いているがなるほど、城造りには三介殿の監視も含まれていたのか。となると徳川も三介殿も簡単には動けぬな。甲斐守も当てが外れただろう……。


禎兆二年（一五八二年）　四月中旬　周防国吉敷郡上宇野令村　高嶺城　小早川隆景

ふむ、藤四郎は軍略方に抜擢《ばってき》されたか……。そして次郎五郎は兵糧方に配属された。あの二人には良い経験になるだろう。他の者達と切磋《せっさ》琢磨《たくま》して力を付けて欲しいものだな。……トントントントンと足音が近付いてきた。誰かな？

「左衛門佐、良いか？」

「構いませぬぞ、兄上」

カラッと戸が開いて兄が入って来た。私の真正面にムズッと座る。

「その文は藤四郎からのものか？」

「はい、兄上にも次郎五郎から文が届きましたか？」

「うむ、届いた。兵糧方に抜擢されたとな。本人は軍略方に行きたかったと文に書いている。困ったものだ」

兄の表情が渋い、その事がおかしかった。

「まあ、兵糧方は縁の下の力持ちですからな。若い者にとっては不満かもしれませぬ。しかし長い目で見れば大事なのは兵糧方でしょう」

「そうだな、兵糧の準備だけではない。街道の整備もしている。それを学び身に付けてくれればいずれは毛利の役に立つ」

朽木が天下に覇を唱えたのも兵糧方の存在が有っての事だ。領地が広がるにつれてその存在感は増した。その辺りの事を理解して欲しいものだ。

「藤四郎は如何だ？」

「不安のようです。皆に後れを取らずにやっていけるか心配だと書いてありました」

兄が頷いた。

「幾つだった？」

「藤四郎ですか？　十六です」

「ならば不安に思うのも已むを得ぬな」

「はい」

今直ぐ役に立つとも思えぬ。将来を見据えての抜擢であろう。その事を言うと兄が〝そうだな〟と頷いた。

「今回新たに軍略方、兵糧方に抜擢された者が相当に居るようだな」

「尾張に築く城はかなり大きいようです。そちらに軍略方、兵糧方から相当人を出したと聞いています。その所為で人が足りなくなったのでしょう」

兄が二度、三度と頷いた。そして私を見てニヤッと笑った。

「織田の臭いを消すためか」

「まあ、そんなところだと思います」

兄が〝ハハハハハハ〟と笑い声を上げた。

「駿河に送ったと聞いた時は随分と厳しいと思ったがやはり息子の事が心配らしいな」

「それはそうでしょう。大事な跡継ぎです」

厳しいが配慮はしている。兄が笑うのを止め生真面目な表情になった。

「次郎五郎からの文には朽木は九州攻めの準備を始めたと書いてあった。公方様、顕如殿の死で決意したようだな」

「藤四郎の文にも同じ事が書かれてありました。世鬼の調べによれば四国でも妙な動きが有るようです。九州攻めはそれも関係しているのかもしれませぬ」

四国が揺れる前に九州を攻めておく。そんなところだろう。

「となるとこの時期に毛利から軍略方、兵糧方に人を入れた事、左衛門佐は如何思う?」

兄が私の顔を覗き込んできた。

「信頼しているという事でしょう」

「見くびっているとは思わぬのか?」

兄がニヤニヤ笑っている。

「多少はそういうところが有ると思います。信頼が七、見くびりが三、そんなところでしょうな」

「ま、そうだろうな」

兄が頷いた。随分と丸くなったものだ。以前なら目を怒らせて不満を言っただろうに……。朽木の天下を兄も無理なく受け入れつつ有る。そういう事なのかもしれない。或いは右馬頭の器量では已むを得ぬと思ったのか……。だとすれば辛い事だ。


禎兆二年(一五八二年) 四月中旬　近江国蒲生郡八幡町　八幡城　朽木基綱

「大丈夫でおじゃるかのう」

不安そうな声を出したのは伯父、飛鳥井権大納言雅春だった。

「御心配には及びませぬ。この城の中で伯父上に危害を加えようとする者は居りませぬ」

「いや、そうではないのじゃ。甘露寺権大納言の事を案じておる。薩摩に向かったとの事じゃが何も無ければ良いのでおじゃるが……」

「御安心なされませ。甘露寺権大納言は何も知りませぬ。あちらも滅多な事はしますまい」

「それなら良いのじゃが……」

心配そうな表情だ。甘露寺権大納言は三月の半ば頃に薩摩に向かった。もう薩摩で交渉に入っている筈だ。直ぐに終わるだろう、俺と太閤殿下の予想が当たっているなら。

「武家は怖いわ、つくづく思った」

「……顕如は僧ですが」

「あれが僧と言えようか。人を殺し国を獲り武家と変わるまい」

伯父が顔を顰めて吐き捨てた。まあそうだな、如何見てもあれは僧には見えなかった。伯父の示した嫌悪は飛鳥井家が一向宗と敵対する宗派と親しいからだとは言い切れないものが有る。

「そなたの事も怖いと思った事が有る」

「左様で」

昔の事だ、だがその所為で伯父の息子達は俺に近付こうとしない。余程に伯父は怯えたのだろう。

「今回は目の前で公方が死んだ。公方を抱え起こした時、手にべったりと血が付いた。何ともおぞましい感触で有った。あの感触を未だに忘れ去る事が出来ぬ」

「……」

伯父が自分の手を見ている。胸が痛んだ。多分これからも記憶から消える事は無いだろう。

「そなたは如何じゃ？　そのような経験は無いのか？」

「某は大将にござれば自ら敵を殺す、首を挙げる等という事は滅多に有りませぬ」

「そうか」

若い時に一、二度有っただけだ。雨が降っていたな、土砂降りだった。血なんか綺麗に流れ落ちたわ。敵を追うのに忙しくておぞましいなんて感傷を抱く暇は無かった。ずぶ濡《ぬ》れなのにやたらと身体は熱かった、その事の方が強く記憶に残っている。

「なれど負ければ皆がこの首を求めて群がって来るという事は理解しております」

伯父が目を瞠って俺を見た。そして〝武家は厳しいのう〟と言った。その通り、武家は厳しいのだ、恐ろしいのだ。殺さなければ殺される、負ければ味方が大勢死ぬ。だから負けないように、殺されないように死力を尽くして勝つ！　何万人殺そうと後悔はしない。後悔するのは死んでからで良い。そう思い定めている。

「戦になるのか？」

「……」

「九州に攻め込むのであろう？」

「未だ分かりませぬ。ですが攻め込むにしても公方の遺族を京に引き取ってからに成りましょう」

伯父が〝左様か〟と言った。如何も元気が無いな。余程に堪《こた》えたらしい。少し元気付けようか。

「年内に准大臣に昇進されると聞きました。楽しみですな、伯父上」

「うむ」

「二代に亘《わた》って准大臣です。飛鳥井家は羽林家の中でも頭一つ抜け出したのではありませぬか？」

「そうでおじゃるの」

漸く伯父が笑みを浮かべた。羽林家の上の家格と言えば大臣家だが大臣家は正親町三条家、三条西家、中院家の三家しかない。だが大臣家と雖《いえど》も必ず大臣に成れるわけではない。摂関家、清華家の人間も居るのだから大臣への競争率は厳しい。むしろ大臣に成れない人間の方が多いのだ。それを考えれば飛鳥井家で二代続けて准大臣を出した事はかなり異例だ。大臣家の人間は羨んでいるだろう。

「そなた、征夷大将軍には成らぬのか？」

「……」

伯父が俺の顔を覗き込んでいる。

「左府から伺った。そなたが太政大臣になって政の府を開きたがっていると」

左大臣一条内基か……。

「その事、結構噂になっているのでしょうか？」

伯父が首を横に振った。

「いや、皆知るまい。皆の関心は公方の方に向いていよう。麿は左大臣ともそなたとも縁戚じゃ。それ故左大臣も教えてくれたのであろう」

「左様で」

「伯父上は如何思われます」

伯父が少し考える素振りを見せた。

「そうよな、征夷大将軍の方が収まりは良かろうな」

「太政大臣では反発が大きいと？」

「いや、反発も有ろうが戸惑いの方が大きいのではないかと思う。皆、如何して良いのか悩むのではないかな」

「なるほど」

公家社会は前例至上主義だ。前例の無いものは嫌がる。如何対応して良いか分からないからな。相国府はそういう面での反発が大きいかもしれない。

公家社会で広まっていないという事はこの件は五摂家で止まっているという事だろう。つまり五摂家の中でも意見が割れているのだ、いや反対勢力がかなり強いのかもしれない。公家社会に広まっていないのは分裂がそのまま公家社会に広がるのを恐れたのだろう。公になるのを恐れているのだ。もし俺が相国府を撤回し幕府を開けば俺の顔を潰す事に成る。そして反対を押し切って相国府を開けば反対派の顔を潰す事に成る。どちらにしてもしこりは残る。あくまで内々に収めたいのだ。

反対勢力の筆頭は関白九条兼孝か、となるとそれに与するのは弟の二条、鷹司と言ったところだな。相国府に好意的なのは太閤と内大臣の近衛親子、それに一条左大臣といったところだろう。拙い所で義昭が死んだな、何も知らない公家達は幕府を開けと騒ぐだろう。反対派に勢いを与えたような物だ。

「余り無理はせぬ事じゃ」

「……」

「詰めを誤っては元も子も無いからの」

「御忠告、有難うございます。少し考えてみます」

「うむ」

訂正、一条左大臣も反対かもしれないな。一度五摂家を集めてきちんと話そう。だがその前に準備が要るな。こちらが朝廷を、帝を軽んずる意思は無いと周囲に理解させなければならん。さて如何したものか……。


禎兆二年（一五八二年）　四月下旬　　信濃国筑摩郡塩尻町村　　上杉景勝

千国街道《ちくにかいどう》を使って越後から信濃府中へ、そして塩尻へと出た。今宵《こよい》は此処で陣を張る。諏訪郡はもう目の前だ。明日には攻略に取り掛かれるだろう。そして今、最後の軍議が開かれている。

「高島城、島崎城、桑原城、上原城、順に攻めなければなりませぬ」

直江与兵衛尉の言葉に集まっている家臣達が頷いた。

「問題は後詰だが……」

「難しかろう、朽木勢が甲斐に入った、動けまい」

ボソボソと話したのは上野中務大輔と本庄越前守か。皆が越前守の言葉に頷いた。朽木軍が南から甲斐に侵攻していると伏嗅から報せが有った。速い、駿河の方が甲斐には近いがそれでも速いと言わざるを得ぬ。既に巨摩郡の南部を押さえたようだ。つまり諏訪に後詰に出て甲府を突かれれば徳川は後ろを遮断される事に成る。徳川も慌てていよう。後詰は出せまい。

「となると籠城して時を稼ぎその間に甲斐で朽木勢を退け後詰に出ると考えるであろうな」

「そう上手く行きますかな、下野守殿。甲府には精々六千程しか兵は有りますまい。朽木勢は軽く万を超えますぞ」

今度は斎藤下野守と安田筑前守だ。同意する声が上がった。朽木勢は総力を挙げれば三万を超え四万に近い。相模の抑えに一万を置けば甲斐守も簡単には動けぬ。

「与兵衛尉、諏訪衆は間違いなくこちらの味方になるのだな」

「間違いありませぬ。伏嗅が確認しております」

問い掛けると与兵衛尉が答えた。与兵衛尉は与六に比べれば切れる感じではないが手抜かりが無い。

「では諏訪衆からそれぞれの城の弱点を聞き出せ」

与兵衛尉が〝はっ〟と言って頭を下げた。

「攻める前に先ず降伏を促す。朽木勢が巨摩郡に入った事を教えれば後詰が無い事は理解出来よう」

「降伏を拒絶した場合は？」

柿崎和泉守だった。試すような目で俺を見ている。

「根切りにせよ。勧告は一度だけだ。上杉を甘く見る事は許さぬ」

和泉守が、皆が満足そうに頷くのが見えた。気が重いがやらねばならぬ。

# 心構え

禎兆二年（一五八二年）五月下旬　　山城国久世郡　　槇島村　　槇島城　　朽木基綱

「では甲斐の西半分を徳川から捥《も》ぎ取ったのだな」

「はっ」

目の前で風間出羽守が頭を下げた。相変わらず大きい男だ。重蔵は慣れているが傍に居る長宗我部宮内少輔、飛鳥井曽衣は圧倒されている。羨ましいよ、俺もこんな立派な身体が欲しかった。もしそうだったら毎日鍛えてポーズをとって日本史上初のボディビルダーなんて言われたかもしれない。四月に上杉、朽木勢が甲斐に攻め込んだ。大膳大夫は武田の親族である穴山一族を味方に付けた。穴山一族は織田の甲斐侵攻時には山に避難したらしい。当主の穴山陸奥守と一部の者は逃げ切れずに殺されたが他の大部分の者は何とか逃げ切ったようだ。

現当主は穴山彦八郎というらしいが穴山陸奥守の弟だ。陸奥守は裏切りで有名な穴山梅雪入道の事だから彦八郎は信玄の甥に当たる事になる。もっとも梅雪入道の異母弟かもしれない。だとしたら母親が武田の出ではないだろうから信玄の甥ではない。武田との繋がりは薄いのかもしれない。一度会ってみたいな、近江に呼ぶか。

穴山一族を味方に付けた事で朽木勢は甲斐巨摩郡の南部を早期に攻略した。これは効いた。徳川は北信濃から諏訪に攻め寄せる上杉軍に対して効果的な防御が取れなくなった。下手に諏訪に兵を出せば後方を遮断される。後詰が出来なくなったのだ。そうしているうちに上杉軍が諏訪を攻略した。上杉の諏訪攻略はかなり苛烈な物だったらしい。降伏勧告を無視した高島城は力攻めの末女子供まで皆殺しにされた。根切りだな。

その上で殺した武者、女子供の首を他の城の周囲で城から見えるように晒《さら》した。忽《たちま》ち城側の戦意は挫《くじ》けた。徳川勢は降伏し城を明け渡して甲府に退去した。どうやら諏訪衆が上杉側に寝返ったらしい。城の弱点は全て知られている。抵抗しても無駄死にするだけだと考えたようだ。南から朽木勢、北から上杉勢が押し寄せた事で甲府では防げないと考えたのだろう。徳川軍は東に退却したようだ。

「甲斐四郡の内巨摩郡の全て、八代郡、山梨郡の半ば以上がこちらのものになりました」

「なるほど」

となると甲斐の西半分というよりも三分の二を占領したと言って良いのだろう。残りは都留郡か……。

「これから如何するのだ？　残りは都留郡の他僅かだが上杉と協力して攻略するのか？」

出羽守が首を横に振った。

「都留郡には岩殿城という城がございます。なかなかの堅城にて徳川方はその岩殿城を中心に防御を固めております。これを攻略するのは容易ではないというのが関東管領様、御屋形様の御見立てにございまする」

「では打ち切りか」

「はっ」

岩殿城か、聞いた事が有るな。

「そうか、岩殿城というのは小山田左兵衛尉の城だな?」

「はっ」

史実で武田の滅亡時に小山田が勝頼に岩殿城で再起を図れと言った城だ。織田の大軍を相手に耐える事が出来ると言った城だ。勝頼も小山田を頼った事を考えればかなり堅固な城なのだろう。それに都留郡なら相模から後詰も得やすい筈だ。攻撃打ち切りは妥当な判断だな。

「出羽守、左兵衛尉に岩殿城の弱点を聞くか?」

「出来ますれば」

「ならば俺が文を書こう。出羽守はそれを持って左兵衛尉に会うと良い。その方が良かろう」

「はっ、有難うございまする」

出羽守が頭を下げた。小山田左兵衛尉にとって岩殿城は思い出の城だろう。今は自分の城ではないと言っても弱点を教えろと言われて簡単には教えられまい。まして相手が風魔ではな。此処は俺から左兵衛尉に頼む形を取らねばならんだろう。

小姓に筆と紙を用意させて文を書いた。甲斐攻略の状況を記し大膳大夫は岩殿城が堅城であるために甲斐攻略を打ち切ったようだと書いた。甲斐攻略が中途半端に終わったのは残念だが已むを得ない事だと思っている。岩殿城が小山田氏の城であった事を思い出したと書いた。そしてかつての小山田氏の勢威が偲《しの》ばれると書いた。出羽守に書状を渡した。出羽守がそれを読む、二度読んでから俺を見た。

「分かるな？」

「はっ」

「左兵衛尉には岩殿城に思い入れが有ろう。その気持ちを無視は出来ぬ。俺が書けるのはそこまでだ。後は左兵衛尉の気持ち次第よ」

出羽守が頷いた。

「朽木への想いと岩殿城への想い、その濃淡で左兵衛尉の答えが変わるだろう。たとえ答えを得られずとも俺は左兵衛尉を恨まぬ。その時は弱点は無いのだと思い定める。大膳大夫にもそのように伝えよ、決して左兵衛尉を恨んではならぬと。それが大将の、人の主の心構えであると」

「はっ！」

出羽守が頭を下げた。

恰好を付けたわけじゃない。主君と家臣の関係は鏡のようなものだと思う。自分の心がそのまま相手に映ってしまうのだ。主君が家臣を疎んじれば家臣も主君を疎んじる。そして主君と家臣では家臣の方が弱い立場だ。将来に不安を感じれば家臣は必ず牙を剥く。その危険性を軽視は出来ない。酷い例えだが犬は可愛《かわい》がるから主人に懐くのだ。酷い扱いをすれば主人に噛み付く。噛み付いた犬を責めるのは容易い。だが噛み付かせた主人にも非は有るのだ。

「それで、攻め獲った領地は如何するのだ？」

「全て上杉様に」

「ほう、大膳大夫は無欲だな。それとも律儀なのか」

「その代り甲斐一国制圧後は甲斐から相模への道をお借りしたいと」

「なるほど」

甲州街道を使って相模に攻め込むか。となると徳川は東海道、足柄、甲州街道の三方面に兵を分散させる事になる。徳川は少ない兵を更に分散させる事になるな。大膳大夫が何処に重きを置くか、徳川がそれを読み切れるかが相模攻略のポイントになるかもしれない。しかし相模攻めは上杉の手を借りないつもりか。かなりの覚悟だな。

「良く分かったぞ、出羽守。他には何か有るか？」

「奈津御寮人様が懐妊なされました」

「そうか、目出度《めでた》い！」

思わず声が弾んだ。大膳大夫が父親か。俺は祖父になるのか。後で小夜と綾ママに報せないと。俺の言葉に重蔵、宮内少輔、曽衣が口々に祝ってくれた。嬉しいわ。奈津が懐妊か、思ったよりも早かったな。生まれるのは今年の暮れ辺りか。

「奈津に身体を大事にするように伝えてくれ。大膳大夫に俺が喜んでいた、奈津を労わるようにとな」

「はっ」

「そちらから上杉に使者を出すだろうが俺からも使者を出そう。喜んでくれるだろう」

生まれてくる子が男子なら大膳大夫の地位はまた一つしっかりとするだろう。跡継ぎの居る当主の立場は強いのだ。

禎兆二年（一五八二年）　五月下旬　　　近江国蒲生郡八幡町　　八幡城　　小山田信茂

「大殿が某にこれを？」

「如何にも、左兵衛尉殿にお渡しせよと」

風間出羽守が差し出した文を受け取った。御屋形様が岩殿城を攻めあぐねているのは近江にも届いている。おそらくはその件についてであろう。弱点を教えろと文に書いてある筈だと思った。だが文の中にはそのような文言は無い。ただ岩殿城の堅固さと小山田氏のかつての勢威に感嘆している。訝しい事では有る。

「他には何か？」

「他には何も」

「何も？」

出羽守が頷いた。

「……出羽守殿、お主、この文に何が書かれているか知っているな？」

「知っており申す」

つまり、察せよという事か……。

「小山田殿には言伝《ことづて》はござらぬ。なれど御屋形様には有り申す」

「御屋形様に？」

出羽守が〝如何にも〟と言って頷いた。

「左兵衛尉殿には岩殿城に思い入れが有ろう。その気持ちを無視する事は出来ぬと」

「……」

「たとえ答えを得られずとも俺は左兵衛尉を恨まぬ。その時は弱点は無いのだと思い定める。決して左兵衛尉を恨んではならぬと。それが大将の、人の主の心構えであると」

「左様に仰せられたか」

出羽守が頷いた。

胸を突かれた。大殿が左様に仰せられたとは……。

「……お主は狡《ずる》い男だな、出羽守。それを某に教えてあの城の弱点を知ろうというのか」

俺の言葉に出羽守が頭を下げた。

「御許し頂きたい、ただ大殿の御気持ちを知って頂きたかっただけにござる。我等良き主を得申した。なればこそ……」

「……そうよな、良き主を得た。……北条家は、風魔はあの城を調べなかったのか？」

岩殿城は武田にとっては東の備えの城であった。武田が北条と和を結んだのは天文二十三年の善徳寺の会盟から、それまでは武田にとって最も重要な城の一つであった。北条氏にとっては最も目障りな城であっただろう。

「何度か調べ申したが弱点らしい弱点が無く途方に暮れた覚えがござる」

「なるほど」

少し気分が良かった。風魔が弱音を吐いている。

「水の手を切る事は可能でござろうか？」

「難しい、城内には亀が池と馬冷やし池が有る。あれが有れば水に苦労する事は無い。そして残念だがそこまで兵が攻め込めるとも思えぬ」

出羽守が頷いた。

岩殿城は岩殿山に築いた山城だ。南北は断崖絶壁で先ず接近は出来ない。東西は南北に比べればましだがそれでも厳しく狭い通路を通らなければならん。とてもではないが攻め込む事など出来ぬだろう。徒《いたずら》に死傷者を出すだけだ。欠点が有るとすれば余り多くの兵を収容出来ぬ事、攻撃の拠点には使えぬ事だが防御の拠点としてなら十分過ぎる程の堅城だと言える。後は後詰の有無次第だ。

「時間はかかるが兵糧攻めしか有るまいな。力攻めではあの城は落ちぬ。付城を築き敵を締め上げ兵糧攻めにする」

「……」

「某があの城を捨て朽木家に仕えたのもそれが理由だ。包囲して兵糧攻めをされればいずれは兵糧が尽き兵が飢える事になる。そして織田は長期に亘ってあの城に兵を張り付ける事が出来る。到底敵わぬ、そう思った」

「なるほど」

織田も朽木も銭で兵を雇う。つまり農繁期に兵を村に戻す必要が無い。包囲は続くという事だ。

城内に兵糧を補充しようとすれば包囲する敵を打ち破らなければならん。だが岩殿城には多くの兵を収容する事が出来ない。包囲を打ち破るだけの兵力が無い。東西の通路を塞がれれば身動きが取れぬ。つまり城内に籠ったつもりが城内に押し込められた事になる。如何にもならぬ。

「同じ事は朽木にも出来る。徳川は兵糧が尽きる前に後詰を出すだろう。それを叩《たた》く。さすれば岩殿城は降伏する筈だ。そういう形で攻めるしかないと思う」

出羽守が頷いた。

「なるほど、岩殿城が落ちれば甲斐守の威信も落ちると」

「うむ、岩殿城を守れなかったとなれば他の城の城将達も心が揺れよう。岩殿城を落とす事よりも甲斐守を引き摺り出し叩く事を考えた方が良かろう。結果的にはそれが岩殿城を落とす事に繋がると思う」

出羽守が大きく頷いた。

「忝《かたじけ》のうござる。御屋形様に小山田殿の攻略案をお伝え致す。必ずや御慶び頂けよう」

「大殿の御配慮に応えただけの事、いやそなたに上手く乗せられたのかもしれぬ」

「乗せられたのは我ら二人かもしれませぬぞ。大殿は中々に人の心を掴むのが上手い」

顔を見合わせ二人で苦笑をする。妙なものだ、この男と向き合って笑い合うとは……。だが悪い気分では無かった。

禎兆二年（一五八二年）　六月上旬　　駿河国安倍郡　　府中　　駿府城　　朽木堅綱

「身籠もった？　子が出来たのか？」

声が上擦った。戦から帰ったら子が出来たと奈津に言われた。本当に？　冗談ではなく？　奈津は恥ずかしそうに、そして何処か誇らしげな表情を見せている。本当なのだと思った。

「そうか、身籠もったのか……」

不思議だ。奈津の身体の中に私の子が居る。男だろうか？　女だろうか？

「喜んで頂けますか？」

奈津が不安そうな表情で私を見ている。

「勿論だ。何故そんな事を？」

「嬉しいと仰ってくれませんから」

いかぬ！　取り繕わなければ！

「そうだったか。いや、済まぬ。嬉しい、本当だ。だが不思議だと思う気持ちの方が強いな」

「まあ」

奈津がコロコロと笑った。良かった、安心したらしい。漸く嬉しいと思う気持ちが胸に満ちた。この事は内緒だな。

「良かった。父上から伺ったのだが母上は中々子が出来ず随分と御苦労されたらしい。そなたの事も案じていた」

「まあ、真でございますか？」

「うむ、ここ最近父上には子が何人も産まれている。そなたが気にするのでは無いかと案じていた。私にもそなたを気遣うようにと仰られた事が有る」

奈津が目を瞬いた。潤んでいる。父上が女性《にょしょう》に慕われるのはこういう気遣いが理由なのだろうな。

「産まれるのは何時かな？」

「今三か月を過ぎ四か月程ですから今年の暮れか来年早々になると思います」

「来年早々か……」

来年には私は父親になるのだと思った。父親？　私が？

「如何なされました？」

奈津が訝しげに私を見ていた。

「いや、自分が父親になるという事がな……」

「不安でございますか？」

奈津が気遣うように私を見ている。

「うむ、実感がわかぬし自分に父親が務まるのかという不安が有る」

「私も同じでございます。自分が母親になるという事が信じられませぬ。自分に母親が務まるのかと不安になります」

「……」

「でもこの子を産みたいと思います。そしてこの子を産めば育てたいと思うのではないかと」

なるほどと思った。奈津は母親になりつつ有るのだと思った。もしかするとお腹の子が育つにつ

れて気持ちも強くなるのかもしれない。

「御屋形様も同じではありませぬか?」

「同じか」

「はい、人は最初から母親、父親なのではなく少しずつ母親、父親になるのだと思います」

「そうか」

奈津が頷いた。少しずつか……。そうだな、少しずつだ。当主に成るのも同じだ。少しずつ実績を積む。先ずは奈津が身籠もった事を喜ぼう。

「奈津」

「はい」

「元気な子を産んでくれ」

「はい!」

「男が良いが、いや女でも構わぬ。元気で丈夫な子をな」

「はい!」

奈津が嬉しそうに笑った。父親になるのだと思った。


禎兆二年(一五八二年) 六月上旬　山城国葛野郡　近衛前久邸　朽木基綱

「甲斐では大膳大夫が大分活躍したと聞いた。流石《さすが》、朽木の跡取りよと京でも評判が高い。関東管領の働きもそれに劣らぬものであったとか。前内府、良い息子と娘婿を持たれたな」

太閤近衛前久が上機嫌で話すと関白九条兼孝、左大臣一条内基、右大臣二条昭実、内大臣近衛前基、権大納言鷹司晴房が口々に大膳大夫と関東管領の働きを褒めた。〝有難うございまする〟と笑みを浮かべて答えた。それにしても席の配置が凄いわ。太閤が上座に座ってそれを基点に左右に二列に座っている。太閤から見て左に関白、右大臣、俺。右に左大臣、内大臣、権大納言。俺は下から二番目という事に成る。

「大膳大夫に子が出来たとか、目出度いの」

「未だ生まれてはおりませぬ」

「男子なれば朽木と上杉の血を引く子じゃ。真に先が楽しみでおじゃるの」

「畏れ入りまする」

なんだかなあ、今度は関白と左大臣だよ。皆で俺をヨイショしている。居心地悪いわ。

「ところでの、前内府。甘露寺権大納言より報せが有った」

あ、いきなりシンとした。駄目だよ太閤殿下、場の雰囲気を壊しちゃ。空気を読めない奴は嫌われるぞ。でもヨイショされるよりはましか。

「公方の遺族と幕臣達が京へ上洛する事に同意したらしい」

「左様で」

「島津も上洛には異存がないようじゃ」

皆驚かない。

「皆様、例の事を御存知なのですな?」

見回すと皆が曖昧に頷いた。チラ、チラと太閤殿下を見ている。俺も太閤殿下に視線を向けた。殿下が頷く。

「知っておじゃる、麿が話した」

「左様で」

こいつら何を話したんだろう。俺が死んだ方が良いとか話したのかな? 征夷大将軍は嫌だとかわがまま言っているし有りそうだな。

「公方の遺児だが元服したらしいの、名は義尋とか」

「そのように聞いております」

可愛くないよな。未だ十一歳だが足利の当主になったからという事で直ぐに元服したらしい。普通なら俺に烏帽子《えぼし》親を頼むと思うんだがそういう事は考えないようだ。こいつらの性根が分かるわ。義尋の義は足利家に代々伝わる通字だ、尋には継ぐ、引き継ぐという意味の他に両手を広げているという意味も有るらしい。征夷大将軍を継いで両手を広げて天下を動かそうとでも言うのかね。十一歳の子供の考える事じゃないな、幕臣共の考えだろう。

「近江に呼ぶのかな?」

「そのような事は致しませぬ。京で会いまする」

「左様か、麿は呼び付けるのかと思ったが」

右大臣がホッとしたような声を出した。また一悶着《ひともんちゃく》有るとでも思ったのだろう。あの阿呆共《あほうども》が何を考えるのかは知らない。故郷に戻ったなんて考えるのかもしれないが京を支配しているのは俺だ。その事をはっきりと分からせてやる。お前らが焼いた室町第の跡には朽木の奉行所が出来ている。そこで会う。京の所有者が変わったのだと嫌でも認識するだろう。

「今、密《ひそ》かに九州攻めの準備を整えております。兵力はざっと十万を超えましょう」

皆が俺を見た、視線が鋭い。

「会見の後、九州に攻め込もうと思っております。年内は難しいかと思いますが来年には九州を平定出来ましょう」

「……」

「某がそう考えていると若君と幕臣達に御伝え下さい。それと若君には従五位下、左馬頭への叙任を考えているようだと。上洛はその後が良かろうと」

六人の公家が顔を見合わせている。

「あの者共が島津と悪巧みをしているようなら某が自分達の悪巧みを察していないと安堵し同時に事を急がなければならぬと思いましょう。今のところは某と殿下の推測でしかありませぬからな」

また六人が顔を見合わせた。

「磨らに事の真偽を確認するのを、炙《あぶ》り出すのを手伝えと申すか?」

関白が迷惑そうな表情をした。

「関白殿下、あの者共を騙《だま》せとは申しておりませぬ。九州攻めの準備をしているのは事実にございます。それに足利家の若君の叙位任官に必要な費《つい》えもこちらで御用立て致しましょう。全て事実、それを伝えて頂きたいとお願いしておりまする」

「……」

感触が悪いな。ここはスマイルだ。

「勿論、皆様だけにお願いは致しませぬ。某も文を送りまする」

〝何卒《なにとぞ》〟と言って頭を下げた。手を汚せとは言わないよ。それは俺がやる。だから手伝え。俺の天下取りをな。

## 四国暗雲

禎兆二年（一五八二年）六月下旬　近江国蒲生郡八幡町　八幡城　朽木小夜

「すけつな、でございますか？」

問い返すと大殿が〝うむ〟と頷かれた。そして懐から紙を取り出した。

「これだ。大膳大夫を佐《たすけ》る、そういう想いを名前に込めたつもりだ。次郎右衛門佐綱、松千代には相応しい名前だろう」

紙を私に差し出した。そこには佐綱と書かれてあった。

「佐る……」

「ああ、今の朽木にとって最も恐れなければならないのは外よりも内だ。御家騒動は御免だからな」

「左様でございますね」

大殿の言葉に素直に頷けた。六角家も三好家も御家騒動から没落した。同じ事を朽木家に起こしてはならない。朽木家の混乱は天下の混乱になりかねないのだから。

「朽木を足利のようにしてはならないと思っている」

大殿も私と同じ事を考えたのだと思った。

「天下を混乱させる者に天下を治める資格は無い。天下を獲るだけでは無く天下を獲った後の事も考えなければ……」

私に聞かせると言うよりも自分に言い聞かせるような口調だった。

「ご苦労をなされますね、お疲れではありませぬか？」

大殿が私を見てお笑いに成られた。

「苦労もするし疲れもする。だが意味の無い苦労では無いし疲れでも無い。そうであろう？」

「それはそうですが……」

「それにそなたが俺を気遣ってくれるからな。俺は大丈夫だ」

大殿が優しい目で私を見ている。恥ずかしさと嬉しさが込み上げてくる。身体が熱いと思った。

「松千代、いや次郎右衛門は元服後に尾張に送るつもりだ」

「そのように聞いております」

大殿が頷かれた。

「大膳大夫配下の一武将として尾張を押さえる役目を果たす事になる」

「跡取りは大膳大夫だと改めて皆に理解させるのですね？」

大殿が〝そうだ〟と頷かれた。

「あれを此処に置いては妙な事を考える者が出かねぬからな。それが大膳大夫に伝われば不安に思うだろう。その辺りも考えなければならぬ」

「……」

「二人ともそなたの子だからな、余計に気をつけねば……」

子を産んだ時はただ嬉しかった。大殿も喜んでくれた。異母兄弟では無い、同母兄弟、しかも正妻である私が産んだ子。朽木家の将来は明るいと皆が思っただろう。だが子等が育つにつれて心配ばかりが増える。何時になれば心配せずに済むようになるのか……。

「尾張では城造りを学ぶ事になる」

「城造り？」

大殿が頷かれた。

「大きな城だ。東海道の要衝、尾張を押さえる城だからな。この八幡城よりも大きくなる。当然だが城下の町も大きくなるだろう。城造りに町造り、次郎右衛門にとっては得難い経験になる筈だ」

大殿が声を弾ませている。

「ご自身が城造りに携わりたいと思っているのではありませぬか？」

大殿がお笑いになった。

「分かったか」

「はい、声が弾んでおられました」

また大殿がお笑いになった。

「そうだな、そういう思いは有る。だが他にもやらなければ成らない事が有るからな。身勝手は出来ぬ」

「……」

「まあ次郎右衛門がどんな城を造るのか、楽しませて貰うとするか」

「はい」

城が出来たら私も見に行こう。そして次郎右衛門の案内で大殿と一緒に城の中を見て回りたい。きっと楽しい思い出になるだろう……。


禎兆二年（一五八二年）　六月下旬　近江国蒲生郡八幡町　八幡城　朽木基綱

「小兵衛、それで、尾張の状況は？」

「はっ、現状では三介様に動きは有りませぬ」

何でだ？

「徳川は動いていないのか？」

「いえ、動いておりまする。密かに三介様に徳川の手の者が接触しておりまする」

そうだよな、動いているよな。だが三介は動かない。

「少々妙な事に成っておりまする」

闇の中だが小兵衛は俺の不満を察知したらしい。困ったような声だ。

「と言うと？」

「木下藤吉郎殿が動いておりまする」

「藤吉郎？　なるほど、川並衆だな」

小兵衛は頷いているだろう。蜂須賀小六、前野将右衛門が動いている。なんかワクワクするな。

「何度か三介様にお会いしております」

「諫言《かんげん》であろう、藤吉郎が馬鹿な真似《まね》は止めろと三介を抑えているという事だな？」

「おそらくは」

「城造りの邪魔をされるのを防ごうという訳だ」

「そのようで」

「三介の身を案じてという事も有ろうな。三介が妙な気を起こして腹でも切るような事に成っては亡き弾正忠殿に顔向けが出来ぬと思っているのであろう。織田の旧臣達が動揺するとも思ったか」

「かもしれませぬ」

三介に腹を切らせるつもりは無いんだけどな。こっちの狙いは三介が馬鹿をやっても誰も同調しない、孤立するだけだという事を三介に理解させる事だった。動くのは危険だと本人が骨身に染みて理解してくれれば良いんだ。ついでに言えば旧織田家臣が三介を今以上に見離してくれればもっと良い。そう思ったんだが……。

「如何なされますか？」

「……三介は今の処遇に不満を漏らしていないのか？」

「漏らしております。朽木に付いた旧家臣達の事、特に木下殿の事は悪し様に言っておりまする」

「そうだろうな、危険か」

「はい」

百姓、小者上がり、幾らでも藤吉郎の悪口は出るだろう。如何する？　このままでは藤吉郎の命が危ないな。もう主人では無いのに主人意識の強い三介。家臣ではないがかつての主家を案じる藤吉郎。組み合わせとしては最悪だ。拗《こじ》れるばかりだろう。藤吉郎がそれに気付いていないわけが無い、だがそれでも三介を放っては置けないのだ……。

如何する？　藤吉郎を見殺しにするという手も有る。諫言する旧臣を手打ちにしたとなれば三介の評価はガタ落ちだ。でもなあ、そのために藤吉郎を見殺しにする？　却下、割が合わん。藤吉郎にはこれからも働いて貰わなければ。

「藤吉郎に手を引くように伝えてくれ」

「はっ、三介様は？」

「大膳大夫に任せる。最初からその予定だった。藤吉郎には案ずるなと伝えてくれ。三介の命を奪うような事はせぬとな。小兵衛は尾張の状況を俺と大膳大夫に伝えよ、逐一だ」

「はっ」

「大殿、風魔が動いておりまする」

「風魔？　尾張でか？」

「はっ」

なるほど、関東攻めの邪魔になると見て監視しているのか。関東攻略が上手く行くかどうかは風魔の評価にも繋がる。出羽守も必死だな。思わず笑い声が出た。

「小兵衛、面白くは有るまいがそのままにしておけ」

「はっ、仰せと有らば」

「それより、足利の動きが気になる」

「足利、でございますか？」

訝しげな声だ。

「もしかするとだが、俺を殺すために上洛するのかもしれん」

三重交換殺人の事を話した。小兵衛は無言だが緊張しているのが分かった。空気が重くなったような気がする。

「小兵衛、俺の読み筋はこうだ。おそらく足利の一行が薩摩、いや九州を出た頃から島津が動き出す。一向宗を使って豊後あたりに攻め込むだろうな。そうなればだ、俺が幕臣達に島津の事を聞きたがると見ているのだ。或いは幕臣達が俺に島津の事で話したい事が有ると言っても不自然ではない。簡単に近付けるとは思わぬか？」

「そこで大殿の御命を奪うのですな」

「そう考えているのだと思う」

動機は足利のためでは無く個人的な怨恨だろう。多分処遇、禄の事だ。以前よりも収入が少なくなった、朽木の所為だ、そんな事にするのだと思う。

「至急探りを入れまする」

「いや、それには及ばぬ。こちらが警戒していると思わせたくない」

「しかし」

「慌てるな、小兵衛。それよりも山陽、畿内に噂を広めて欲しい。九州攻めが間近だとな」

「……焦らせようと御考えで？」

小兵衛の声が低い。

「その通りだ。公家を使って九州攻めが間近だと吹き込むがそれだけでは足りぬ。おそらく船を使い瀬戸内を通って堺に来るのだろうが何処に泊まっても戦が間近だと思わせたいのだ」

「承知致しました。しかし大殿、油断はなりませぬぞ」

心配してくれる。嬉しいぞ。

「分かっている。あの者達と話す時には鎖帷子《くさりかたびら》を身に着ける。傍には寄らせぬし必ず警護の者も傍に置く。心配するな、小兵衛」

「はっ」

「公方の遺児は従五位下、左馬頭に叙任される予定だ。今その手続きをしている。上洛はその後だ。となれば薩摩を出るのは七月の半ばを過ぎるだろう。それまでに噂を広めてくれ」

「はっ」

他に二、三指示を出す。小兵衛はいつものように音を立てる事無く去った。見事なものだ。義尋が従五位下、左馬頭に叙任となれば征夷大将軍の前段階だ。俺が何も不審に思っていないと連中は判断するだろう。俺を殺して足利将軍を擁して天下の諸大名に号令する。俺が居なければ毛利や上杉、三好も足利のために動く。朽木の天下などあっという間に瓦解する。そう見ている筈だ。これを機に足利ブランドに止《とど》めを刺そう。

来月には松千代を元服させて尾張に送る。元服後は佐綱《すけつな》と名乗らせる。朽木次郎右衛門佐綱だ。佐の字には助ける、脇で支え助けるという意味が有る。朽木家の次男として堅綱を助ける存在になって欲しいという願いを込めて付けた。小夜には既に話したが良い名だと喜んでくれている。

尾張には傳役の朽木主殿、長左兵衛、石田藤左衛門の他に井口越前守の弟新左近経貞、磯野丹波守の次男である藤二郎政長、朽木譜代の町田小十郎真隆、武田の旧臣である今福丹後守虎孝を送る。まあいずれ主殿は戻さなければならん。五年だな、五年後には戻す事にしよう。その頃には尾張も落ち着く筈だし松千代も十代後半、それなりに分別が付く筈だ。


禎兆二年（一五八二年）　六月下旬　　薩摩国鹿児島郡　　内城　　三淵藤英

「此度《こたび》の顕如による公方暗殺、不慮の出来事で大いに驚いている。公方の上洛も間近と思っていたためその驚きは一入《ひとしお》と言って良い。真にもって驚天動地の事、残念である。公方の葬儀はそちらで執り行ったとは思うがこちらで改葬しては如何か？　既に太閤殿下、前内府がその方向で動いている。寺は等持院になるようである。木像もそちらに安置すると聞いている。太閤殿下、前内府は公方に相応しい礼遇をもって弔いたいと考えているようである」

皆が身動《みじろ》ぎもせずに聞いている。

「義尋殿は足利家の当主として従五位下、左馬頭に任じられる事が決まった。任官の費用は全て前内府が負担したから心配は無用である。義尋殿の処遇については武家の名門足利家の当主として恥ずかしくないだけの処遇を用意するようである。猶《なお》、前内府は九州攻めを考え準備を整えつつある。兵力は十万を超えるともっぱらの評判である。出兵は義尋殿の上洛後になるだろう。皆々早々に上洛する事が肝要である。……関白殿下からの文は以上にござる」

私が読み終わっても皆が押し黙っている。一色宮内少輔殿、真木島玄蕃頭殿、上野中務少輔殿、飯尾右馬助殿、松田豊前守殿、米田壱岐守殿。……息を吐く音が聞こえた。玄蕃頭殿だった。

「公方様を等持院に改葬する、木像を安置するか。……良かった、安心した」

ホッとしたような声だ。皆が頷いている。

「このまま九州の片隅で……、そんな事になっては公方様に申し訳ない。已むを得ず御命を頂いたが……」

「それを申されるな、玄蕃頭殿。足利家を守るためだ。あのお方が生きていては如何にもならぬ。征夷大将軍の返上、謝罪を要求されるだろう。それは幕府の消滅、足利家の転落という事になる。拒もうとして拒めるものではない。だが義尋様になら厳しい事は言えぬ。そうであろう？」

私の言葉に皆が頷いた。これしかないのだ、これしか……。

「関白殿下からの文には太閤殿下、前内府様が手配をしていると書いてあった。おそらくは太閤殿下が頼まれたのであろう。何と言っても従兄弟だからな」

「豊前守殿、大膳大夫じゃ。前内府ではない」

「止められよ、中務少輔殿。もう公方様は居られぬのじゃ。追従は無用であろう」

玄蕃頭殿が窘《たしな》めると中務少輔殿が不満そうな表情を見せたが反論はしなかった。大膳大夫などと蔑んでも滑稽なだけだ。却ってこちらが惨めになる。

「従五位下、左馬頭か。悪くない、足利家の当主に相応しい官位だ」

「うむ、先ずは重畳」

「いざとなれば……」

「左様、征夷大将軍への任官も難しくは無い」

飯尾右馬助殿、米田壱岐守殿の遣り取りに皆が頷いた。

「前内府様が征夷大将軍になるという事は？」

一色宮内少輔殿の問いに皆が顔を見合わせた。

「僭越《せんえつ》な！」

「中務少輔殿、宮内少輔殿の疑念は当然のものでござろう」

罵る中務少輔殿を右馬助殿が窘めた。

「無いとは言えぬ。しかし如何かな？　その機会は何度か有ったと思うのだが前内府様が征夷大将軍になろうとした形跡はない。或いは天下を統一してから、そう思っているのかもしれぬ」

私が答えると皆が頷いた。天下統一がなる前に任官すれば反発する者が多いと見たのかもしれない。だが天下を統一した後ならば誰も文句は言えない。

「前内府様はこちらに疑いを持っていないと見て良いのではないかな」

一色宮内少輔殿の言葉に何人かが頷いた。

「九州攻めの準備を整えつつあると文には書いてあった。おそらく我らから島津の様子を聞こうとすると思うが……」

「となればその時に……」

「いや、中務少輔殿、そこでは早い。あちらが疑っていないという確証は無い。慎重に事を運ぶべきだ。機会は一度きりなのだからな」

「壱岐守殿に同意致す。前内府様を甘く見るべきでは無い。もし、こちらを疑っているとすれば島津の様子を聞こうというのは罠《わな》だろう」

同感だ。その可能性は十分に有る。

「では何時狙う？」

右馬助殿の言葉に皆が押し黙った。

「島津の様子を話した後、そして九州攻めの前にござろう」

私が答えると皆が顔を見合わせた。

「大和守殿の意見はもっともと思うがそのような機会が有るかな？」

宮内少輔殿が問い掛けてきた。頷く姿が多い。

「機会を待つのでは無く作るのだ。例えば島津の様子で話し忘れた事が有ると言って面会を求める。或いは出陣の前に我らも加えて欲しいと頼む。勝利と無事の戻りを願っているというのも良いだろう。機会は作れる」

皆が頷いた。

「そのためにも島津の事を聞かれたら誠実に、正直に答えなければ。我らが協力的だ、信用しても良いのではないか。前内府様にそう思わせる事が肝要にござろう」

また皆が頷いた。さて、準備は整いつつある。後は修理大夫様と話をしなければ……。


禎兆二年（一五八二年）七月上旬　　近江国蒲生郡八幡町　　八幡城　　小山田信茂

「久しゅうござるな、彦八郎殿」

「真、久しゅうござる。左兵衛尉殿」

「死んだと思っていた」

「山に逃れ隠れており申した」

目の前に白い歯を見せて笑う穴山彦八郎信邦が居た。髭《ひげ》の濃い浅黒い肌の男だ。笑うと白い歯が目立つ。亡くなった陸奥守殿はどちらかといえば色白の髭の薄い男であった。性格も違う、陸奥守殿は生真面目な性格であったがこの男は至って大らかだ。似た所の無い兄弟だとよく思ったものだ。

「随分と長かったのではないか？」

彦八郎が頷いた。

「織田弾正忠が生きている間は山からは出られなんだ。弾正忠の死後、徳川に仕えようかとも思ったが小田原での遣りようを見て止め申した」

「なるほど」

あれは酷かった。首を晒したと聞く。その中には信玄公の血を引く御方も居た。あれでは徳川に仕えられまい。そうしているうちに織田が滅び朽木が彦八郎に手を差し伸べたか……。

「故郷を離れるのは辛かった事でござろう」

「それは左兵衛尉殿も同じ事ではござらぬか」

「……已むを得ぬ事であった」

「……そうよな、已むを得ぬ事じゃ。甲斐は上杉領になると聞いた。上杉の下に付く事は出来ぬ」

彦八郎が首を横に振った。そうであろうな、旧武田家臣にとって上杉に仕える事は避けたい事であろう。

「朽木家は良い。武田の旧臣達が大勢居るし大事にされている。左兵衛尉殿、お主は評定衆だ。それに甘利郷左衛門、浅利彦次郎の二人は御屋形様の御傍で信任も厚い。真田や室賀等の信濃衆も居る。何の不安も無いわ」

彦八郎がカラカラと笑い声を上げた。

「確かに不思議なほどに厚遇されていると思う時が有る。夢かもしれん、醒《さ》めて欲しくないものよ」

二人で声を合わせて笑った。

「大殿にお会いしたが世評と違い闊達《かったつ》な御方で少々驚いた」

「何を話された？」

「信玄公の事、兄陸奥守の事であった。良く御存知であった、楽しい一時《ひととき》であったな。大殿には驚かされてばかりよ」

「大殿は信玄公の事を良く御存知だ、甲斐の事もな。我等も驚かされる事が有る」

郷左衛門、彦次郎は大殿が信玄公の事を見事なものだと賞賛したと言っていた。その苦労も察していたと。その事を話すと彦八郎が眼を瞬かせた。

「朽木は豊かじゃ。此処に来てそう思ったわ。駿府、清州、井ノ口、賑やかな町じゃが近江は更に賑やかじゃ。信じられん」

彦八郎が首を横に振った。

「某もじゃ、今は慣れたが最初は如何にも自分の眼が信じられなかった。幻を見ているのではないかと何度も思った」

喰《く》うために、生き延びるために武田は戦をした。朽木は違う、天下を統一するために戦をしている。余りにも違い過ぎる、豊かであるという事は贅沢《ぜいたく》が許されるのだと思った。

「岩殿城は如何なるのかな？　何か御存知か？」

「ふむ、周りに付城を築き兵糧攻めにする事が決まった。左兵衛尉殿の意見が全面的に採用された」

「左様か」

彦八郎が顎に手をやり髭を伸ばす仕草をした。

「左兵衛尉殿、岩殿城攻めは御屋形様がなされる」

「御屋形様が？　上杉ではないのか」

彦八郎が首を横に振った。

「違う、上杉は越後に戻り蘆名の動きに備えるようじゃ。岩殿城攻めは相模攻めの一環として御屋形様が行う」

「では郡内は？」

「郡内の平定は朽木家が行う。だが甲斐一国が上杉家の物で有る事は変わらぬ」

「なんと……」

思わず唸り声が出た。彦八郎が笑う。

「御屋形様もなかなかの御覚悟よ。領地よりも徳川を討つと御心を定められたらしいわ」

「確かに」

「小田原城を攻略し徳川を討てば御屋形様の武名は一気に高まろう。関東攻略も順調に進もうな」

「うむ」

関東攻略が進めばもう誰も御屋形様を頼り無しとは言うまい。御屋形様が東へ進み、大殿が西へと進む、朽木の天下統一は思ったよりも速いかもしれない……。不意に笑い声が聞こえた。彦八郎が笑っている。釣られて自分も笑っていた。

「楽しみじゃな、左兵衛尉殿」

「うむ、楽しみじゃ、彦八郎殿」

禎兆二年（一五八二年）七月上旬　近江国蒲生郡八幡町　八幡城　朽木基綱

生まれた。息子が一人、娘が二人。小夜と雪乃が娘を、篠が息子を生んだ。正直ホッとした。これで三宅の家が再興出来る。篠は大喜びだ。雪乃は残念そうだった。だから次を頑張れば良いと言って慰めた。もっとも一人じゃ頑張れないから俺もそれに付き合う事に成る。慰めていてちょっと憂鬱になったのは内緒だ。身体が二つ欲しいわ、昼専用と夜専用。

冗談抜きでそう思う。また二人側室が増えた。一人は今川家の夕姫、今年十五歳。園姫の事が有るからな。今川家は北条が朽木家で根を張りつつあるのを見て焦りが有るのだ。嶺松院に頼み込まれて断り切れなかった。もう一人は信長の三女、藤姫。今年十九歳だ。この時代だと少し行き遅れ気味だ。織田家の混乱が原因で嫁ぎ先が決まらなかった所為で婚期を逃しかけている。俺も気にかけていたんだ、でも適当な相手が見つからない。結局鷺山殿に頼まれて俺の側室となった。鷺山殿にとっては俺と織田を結び付けるのに好都合だったかもしれない。上手くやられたな。

子供達の名前は息子を龍千代、娘は小夜の産んだ子に杏《きょう》、雪乃の産んだ子を毬《まり》と名付けた。生まれた順番は杏、龍千代、毬の順だ。これで男子は八人、女子も八人だ。俺って凄い子沢山だな。自分でも感心している。問題は娘だな。竹と百合は良い、他の六人を何処に嫁がせるかだ。織田の藤姫のようには出来ん。頭が痛いわ、特に次女の鶴だ。今年で十二歳だからな。そろそろ考えなければばならん。何処かに良い相手が居ないものか……。

義尋を従五位下、左馬頭に叙任する事が決まった。今、使者が薩摩に向かっている。おそらくは七月半ばには薩摩に着く筈だ。その使者は義昭を等持院に改葬する手続きが終わった事、今義昭の木像を造らせている事も報せる事になる。阿呆共は俺が何も疑っていない、本気で和解を望んでいる、喜んでいると思うだろう。

義尋か、年齢的には鶴に合うな。……却下だ、足利なんかに大事な娘をやれるか！　何を考えている、この阿呆！　あの連中が京にやって来るのは八月の半ばから九月といったところか。あれ？義昭の新盆は如何するんだろう？　向こうでやるのか？　それとも少し遅れても京でやるのか？京でやるなら俺も出向く必要が有るのかな？　だとするとそこも襲撃ポイントか……。

連中の京での住居を如何するかという問題も有る。取り敢えず相国寺にでも泊まって貰おう。京で屋敷を構えて貰う必要が有るが場所は連中に任せよう。但し費用はこちらで持つとする。その辺りは連中が堺に着いてから教えれば良いだろう。堺での滞在場所は顕本寺とする。顕本寺は足利氏にとっては縁の有る寺だ。喜んでくれるかな？　難しいかもしれん、縁が有るのは平島公方家だからな。

六月の半ばに三好日向守長逸が死んだ。悲しい話だ。だがそれに関連して伊賀衆が気になる事を報せてきた。日向守の葬儀に三好豊前守の姿が無かったらしい。体調が優れないという理由らしいが日向守は三好一族の長老だ。この男の葬儀に出ないという事は余程に体調が悪いのだろう。そして出席した安宅摂津守も具合が悪そうだったと報せてきた。二人とも長くないと判断せざるを得ない。こちらからは飛鳥井曽衣を弔問の使者として出した。三好久介からは万一の場合は宜しく頼むと改めて言われたそうだ。久介も状況は良くないと見ている。

九州攻めの準備は進んでいる。しかし三好は当てには出来んだろう。九州遠征を行う頃には三好豊前守、安宅摂津守が死んでいる可能性が有る。いや、それだけじゃないな。最悪の場合は四国が混乱している可能性も有る。となると四国から九州東部を窺う戦力が無い、敵の戦力の分散が出来ないという事になる。面白くない。

この状況を九州の諸大名は如何見るか……。秋月、大友、龍造寺、島津、大村、有馬、相良、阿蘇。名目は島津討伐になるが簡単には行かないと見るかもしれない。その時如何動くか？　大友は問題無い、間違いなくこちらに付く。しかしな、九州で大きい所は大体が反大友なのだ。島津、龍造寺、秋月が反大友、反朽木で纏まる事も有り得るだろう。さて、如何したものか……。

禎兆二年（一五八二年）七月上旬　　尾張国春日井郡清州村　　織田信意邸　　木下秀吉

「徳川と文を交わすのはお止め下され。三介様の御為になりませぬ」

「徳川ではない、叔母上からの文だ。叔母上は儂が如何しているかと心配して文をくださるのだ」

「お市様は徳川の方でございます。お止め下され」

「余計な口出しをするな！　藤吉郎！　叔母上は儂を気遣って下さるのだ！」

「徳川は敵なのですぞ」

三介様が〝フン〟と鼻を鳴らした。

「誰の敵だ？　織田を滅ぼしたのは徳川ではない、朽木だぞ」

「……」

「今も徳川と戦っているのは朽木だ。織田ではない。分かるか？　徳川は朽木の敵かもしれぬが儂の敵ではない」

唖然《あぜん》として三介様の顔を見た。得意げな表情をしている。俺をやり込めたとでも思っているのだろうか？

「愚かな事を申されますな」

「愚かだと！　儂を愚弄するか！　藤吉郎！」

額に青い癇筋が浮き出ている。亡き殿に似ている。その事に胸が痛んだ。

「そのような言い分が通用すると真に思われているのなら愚かとしか申せませぬ」

「無礼者！」

「三介様は危うい御立場なのですぞ。徳川に通じているとなれば御命も危ない。そうでは有りませぬか？」

三介様が僅かに怯《ひる》みを見せた。そう、このお方は臆病なのだ。虚勢を張るのもそれ故だ。

「前内府様は儂を殺すというのか」

「分かりませぬ。分からぬからお止め頂きたいと申し上げております」

三介様が俺を忌々し気に睨んだ。

「儂には文を遣り取りする自由も無いのか」

「……」

そんなものは無い。降伏したのだ。大殿のお気に障るような事は出来ぬ。何故それが分からぬのか……。黙っていると三介様がまた〝フン〟と鼻を鳴らした。

「百姓上がりの癖に儂に意見するか。その方を引き立てたのは父上だというのにその方は儂を圧迫するか。この恩知らずが！」

「……」

「帰れ！　その方の顔など見たくないわ！」

三介様が席を立った。そのまま部屋を出ていく。溜息が出た。亡き殿の御恩を思えばこそ御諫《おいさ》めしているのだ。何故それをお分かり下さらぬのか……。

御不満なのは分かる。だが織田家のために耐えて頂かねば……。藤姫様が大殿の御側室になられた。織田家と朽木家を結び付けようという狙いが有っての事なのに……。亡き殿の御子息は未だ幼いのだ。大殿を御不快にするような事は避けねばならぬ。それなのに……。邸を出ると小六と将右衛門が心配そうな表情で近付いてきた。

「如何でございました？」

問い掛けてきた小六に首を横に振って答えると二人の表情が曇った。

「殿、もうお止め下され。これ以上は危険にござる」

「将右の言う通りです。危険ですな。三介様は殿を信用出来ぬ、裏切り者と酷く罵っているそうです」

溜息が出た。

「分かっている。危険だろう。俺が諫めるのはむしろ三介様を不快にするだけなのかもしれぬ。だがこのままでは三介様は危ない。亡き殿の御恩を思えば三介様を見殺しには出来ぬ」

「大殿が三介様を殺すとお考えですか？」

小六が問い掛けてきた。

「分からぬな。分からぬから三介様を御諫めしている」

「……」

立ち止まっていても仕方がないな。歩き始めた。足取りが重いと思った。

「まあ織田の旧臣達の動揺を考えれば無茶はしないと思う。だがそれなりの理由が有れば三介様を殺しても不満は出難い」

「……」

「駿河の御屋形様と徳川の戦が激しくなれば徳川は敵なのだという認識は皆が持とう。その時に三介様が徳川と通じているとなれば……」

殺す理由としては十分だろう。小六、将右衛門も反論しない。

「その心配は要りませぬぞ」

後ろから声がした。振り向くと行商人が居た。

「何者だ」

小六が問いながら近寄ると行商人は後退りながら手を前に出して振った。

「敵では有りませぬ。四方に在りて四隅を守るもの、八門にござる」

八門？　小六が歩みを止めた。

「木下様ですな。大殿からの御言葉をお伝えしますぞ。これ以上三介様を諫めるのは危険で有る、止めるようにと。三介様に大殿は手出ししないとの事です。城造りに専念せよと」

なんと……。

「伝えましたぞ、ではこれにて」

男が踵《きびす》を返して立ち去った。

「どうやら大殿にお気遣い頂いたようですな」

「そうだな、将右。大殿は俺を案じてくれたらしい」

有難い事だ。大殿は俺の織田家への想いを分かってくれる。

「殿、この上は築城に専念されるべきでしょう」

「ああ、そうしよう。大殿の御期待に応えなければな」

小六の言葉に声を励まして答えた。小六が、将右衛門が嬉しそうにしている。先程までの憂鬱な顔が嘘のようだ。また思った、有難い事だと……。

# 次郎右衛門佐綱

禎兆二年（一五八二年）七月中旬　　近江国蒲生郡八幡町　　八幡城　　朽木基綱

「父上、次郎右衛門佐綱にございまする」

「うむ」

元服し松千代から次郎右衛門佐綱と名を変えた息子が挨拶に来た。後ろには朽木主殿、長左兵衛、石田藤左衛門、井口新左近、磯野藤二郎、町田小十郎、今福丹後守が控えている。隅立四つ目結の紋を入れた大紋直垂《ひたたれ》が良く似合うと思った。すっきりとした顔立ちが良く映える。

随分と大人びたような気がするな。殆ど変っていない筈なんだが……。隣で小夜が〝立派になって〟と言って眼を潤ませていた。大膳大夫の時は不安そうだったが今回は素直に嬉しいらしい。長男と次男の違いなのだろう。やはり俺よりも小夜に似ていると思った。

「此度は良き名を賜りました事、真に有難うございまする」

「うむ、次郎右衛門」

「はっ」

「これを遣わす、受け取るが良い」

用意しておいた太刀を差し出した。次郎右衛門が前に出て受け取ると〝有難うございまする〟と一礼してから下がった。

「道誉一文字と言われる業物だ」

ざわめきが起きた。次郎右衛門は驚いている。まだまだ子供だな、安心した。小夜が〝良かったですね〟と言うと次郎右衛門が〝はい〟と頷いた。

「元は婆娑羅大名と謳《うた》われた佐々木道誉殿が所持していた太刀だ。足利将軍家に献上されその後朽木家に伝わった」

ざわめきは続いている。第十二代将軍足利義晴が朽木に滞在した、いや亡命した時に御爺に与えたらしい。御爺は信頼されていたんだな、感謝もされていたんだろう。俺とは豪《えら》い違いだ。義輝からは貰ったが義昭からは物なんて貰った事が無い。

「有難うございまする。ですが宜しいのでございますか？」

「俺は余り太刀には拘らぬのでな、構わぬ」

「いえ、兄上ですが」

「大膳大夫には朽木丸が有る。家督を譲った時にあれも譲った」

朽木家重代の太刀と言われているがそれ以上の事は分からん太刀だ。俺は使った事が無い。

「ま、暇な時に眺めて楽しむのだな」

「楽しむのでございますか？」

次郎右衛門が訝しんでいる。

「そうだ、戦場には持って行くな。負け戦の時は全て投げ捨て身一つで逃げるのが一番だ。捨てるのが惜しくなるような物を身に付けてはならん。命を失う事に成る。名物は使うのではなく見て楽しむものだと心得ておけ」

「はい」

目を丸くしている。可愛いわ。思わず笑い声が出た。小夜もクスクスと笑っている。

「如何した、何を驚いている」

「いえ、父上から負け戦の心得を教えて頂くとは思わなかったので……」

「一番大事な事だ。負けるのと死ぬのは違う。生きていれば再戦し勝つ事が出来る。生きる事を諦めてはいかん。逃げる事を恥じてもいかん。勝つために耐えよ、それが大将の務めだ」

「はい」

史実の信長は何度も負けた。だが最後は勝った。諦めなかった事、勝とうとする努力を続けた事がその理由だ。信長の最大の武器は頭脳よりもメンタル面での強さ、貪欲さだと思う。

「次郎右衛門、そなたには尾張に行って貰う」

「はっ！」

次郎右衛門が力強く答えて頭を下げた。

「尾張は東海道の要衝の地だ。大膳大夫が東に進むには尾張の安定が大事となる。その方は尾張を安定させ大膳大夫の力となれ」

「はい」

「尾張は今新たな城造り、町造りが始まったばかりだ。学ぶところが多かろう、励めよ」

「はい！」

次郎右衛門は眼を輝かせている。親元を離れるのを寂しいとは思わないらしい。小夜が少し悲しそうな顔をしている。胸が痛んだ。

「皆、次郎右衛門を頼むぞ」

俺が声をかけると朽木主殿、長左兵衛、石田藤左衛門、井口新左近、磯野藤二郎、町田小十郎、今福丹後守が頭を下げた。

「尾張に行ったら早めに駿府に赴き大膳大夫に挨拶をしておけ」

「はい」

「言っておくが大膳大夫に対して兄上などと狎《な》れてはいかんぞ。元服した以上そのような態度は許されぬ事だ。大膳大夫は朽木家の当主、御屋形様と敬え。その方は朽木家の次男、その方の下には更に弟達が居る。その方が大膳大夫に狎れれば弟達も狎れる。その方が大膳大夫を敬えば弟達も敬うだろう。その事を理解しておけ。その方に佐綱と名を付けた父の気持ちを汲《く》んでくれよ」

「はい！　父上の御気持ちを無には致しませぬ。必ずや兄、いえ御屋形様の力になりまする」

「うむ、頼むぞ」

元服したというのに説教ばかりだ。何か祝ってやりたい、いやそれ以上にこの息子に支えとなる何かを渡したい。

「……次郎右衛門、何か欲しいものは有るか？　或いは俺に訊《き》きたい事でも良いが……」

「では頂きたい物がございます」

「ふむ、何かな？」

次郎右衛門が恥ずかしそうな表情を見せた。はて、何だろう？　まさかとは思うが嫁か？

「父上御愛用の丹波焼の壺を」

「……ハハハハハハ」

思わず笑い声が出てしまった。顔は小夜に似たが嗜好《しこう》は俺に似たらしい。若いのに壺か。こいつも変わり者だな。小夜もおかしそうに口元を手で押さえている。いや、後ろに控える主殿達もだ。

「良かろう、持って行け。……そうだ、大膳大夫にも一つ持って行ってくれ。織田焼の壺が良いだろう。心が乱れた時は壺を愛《め》でて心を落ち着けよと伝えてくれ」

「はい！」

次郎右衛門が嬉しそうに頷く。東海道でも壺好きが増えるかもしれない。それも悪くない、尾張は焼き物が盛んだ。良い壺が作られるだろう。楽しみだな……。


禎兆二年（一五八二年）　七月中旬　　近江国蒲生郡八幡町　　八幡城　　進藤賢盛

「隠居したいと言うのか？」

「はっ」

「御許しを頂きたく」

大殿の問い掛けに目賀田次郎左衛門尉殿と共に答えると大殿が〝ふむ〟と唸った。

「そうか、隠居か……。二人とも幾つになったかな?」

「我等両名、六十を超えましてございます。何卒お許しを」

私が答えると大殿が少し考えてから頷かれた。

「分かった、二人には随分と働いて貰ったからな。隠居を認めよう。だが二人の顔が見えなくなるのは寂しい。如何かな、これからは相談役として今少し気楽な立場で俺を助けてはくれぬかな?」

「有難いお話ではありますが……」

「これ以上は……」

次郎左衛門尉殿と共に辞退すると大殿が〝そうか〟と寂し気な表情をされた。胸が痛んだ……。

「残念だが諦めるしかないか。今まで御苦労であったな。随分と助けて貰った。二人には感謝している」

「畏れ多い事でございます。我等こそ得難い経験をさせて頂きました」

「次郎左衛門尉殿の申す通りにございます。一生忘れますまい」

大殿が笑みを浮かべられた。

「そう言って貰えると嬉しいな。なんと言っても随分と二人を扱《こ》き使ったからな、恨まれているかと思ったぞ」

大殿が笑みを浮かべながら言う。次郎左衛門尉殿と二人で苦笑いが漏れた。困ったものよ、最後まで冗談で我らを笑わせようとする。いや、湿っぽくするまいというお気遣いなのかもしれぬ。

「幸いこの八幡城はそなた達の領地から近い。時々は遊びに来てくれよ、寂しいからな」

「はっ」

「必ずや」

我らが答えると大殿が頷かれた。

「元気でな、身体を労わって長生きしてくれ」

「大殿こそ御身お大切になされますよう」

「我等それを祈っております る」

大殿が〝有難う〟と仰られた。それを機に御前を下がった。

二人で城を下がり邸へと向かう。一言も喋《しゃべ》らなかった。ただ黙って歩いた。

「寄って行きませぬか?」

次郎左衛門尉殿が話しかけてきたのは次郎左衛門尉殿の邸が見えてきた時だった。

「左様ですな」

なんとなくこのまま邸には帰りたくない想いが有る。次郎左衛門尉殿も同じなのかもしれない。

客間に案内され茶が運ばれてきた。二人でその茶を味わう。

「十五年ですな」

次郎左衛門尉殿がポツンと言った。

「そうですな、朽木家に仕えて十五年になる」

「あっという間でしたな」

「左様、あれよあれよという間に天下人になられた」

二人で顔を見合わせて頷いた。十五年、あっという間であった。仕えた時は近江、若狭、越前、加賀の領主であった。百五十万石を超え二百万石に近い領地を持っていた。だが今では畿内から中国、東海、北陸と勢力を拡大した。事実上の天下人、その覇業を我らは助けた。得難い経験というのは嘘ではない。

「初めてお会いした時は中々の器量人とは思いましたがまさか天下人になるとは思いませんでした。その御方を六角家に従属させようとしたのですから今思えば我らも相当に人を見る眼が有りませんでしたな」

次郎左衛門尉殿の言葉に思わず噴き出した。次郎左衛門尉殿も笑っている。

「言われてみればその通りですな」

二人で一頻《ひとしき》り笑った。

「不思議な御方でしたな」

次郎左衛門尉殿が懐かしむような口調で言った。

「我らを評定衆に任じ下野守殿を相談役に任じた。南近江の国人衆を安心させるためかと思いましたがそうでは有りませんでしたな」

「左様、そうでは有りませんでした。下野守殿も我らも大殿の御言葉を借りれば扱き使われました」

また二人で笑った。

「御不満でしたかな、山城守殿」

「いや、楽しゅうござった。次郎左衛門尉殿は如何かな？」

「某も楽しかったと思いますぞ。竹姫様の婚儀は一生忘れる事は有りますまい」

「真に、得難い思い出にござる」

楽しかったのだ。大殿は常に大きくなろうとしていた。何時からか天下を目指された。今を守るのではなく常に前へと走り続ける、その中で自分の力を存分に使う。その事が楽しかった。

「下野守殿も楽しんでおられましたな」

「一番楽しんでおられたのではありませぬかな」

私の言葉に次郎左衛門尉殿が〝左様、左様〟と頷いた。蒲生下野守殿、大殿の御傍で生き生きと働いていた。何処から見ても大殿の信頼厚い重臣であった……。

「唯一、心残りが有るとすれば六角家の事、守り切れませんでしたな」

次郎左衛門尉殿の言葉が胸に響いた。

「観音寺崩れから六角家が滅ぶまで僅か四年でござった……」

「そうでしたな、僅か四年でした。家とはこうも簡単に傾くものかと暗澹《あんたん》とした事を覚えております」

そう、暗澹とした。強盛を誇った六角家でさえ簡単に傾く、乱世とはなんと厳しいのかと思った。そして勢いを増す朽木家を見て何時か六角家を捨て朽木家に付くだろうと思った事を覚えている。

「何度か御台所様が御屋形様の実の娘ならば……、そう思った事がござる」

私の言葉に次郎左衛門尉殿が頷いた。

「某も同じ思いを持ちました。我等だけではござるまい、皆が同じ思いを抱いた筈にござる」

もしそうなら大殿を六角家の当主として迎える事が出来ただろう。六角家は滅びず天下を取る事が出来たかもしれない……。夢だな、夢だ……。

想いに耽《ふけ》っていると〝山城守殿〟と次郎左衛門尉殿に呼ばれた。

「文が来るやもしれませぬな」

「文？」

意味が分からず問い掛けると次郎左衛門尉殿が頷いた。悪戯っぽい笑みを浮かべている、

「あの読み辛い文が来るやもしれませぬ」

読み辛い文？　大殿から？　気が付けば笑っていた。次郎左衛門尉殿は私の心を軽くしようとしているらしい。有難かった。

「ならば我が家の家宝にしなければなりませぬな、待ち遠しい事にござる」

「某も同じ思いにござる」

二人で声を合わせて笑った。後悔はするまい、一度きりの人生なのだ。私は精一杯生きた、良い主君に恵まれ天下取りにも参加出来たのだ。十分だと思おう。大殿からの文が待ち遠しい事よ……。

禎兆二年（一五八二年）　七月下旬　　摂津国島上郡原村　　芥川山城　　平井定武

突然に大殿が芥川山城にお見えになった。供には長宗我部宮内少輔、飛鳥井曽衣、黒野重蔵、そして小姓を含め僅かな供回り。総勢五百騎ほどの小勢だ。天下を掌中に収めつつある御方には相応

しくない。もっとも大袈裟《おおげさ》な事を御嫌いになる大殿ならおかしくも無いと言える。今でも時折領内の見回りに自ら赴くと聞く。

「如何なされました」

問い掛けると穏やかな笑みを浮かべられた。

「うむ、急に舅殿の顔が見たくなってな、寄らせて貰った」

「それは……、有り難い事ではございますがこの年寄りの顔など見ても面白くはございますまい」

「そうでもない、俺は年寄りの顔が好きだ」

周りから笑い声が起きた。宮内少輔、曽衣、重蔵の三人が苦笑している。

はて、年寄りの顔が好きというのは嘘では無いかもしれぬ。大殿は側室は多いが周囲に若い女子を侍《はべ》らせるというような事はせぬ。傍に居るのは相談役である事が多い。

「進藤と目賀田が評定衆を辞めたいと言ってきた」

「左様ですか」

「うむ、相談役として傍に居てくれと言ったのだが断られた。もう歳だから許して欲しいと言われた。……寂しい事だ」

寂しい、そう思った。あの二人が表舞台から降りようとしている。

「あの二人にとって俺は良い主人で有ったのかな?」

「大殿?」

驚いて大殿の顔を見た。ぼんやりと何かを考えている。すっと視線をこちらに向けた。

「あの二人だけではない、下野守、舅殿にとって俺は良い主人だったのだろうか？」

「良い主君でございます。領地を広げ、天下を獲ろうとされている方が悪い主君で有る筈が無いでは有りませぬか」

「そうかな」

大殿は納得していない。

「俺は領地を広げた。御爺は喜んでいたな。だが足利の忠臣には成れなかった。御爺はその事を何処かで物足りなく思っていたかもしれぬ」

「……」

「俺はその事を御爺に訊かなかった。多分訊くのが怖かったからだろう。その所為で真実は分からず仕舞いだ」

「……」

「俺は六角家の人間ではない、舅殿はその事を寂しく思った事は無いか？」

思わず息を呑んだ。宮内少輔、曽衣、重蔵も驚いている。

「一度も無かったとは申しませぬ。ですが武士は良い主君を得なければなりませぬ。そうでなければ一生を後悔しましょう。家を滅ぼす事にもなります。某は朽木基綱という良い主君を得ました。それは某だけの想いではない筈にございます」

「そうか……、そうだな、そう思うしかないな。真田弾正も似たような事を言っていた」

大殿がゆっくりと頷いた。

「進藤、目賀田の後任は駒井美作守秀勝、青地駿河守茂綱に決めた。次の評定から参加する事になる」

いつもの大殿に戻られた。駒井、青地か。駿河守は亡くなった蒲生下野守の二男だったな。青地家に養子に行った……。

「舅殿、舅殿にも評定衆に加わって欲しいのだがな」

「某も歳でございます、そろそろ楽隠居をと考えておりました」

もう年寄りの出番ではあるまい。進藤、目賀田も隠居したのだ。

「ではこの城を弥太郎に任せ相談役として俺を助けてはくれぬか」

「相談役でございますか」

「うむ、俺に舅殿の知恵を貸して欲しい。乱世を生き抜いた舅殿の知恵をな。俺にはそれが必要だ」

乱世を生き抜いた、……生き抜いただけだ。纏めつつあるのは大殿、この私の知恵などどれだけ役に立つか……。だがここまで頼まれては断れぬな。それに断れば大殿はまた悩まれるだろう。

「某で御役に立つのであれば」

「では決まりだ」

大殿が嬉しそうに笑った。良い笑顔をなされる、何とも人誑《ひとたら》しな……。後悔はしておらぬよ、下野守殿、山城守殿、次郎左衛門尉殿。平井加賀守は良い主君を持ったのだ。それはお主達も同じ想いであろう……。


禎兆二年(一五八二年) 七月下旬　　近江国蒲生郡八幡町　　八幡城　　朽木基綱

暑いな。早朝とはいえ七月の下旬だ、やはり暑い。もっとも風が有るから屋内に居るよりも楽だ。思い切って朝の散歩と洒落込《しゃれこ》んでみたが正解か。着ているのは白の単衣一枚だ。まあ現代に例えればパジャマ姿で散歩しているようなものだな。蝉《せみ》が鳴いている、ヒグラシだ。アブラゼミとかミンミンゼミと違って鳴き声が涼しいわ……。それにしてもヒグラシの鳴き声で涼を取るって現代人の感覚では考えられん事だな。

「大殿」

声がした方を見ると藤だった。エラいものだ、きっちりと服を着ている。

「そちらに行っても宜しゅうございますか？」

「遠慮は要らぬぞ」

返事をすると藤がゆっくりと近付いてきた。織田家は美男美女の家系だが藤も美人だ。細面の儚《はかな》げな美人ですらっとしているから余計に儚そうに感じる。気になるのは笑顔が少ない事だ。薄倖《はっこう》、藤にはそんな言葉が似合う。それが嫌だな。

「お庭を見ていたのでございますか？」

「いや、特にそういうわけでは無い。風に当たっているだけだ」

「まあ、お花を見ているのかと思いました」

花か……。庭にはアサガオ、芙蓉《ふよう》、木槿《むくげ》が咲いている。ふむ、そうだな、遠目には花を見て楽しんでいると見えたかもしれない。

「残念だが俺はそんな風情の有る男では無い。それに俺の周りには美しい花が沢山咲いているのでな。わざわざ庭に出て花を愛でる必要は無い」

「まあ」

「もっとも手入れを怠るとあっという間に萎《しお》れてしまうのでな、扱いが難しい。困ったものだな」

藤がクスクスと笑った。

「私もでございますか？」

「そんな風に聞こえたか？」

「はい」

「それは良かった。ちゃんと伝わったようだ」

藤が〝まあ〟と声を上げた。そしてまたクスクスと笑い出す。うん、笑っている方が憂い顔よりずっと良い。

「大殿はいつもご冗談ばかり」

「そんな事は無い、本心だ」

困ったな、藤は笑うばかりだ。しょうがないから俺も笑った。

「そこにアサガオが咲いているがアサガオの種は薬になるのだ。知っていたか？」

「いいえ、そうなのでございますか？」

藤がアサガオを興味深そうに見ている。

「うむ、だが扱いを間違えると毒にもなるらしい。素人には扱えぬものらしいな」

「まあ」

藤が眉を顰めた。うん、美人はどんな表情も似合うわ。

「それで、何か用が有るのかな？」

「はい、……兄の事で」

「三介殿の事か？」

藤が頷いた。不安そうな表情をしている。

「良くない噂を聞きました。皆が心配しております。大殿にご迷惑をおかけしているのではございませぬか？」

さて、なんて答えたものかな。気休めは止めた方が善さそうだが……。

「まあ三介殿が今の境遇に不満を持つのは当然の事だな。それを隠そうとせぬ、分かり易い御仁だ」

「……」

「それを利用しようとする者が現れるのも当然の事だ」

「徳川でございますか？」

藤が眉を寄せ不愉快そうな表情をしている。織田にとって徳川は心許せぬ存在なのだろう。

「まあそうだ。もっとも徳川に限った事でも無い。朽木の勢力が関東に伸びる事を望まぬ者なら三介殿を利用しようとしても不思議では無い」

藤が不安そうな表情で頷いた。

「案ずるな、藤」

「ですが」

「言ったであろう、三介殿は分かり易い御仁だと」

「はい」

「そういう人間は怖くないのだ。怖いのは何を考えているのか分からぬ人間だな」

藤が頷いた。

「三介殿は不満を隠さぬ。だがそれに同調する織田家の旧臣達は居ない。三介殿は一人では事を起こせぬ御仁だ。つまり三介殿は不満を持っているだけだ。事を起こそうとしているわけでは無い」

藤が複雑そうな表情をしている。兄が一人では何も出来ない阿呆だと言われたのだから当然か。

「それにな、徳川も徐々に押し込まれてきた。三介殿も諦めるだろう。そうなれば落ち着く筈だ」

「ご不快ではありませぬか？」

「あそこまで分かり易いと不快と言うよりも困った奴という感情だな」

藤が曖昧な表情で頷いた。

「だからな、余り心配をするな」

「はい」

納得したのかな？

「三介殿を処罰するような事は無い。分かったか？」

「はい」

漸く安心したようだ。

「ならばもう少し花を見るか」

「はい」

藤が顔を綻ばせた。うん、やっぱり美人は笑顔が似合う。少し信長の事でも話してみようか？


禎兆二年（一五八二年）　八月上旬　　近江国蒲生郡八幡町　　八幡城　　朽木基綱

「まあ、そうなのですか？」

夕が明るい声を上げた。未だ十五歳なんだよな。俺が三十四だから二十歳近く離れている。溜息が出そうになって慌てて堪《こら》えた。

「ああ、朽木仮名目録は今川仮名目録を基に作った。一から全部作るなど簡単に出来る事では無いからな」

夕がウンウンと頷いている。その隣で桂が康千代を抱きながら感心したように俺を見ていた。桂と息子の康千代の様子を見に来たら夕がいた。夕の母親、春姫は北条氏康の娘だから桂と夕は叔母、姪の関係になる。だから結構行き来しているらしい。あれ、と言う事はだ、康千代は夕の従弟なのか。俺は生まれたばかりの息子の従姉を側室にしたの？　なんか罪悪感が……。救いは夕が明るくて素直な娘な事だ。夕からは家を失ったという暗さはあまり感じない。

「あの頃の俺は未だそなたくらいの歳であったな。いや、もう少し小さかったか。今から大凡《おおよそ》二十年程も前の事だ。朽木家は北近江三郡、二十万石程の小さな大名だった」

「まあ」

二人が声を上げ顔を見合わせた。二人とも信じられないという表情をしている。可愛いと思った。

「朽木家が元は小さかったとは皆から聞いていました。でも私が物心ついた頃には朽木家は大きな家で信じられませんでした。大殿から直に伺っても信じられませぬ」

桂が首を振った。うん、俺も信じられない時が有る。その事を言うと二人が声を上げて笑った。〝またご冗談を〟なんて言っている。どういうわけか俺は冗談好きな男と思われているらしい。正直な感想なんだけど。

桂の腕の中に居た康千代がむずかった。どれどれ、俺が抱いてやろう。桂から受け取ってあやすと大人しくなった。康千代は生まれたのは去年の秋だから未だ二歳だ。見た感じは色が白い、それに目鼻立ちも整っている。俺には似ていないな。多分北条家の血が強く出たのだろう。

桂が嬉しそうに俺と康千代を見ている。康千代は七男だから俺が関心を持ってくれるのが嬉しいのだろう。人によっては子供に関心を持たない父親も居る。俺にはそういうのは無理だ。どうしても責任を感じてしまう。だからこうして女達の間を歩いて話をしている。

「叔母上が羨ましゅうございます。私も早く大殿の子が欲しゅうございます」

夕が明るい声で言った。いや、ちょっと困るんだな。そういうの。

「うん、まあそのうちにな」

「はい」

話題を変えよう。この話は苦手だ。

「あの頃はな、朽木家は大きくはなったが俺の周りに居たのは新参の家臣ばかりだった。俺は若かったからどんな政をするかと心配だっただろう。彼らを安心させるために式目を作ろうと思ったのだ。それでな、今川仮名目録を使わせて貰った」

「……」

朽木仮名目録を作った事で浅井の旧臣達は安心した。新たに仕官を望む者も増えた。

「今川仮名目録というのは夕姫の曾祖父、氏親殿が作り祖父の義元殿が条目を追加したと聞いている。あの当時としては非常に進んでいたな。今川家は名門の守護大名家だ、考えは古臭く固くなりがちだと思うのだがそうではない。世の動きに先んじていたと思う。朽木仮名目録を作るときに随分と驚いた覚えが有る」

夕が目を潤ませている。あ、拙いな。泣き出す前に他の話にしよう。

「政で参考にしたのは北条家の仁の政だった。領民を大事にしなければ国は豊かにならぬからな。税も安くしたし関も廃止した。百姓を兵に取るのも止めた。皆の暮らし易い世の中を作ろうと思ったのだ」

今度は桂が目を潤ませている。うん、罪悪感が……。本当は違うんだ、参考にしたのは信長だ。でもね、彼女達は家を失ったんだ。少しでも誇りを持てるようにしないと……。

「君臣豊楽でございますか？」

桂が訊ねてきた。

「ああ、君臣豊楽だ。皆が豊かで楽しく暮らせる世の中、そんな世の中が来れば良い。そう思ったのだ」

二人が頷いた。そうだな、そういう世の中を作らなければならん。これは俺の役目だ。


禎兆二年（一五八二年）八月上旬　駿河国安倍郡　府中　駿府城　朽木堅綱

「よく来たな、松千代。いや次郎右衛門佐綱か。久しく見ぬうちに随分と変わった、頼もしくなったものだ」

背が伸びたな。顔付も凛々《りり》しくなった。やはり元服すると変わるのだろうか？

「御屋形様こそ以前よりもずっと大きく見えまする」

「何だ、次郎右衛門。随分と畏《かしこ》まった言い方をするではないか。御屋形様等と」

冷やかしたが次郎右衛門はニコリともしなかった。

「父上から決して狎れてはならぬと戒《いまし》められております」

「父上から」

問い掛けると次郎右衛門が〝はい〟と頷いた。

「某が御屋形様に狎れれば弟達も御屋形様に狎れましょう。そのような事をしてはならぬと」

「……」

「元服した以上そのような態度は許されぬ、大膳大夫は朽木家の当主、御屋形様と敬えと。その方に佐綱と名を付けた父の気持ちを汲んでくれと」

鼻の奥にツンとした痛みが走った。目を逸らすと控えていた池田勝三郎、前田又左衛門、佐々内蔵助が頷いているのが見えた。

「勝三郎、又左衛門、内蔵助。織田家でもそうであったか？」

問い掛けると三人が頭を下げた。

「はっ、勘九郎様は格別の御扱いでございました」

「弾正忠様は勘九郎様に雑用を一切させなかったと覚えております」

「織田家の世継ぎとして武将として出陣する前から弾正忠様に連れられ、戦を学んでおられました」

「なるほど、そうか」

織田家では弾正忠殿の代に家督争いが有ったと聞く。厳しくけじめを付けたのはその所為かもしれない。朽木家ではそうではなかった。我等兄弟は緩やかに育てられた。母親が違っても差別される事は無かった。だがそれは元服前までという事か……。

「御屋形様、父上からお預かりしている物が有りまする」

「私にか？」

「はい、織田焼の壺にございます」

「織田焼の壺？」

問い返すと次郎右衛門が悪戯っぽい笑みを浮かべている。

「実は某、父上に強請《ねだ》りまして丹波焼の壺を頂戴致しました。その際、父上より御屋形様に織田焼の壺をお渡しせよと申し付かっております」

「そなた、父上の壺を強請ったのか」

「はい！」

次郎右衛門が嬉しそうに胸を張った。思わず噴き出してしまった。次郎右衛門も楽しげに笑う。久し振りに笑ったような気がした。

「呆れた奴だ、御愛用の品なのだぞ」

「欲しい物は無いかと問われましたので、つい……。心が乱れた時は壺を愛でて心を落ち着けよと言付《ことづ》かっております」

心を落ち着けよか、壺を磨けという事だな。勝三郎、又左衛門、内蔵助が不思議そうな顔をしている。父上御愛用の壺か、見れば驚くだろう。なんの変哲もない大きな壺。だが磨き込まれた事で何とも言えない艶が有る。

「次郎右衛門、尾張の城造りは如何か？」

「大きな城になると思います。古い城を壊し新たな城造りのために縄張りをしておりますがどのような城になるのか想像も付きませぬ」

次郎右衛門は眼を輝かせている。

「そうか、それほどの巨城造りに関われるとは羨ましい事だ」

「父上から城造り、町造りを良く学べと言われております」

本当に羨ましいと思う。それほどの巨城を造るなど中々有る事ではない。次郎右衛門にとっては得難い経験になるだろう。

「御屋形様、城攻めの方は如何でございますか。岩殿城は難攻不落の堅城と聞いておりますが……」

次郎右衛門が心配そうに訊ねてきた。

「周囲に付城を築いて締め上げているところだ。間もなく秋の取り入れだが許さぬ。あの城に兵糧がどれ程有るかは分からない。だが年が明けても耐えられるだけの兵糧が有るとも思えぬ」

次郎右衛門が頷いている。

「では徳川の後詰が？」

「おそらく、あの城を救うために小田原の甲斐守が兵を動かす筈だ。年内にな」

「年内？」

問い掛けて来たので頷いた。

「一番可能性が高いのは取り入れの直前だ。包囲する朽木軍を破り取り入れを行う、そう考えているのではないかと思う」

「取り入れの前と言えば間もなくでは有りませぬか？」

「そうだ、徳川は戦の準備を整えつつある」

「某もその戦に参加しとうございます」

眼を輝かせている。そうか、初陣は未だだったな。だが次の戦は厳しいものになる。とても初陣に相応しい戦では無い。

「戦よりも城造りを頼む」

不満そうな表情をしている。昔の自分もこんな感じだったのだろうと思うとおかしかった。

「その方の役目は尾張を安定させる事だ、頼む」

次郎右衛門が不承不承頷いた。いずれ、父上と相談して初陣を済まさなければならないだろうな。

「年内に岩殿城を攻略し相模に攻め込もうと思っている」

「順調なのですね」

「順調？」

思わず苦笑いが漏れた。

「戸惑ってばかりだ」

「……」

次郎右衛門が訝しげな表情をしている。

「大将として決断しなくてはならぬ。重いわ、その重さに潰されそうになる。今更では有るが父上は本当に御強いのだと思った」

父上も苦労されている筈だ。だがその苦労を皆に見せる事は無い。周囲もその苦労を感じない。何時の日か、そういう大将になりたいものだ。


禎兆二年（一五八二年）八月上旬　　駿河国安倍郡　　朽木惟安

駿河から尾張への帰り道、馬に揺られながら次郎右衛門様は物思わしげな表情をされていた。

「如何なされました？」

「如何とは？」

「何やら気懸かりな事がお有りのようですが」

問い掛けると次郎右衛門様が困ったような表情をされた。朽木一族には珍しい端整なお顔立ちだ。若い娘が騒ぐのも分かる。

「兄上、いや御屋形様の事なのだが……」

「はい」

「表情が暗いと思ったのだ。お疲れのようだとな。随分と御苦労をされているのだと思った」

相役の石田藤左衛門殿、長左兵衛殿を見た。二人とも頷いている。この二人にもそう見えたか……。

「昔、未だ幼い頃の事だが御屋形様が祝いの席で何故松千代には傅役が三人居て自分には二人なのか、松千代には親族であるそなたが居るのかと問われた事が有る」

「……」

「母上が祝いの席に相応しい振る舞いでは無いとお怒りになられたが父上はお怒りになられず丁寧に答えてくれた。父上は嫡男と次男では育て方が違うと仰られたのだ。私には御屋形様を助ける人間になって欲しいとな。そなたを傅役に入れたのはそれが理由だと仰られた」

懐かしそうな表情だ。

「今なら父上の仰られた事は分かるが当時の私には良く分からなかった。ただ父上が決して御屋形様を疎んじてはおられない事、何かお考えがあってそうしたのだとは分かった。おそらく御屋形様も同じだったと思う」

大殿が私を次郎右衛門様に付けたのは御屋形様を助ける人間になって欲しいと願っての事だった。そういう人間に育ててくれと頼まれた。私はその期待に応えられたのだろうか……。

「元服するまでは父上よりも母上の方が厳しかった。御屋形様はよく怒られていたな。私も御屋形様程では無いが母上からお叱りを受けた。母上の事を口煩《くちうるさ》い厳しい方だと思ったものだ。今思えば母上は心配だったのだな。それを煩いとは……、親の心子知らずとは良く言ったものだ」

次郎右衛門様が懐かしげにお笑いになった。

「それに比べて父上はお優しかった。御屋形様も私も父上からお叱りを受けた事は殆ど無い。世間では父上の事を厳しい、気性が激しいと言うがそのような事を感じた事はない。私達にとって父上は強くて優しい父だった。自慢の父だ。何時か父上のようになりたい、父上に追いつきたい、そう思っていた」

藤左衛門殿、左兵衛殿が頷く。大殿から育て方について細かい指示を受けたことは無い。無関心では無かろう。大殿は時折次郎右衛門様の様子を心配そうに見ていた。子煩悩な所を周囲には見せないようにしていたのかもしれない。

「元服されてからだな。御屋形様は父上の事を厳しい御方だと仰られるようになった。そして以前程闊達ではなくなられた。御屋形様が遠くに行ってしまったようで寂しかった」

「……」

「父上が隠居され御屋形様が当主になられた。そして駿河へと送られた。近習達とも離されてだ。

その時になって父上の厳しさが私にも分かったような気がする。いや、朽木家の当主に求められる物の大きさかな。大変な責任なのだと思った。だからだろう、尾張へ送られると聞いても少しも驚かなかった」

「……」

次郎右衛門様が私を見て笑みを浮かべられた。

「佐綱、御屋形様を佐る。父上の想いが込められた名前だ。今日、御屋形様にお会いして改めて父上の想いの重さを実感したような気がする。父上は御屋形様の御苦労を誰よりもお分かりなのだろう。御屋形様もお辛かろうが父上もお辛かろうな」

この御方はもう子供では無いと思った。いや、子供である事を許されなくなったのか……。次郎右衛門様は大殿のお気持ち、御屋形様のお気持ちをきちんと慮《おもんぱか》っている。きっと御屋形様を佐る良い弟君になられるだろう。間違っても六角家や織田家のようにはなるまい……。私は御屋形様の想いに応えられたようだ。

禎兆二年（一五八二年）　八月上旬　　近江国蒲生郡八幡町　　八幡城　　平井定武

「これからは会おうと思えば毎日会えますのね」

「そうなるの」

「でも弥五郎、いえ大膳大夫も次郎左衛門も元服して此処には居りませぬ。寂しいのではありませぬか？」

ふむ、からかわれたのかと思ったが小夜は心配そうに私を見ている。娘に気遣われるような歳になったか……。

「そうじゃな、御屋形様は駿河、次郎左衛門様は尾張、人が育つのはあっという間じゃ」

そして口には出せないが人が老いるのもあっという間じゃ……。気がつけば六十歳を超えている。

「父上がお戻りになって良かったと思います」

「……」

「五郎衛門殿、新次郎殿、そして下野守殿、大殿にとって親しい方が次々と亡くなられました。時々お寂しそうにしておられます」

「そうか……」

お寂しいか、大殿を知らぬ者は訝しむであろうな。外から見れば厳しいお方に見えよう。だが内に飛び込んでしまえば温かいお方だと分かる。

「大殿は年寄りの顔が好きだからの」

「はい」

二人で顔を見合わせて笑った。

「あれはどういうわけでございましょう」

娘が笑いながら問い掛けてきた。

「さあ、私にも分からぬの。だが今思えば妙に話が合ったというか、違和感が無かったの。普通なら若い者とは話が合わぬと一度や二度は思うものだが……。大殿も若い者より年寄りの方が話し易いと思ったかもしれぬな」

娘が頷いている。

「ふむ、そうか。大殿は幼い頃に父親を亡くされておる。大殿を育てられたのは祖父の民部少輔殿だった。その所為かもしれぬ」

「そうですね、そうかもしれませぬ」

最初に会ったのは小夜と大殿の婚儀の時であったな。朽木家に服属してからは時折会った。それでも十回は有るまい。誠実そうな人物だった。婚儀を喜んでいたな。亡くなられた時は朽木家は巨大と言えるまでに大きくなっていた。足利家の事が有っても満足していただろう。

「そなたは如何じゃ」

私が問うと娘が微笑んだ。

「左様でございますね。嫁いだ頃ですが落ち着いていておおらかで頼り甲斐が有るお方だと思いました。私よりもずっと年上のように思えましたけど一つ下だったのですから妙なお方だったのだと思います」

「これ、妙なお方だなどと。そなたの大事なご亭主殿だぞ」

窘めると娘が笑いながら〝そうでございますね〟と言った。

「でもその御陰で随分と助けられたと思います。普通なら出戻り、厄介者と蔑まれてもおかしくは有りませぬ。それなのに大事にして貰いました。それに浅井の事は忘れよと命じられた事も無かった……」

「そうで有ったか……」

あの頃は不安であった。大殿は六角との関係を重視する筈、ならば小夜は粗略には扱われないだろうという読みはあった。しかし仲睦まじくなる事が出来るのか、形だけの妻になるような事になるのではないかと心配した。

なかなか子が出来ない事も不安であった。大殿が側室を持たない、こちらから薦めても持とうとしない事で二人の仲は悪くないのだと自分を納得させる日々が続いた。それだけに小夜が身籠もったと報せが来た時は嬉しかった……。

「ありのままの私を大殿は受け入れてくれたと思っています」

「……」

「だから私は大殿の前で構える事は有りませんでしたし自分を偽る事も無かった。平井の家に居る時と同じように朽木の家に馴染んでいたと思います」

「良かったの」

「はい」

屈託の無い笑顔を小夜が見せた。嘘偽りは無いのだろう。

「正直に言えばそなたを嫁がせる事は不安であった」

「……」

「六角に居るよりは良い。朽木はこれから大きくなる。そう思えば良い縁談だと思ったが大殿の御気性が心配であった。相当に激しい所が有る、そなたがそれに苦しむのでは無いかとな。それに六角家との関係が、いや右衛門督様との関係が不安であった」

小夜が頷いた。

「私も不安でした。それでも六角に居るよりは良いと思い定めました」

穏やかな表情だ。あの頃の事を引き摺るような事は無いのだと思った。

「父上」

娘が生真面目な顔をしている。

「ん、何かな?」

「長生きしてくださいね。大殿のために、そして私のために」

胸を衝かれた。今更だがそういう気遣いを受ける歳なのだと思った。

「そうじゃの。長生きしなければの……」

生きる、その事が私のこれからの戦いになるのだろう……。

## 豊後侵入

禎兆二年(一五八二年)八月上旬　近江国蒲生郡八幡町　八幡城　朽木基綱

八月最初の評定の後、大評定を開いた。この席に初めて並ぶ顔も有る。評定衆からは駒井美作守と青地駿河守。相談役には平井加賀守。軍略方には御宿監物、黒田吉兵衛、明智十五郎、加藤孫六、小早川藤四郎。そして兵糧方には青地四郎左衛門尉、石田佐吉、吉川次郎五郎、細川与一郎、北条新九郎。……新九郎、緊張しているな。小便を漏らすなよ。

軍略方の御宿監物は武田の遺臣だ。妹が小山田左兵衛尉に嫁いでいる。監物は医師の心得も有るらしい。年齢は三十代半ば、俺と同年代だが中々多才な男のようだ。俺も体調が悪い時は診て貰おう。兵糧方の青地四郎左衛門尉は評定衆に抜擢した青地駿河守の息子だ。親子で大評定に加わる事になる。父親の駿河守は武勇に優れた男だが息子の四郎左衛門尉は穏やかな性格らしい。兵糧方に向いているだろう。駿河守は蒲生下野守の息子だから蒲生忠三郎と四郎左衛門尉は従兄弟という事に成る。

北条新九郎を兵糧方に入れたのだが北条家の女達の間ではちょっとした騒ぎになった。新九郎の未来は明るいと皆泣くやら喜ぶやらで大変だった。実際俺もそれに巻き込まれた。桂が泣いて大変だった。母親が泣くから息子の康千代も泣く。俺は何にも悪い事はしていないのに二人を宥《なだ》めるので大変だった。まるで子供を二人面倒見たようなものだ。疲れたわ。

全体的に若い人間が多くなった。だがいずれは大膳大夫が家を統べるのだ。同年代の人間に経験を多く積ませるべきだろう。尾張で城造りをやっている連中も完成後はこちらに入れよう。かなり強力な布陣になる筈だ。それと織田一族からも抜擢しよう。但し、徳川攻略後だ。家康の傍にはお市が居る。織田一族から情報が漏れる事は避けたい。先ず無いと思うが念のためだ。織田一族は信用出来ないなんて評価が付いてはこれからやりにくくなる。さて、大評定を始めるか。

「皆も知っているだろうが薩摩から亡き公方様の遺児、左馬頭殿と幕臣達が上洛する」

皆が頷いた。

「少々その事で問題が有る。知っている者も居るかもしれぬが幕臣達が上洛するのは島津と組んで俺を殺すためかもしれぬという疑いが有る。困ったものだな」

あらあら、皆無言だ。同意が無い。眼だけが厳しくなっている。

「先ずは幕臣達の動きだ。小兵衛、頼む」

小兵衛が軽く一礼して皆を見回した。

「訝しい事では有りますが一行はゆっくりとこちらに向かっておりまする。余り急ぐ様子は見せませぬ。宿泊する度に町に人を出し情報の収集をしております。二、三日泊まる事も有りまする。勿論左馬頭様御不快、御母堂様御不快等と理由は付けております。そして島津との間では相互に使者を遣り取りしております」

ざわめいている。顔を顰めている人間もいる。伊勢兵庫頭もその一人だ。好《い》い加減にしろ、とでも思っているのだろう。

「確かに訝しいな、小兵衛」

俺の言葉に彼方此方《あちこち》で頷く姿が有った。あの連中が上洛を急がない。それだけで十分に不自然だ。

「一行の動きが遅いのは情報の収集以外に何らかの理由が有るものと判断せざるを得ませぬ」

「その理由というのが俺の暗殺か」

「可能性は十分に有りましょう。用心が必要かと」

小兵衛の言葉に皆が頷いた。

「丹波守、島津の様子は？」

俺が問い掛けると百地丹波守が軽く一礼した。今日の伊賀衆は丹波守だ。いつも商人のように愛想の良い男だが今日もそれは変わらない。流石だな、丹波守。伊賀の上忍に相応しいぞ。そのふてぶてしさ、いや得体の知れなさが如何にも堪《たま》らん。背筋がぞくぞくするほどに嬉しい。……俺ってやっぱり変かな？　変だな、でも構わん。

「慌ただしゅうございます。兵糧を買い集め戦の準備に余念が有りませぬ。それに九州の諸大名に頻りに使者を送っております」

「使者の内容は？」

丹波守がニコニコと笑みを浮かべた。

「もうじき朽木が攻めてくる。皆で一致して朽木に当たろうと。九州は九州の諸大名の物だと言っております」

「随分と謙虚な事を言いますな。九州は九州の諸大名の物？　本心は島津の物でありましょう」

嘲笑したのは長宗我部宮内少輔だ。元は大名だからな、遠慮が無い。皆が笑い声を上げた。

「そう言ったのでは味方が集まらぬ。ではないかな、宮内少輔殿」

今度は飛鳥井曽衣だ。また皆が笑った。昔はこの二人は敵対していたんだがな、今はそれなりに会話をしているようだ。仲は悪くない。

「大友には使者は送られておりませぬ」

丹波守の言葉に笑い声が止んだ。顔を見合わせて小声で喋っている者が此処其処《ここそこ》に居る。大友は島津、龍造寺、秋月に攻撃されている。そして朽木と親しい。到底味方にはならない、島津はそう考えたのだろう。親しいわけじゃないんだがな。大友なんて滅んでも構わんのだ。不本意だ。

「そして日向に置かれていた一向門徒達が豊後に攻め込みました」

シンとした。身動ぎも無い。不倶戴天《ふぐたいてん》の敵、一向門徒が遂《つい》に動いた。皆はそう思ったのだろう。

「何時かは豊後に攻め込むと思っていた。しかし此処で使うか、上手い使い方をするものよ」

「一向門徒の事でございますか？」

「違う、大友の事だ」

真田源五郎の問いに答えると皆が不思議そうな顔をした。

「九州で大きな勢力と言えば大友、島津、龍造寺、秋月だ。そして島津、龍造寺、秋月は大友とは敵対関係に有る。分かるだろう、島津は龍造寺、秋月を誘っているのだ、共に大友を攻めようと。攻めるという事は共に朽木と戦うという事。攻めなければ島津が独りで大友を喰らう事になる」

〝なるほど〟、〝確かに〟と言う声が聞こえた。

「龍造寺、秋月は如何致しましょう？」

新九郎が途方に暮れたような声を出した。おいおい、この程度でそんな声を出して如何する。こんなのは序の口だぞ。

「悩んでいような。大友を喰い尽くせば朽木に勝てるのかと。特に秋月は位置的に最初に朽木の攻撃を受ける事になる。悩みは深いだろう」

「……」

「多分秋月は動かぬ、龍造寺も動かぬだろう。島津が大友という肉を独り占めする。美味い肉だ、嬉しかろうな。そして俺が九州征伐に向かおうとした時に幕臣達が俺を殺す。九州遠征は中止だ、大友を喰って大きくなった島津の次の標的は自分に味方しなかった龍造寺と秋月だ。その時になって龍造寺と秋月は全てを理解するだろう。自分達が肉になったとな」

「……」

「島津が九州を制すれば毛利も心変わりしよう。そうなれば朽木の天下など簡単に覆せる。足利の天下をもう一度、幕臣達はそんな事を考えているだろう。……フフフ」

思わず含み笑いが漏れた。やるな、島津。それとも幕臣か？　随分と楽しませてくれるじゃないか。

「大殿、笑い事ではございますまい」

顔を顰めて俺を窘めたのは荒川平九郎だった。小言ジジイ健在だ。

「そう言うな、平九郎。九州攻めを行うと言って島津と幕臣達を追い詰めたのは俺だ。中々見事な切り返しをしてくると思ったのだ」

小言ジジイが溜息を吐いた。その姿がおかしくて声を上げて笑ってしまった。もう三十年もこんな事をしている。平九郎も六十に近い。この男が生きている内に天下の統一が出来るだろうか……。

「九州の諸大名、大友、龍造寺、秋月への対応は如何なされます」

「何もせぬぞ、重蔵」

俺が答えると重蔵が満足そうに頷いた。俺の心を読んだらしい。

「大友など滅んでも構わぬ。龍造寺、秋月が如何動くか、しっかりと見させて貰う」

「では左馬頭様、幕臣達は？」

問い掛けてきたのは主税だった。

「勿論会う。京の奉行所で謁見する」

皆無言だ。眼だけで会話をしている。拝謁ではない、謁見だ。そして奉行所で会う。奉行所は室町第が有った場所に造られた朽木家の政庁だ。伊勢兵庫頭を責任者として京の施政を司っている。足利の物など今の京には無い。京の支配者は朽木だ。

「小兵衛、あの連中は何時頃京へ来る」

小兵衛が〝されば〟と言って考え込んだ。

「来月の初頭には京に入るものと」

「では当分は鎖帷子を身に着けるとしよう。身の周りには屈強な者達を置く事にする。念のためだ、その方等も鎖帷子を身に着けよ」

「はっ」

「脇差も長めの物を用意致せ」

「はっ」

皆が頷いた。

「天下はもはや足利の物ではない。左馬頭は足利家の当主では有るが天下人ではないのだ。今回の和解も俺が和を請うのではない、俺があの者共を赦《ゆる》す、朽木への服属を認めるという形式をとる。

それから既に幕府は無い。これ以後は幕臣という言葉は使うな。足利家中の者と呼び、そのように扱え。確《しか》と心得るように」

皆が頭を下げた。いかん、忘れている事が有った。

「兵庫頭」

「はっ」

「源氏の氏の長者になる。手続きを頼む」

兵庫頭が一瞬俺を見てから頭を下げた。

「早急に取り計らいまする」

「うむ」

謁見の前に源氏の長者になっておこう。足利はもう天下人でも源氏の長者でもないのだとはっきりとさせる。

足利は丁重に扱われるが朽木の家臣だ。要するに旧幕臣共は俺から見れば陪臣という事になる。あの連中の畿内での所領は全て奪った。そして待遇も下げられた。我慢は出来まい。俺を殺す理由が出来た。九州攻めを利用して近付き所領、待遇面での不満が爆発して俺を殺す。左馬頭義尋は関係ない、あくまで個人的な怨恨だ。誰が来るかな、三淵、上野、真木島……。


禎兆二年（一五八二年）　八月上旬　　近江国蒲生郡八幡町　　八幡城　　北条氏基

「叔母上、康千代様は随分と大きくなられましたね」

「そうですね、日に日に大きくなっていきます」

叔母上が嬉しそうに眠っている康千代様を見ている。色が白く目鼻立ちがはっきりしている。大殿には余り似ていない。叔母上、いや北条家の顔立ちだ。

「新九郎殿、今日は大評定だったのでしょう？」

「はい」

「如何でした、初めての大評定は」

「緊張しました。大殿は凄いと思いました」

本当にそう思う。大殿は凄い、圧倒された。八千石の国人衆から天下第一の大大名になったのも当然だと思った。

「そんなに凄いのですか？」

「はい、自分は大殿の凄みに震え上がりました。皆が大殿の凄みを感じたと思います」

叔母上が〝まあ〟と言って目を瞠った。

「本当に？　大殿はお優しい方ですよ」

「それは自分もお優しい方だと思います。でもそれだけではありませぬ。武将としての大殿は天下第一の武将です」

「そうですね、天下を統一しようとされているのですものね」

叔母上が頷いた。

「私も大殿の側室になる時は不安でした」

「不安と仰られますと？」

「お優しそうに見えましたけど本当は恐ろしい御方なのではないかと……。気性が激しいと聞いていましたから……」

「……」

「でもお傍で見ていて大殿を恐ろしいと思った事はありませぬよ」

叔母上がニコニコしている。幸せなのだろうな。歳は少し離れているけど叔母上は大殿の事を心からお慕いしている。大殿は如何なのだろう？　御正室の御裏方様の他に何人も側室が居られるが特別な御方とか居られるのかな？　やはり御正室の御裏方様なのだろうか？

「ところで、大評定とは如何いうものなのです？」

如何いうものと言われても……。叔母上は興味ありげに私を見ている。困ったな。

「そうですね、通常の評定は評定衆と奉行衆、それに相談役で行われます。これは主に領内の政を話し合うようです。大評定はその他に軍略方、兵糧方、それに八門、伊賀衆、風魔も加わって戦の事が討議されるのです」

「まあ、では戦になるのですか？」

叔母上が眉を顰めた。

「いえ、今日のお話はそういうものではありませぬ。大殿より今後、九州がどのようになるかという事のお話が有ったのです」

「本当に？　御屋形様が駿河に行った事で大殿は何時でも九州に攻め込めるようになったと皆が言っています。戦の話ではなかったのですか？」

「はい」

嘘ではない。戦をするという話は出なかった。だが戦にならずに済むということはないだろう。兵糧方では九州での戦を想定して準備が進んでいるのだ。

「公方様が亡くなられて左馬頭様が上洛されると聞きました。その事だったのですか？」

「はい、その事が九州に如何いう影響を齎《もたら》すかと」

「そうですか……。島津も龍造寺も朽木に従うのではないかと思っていましたけど……」

叔母上が眉を曇らせている。

「そうであれば良かったのですがそうはならないかもしれませぬ」

足利と島津が大殿の命を狙っているというのは叔母上には言えぬな。そんな事を言ったら大騒ぎになる。私は大殿に叱責されるだろう。

「新九郎殿、兵糧方というのは如何いう仕事なのです。武器や兵糧を管理すると聞きましたが。戦場に武器を運ぶ役目なのですか？」

「いえ、そうでは有りませぬ。如何言えば良いのか……、そうですね、例えばですが九州で戦をするとなれば何処に武器、兵糧を集めるか、どの程度の量の武器、兵糧が要るかを検討して準備をするのが役目です。道を整備するのも仕事です。道が悪ければ荷を運ぶのに時がかかりますが道が整備されていれば素早く荷を送れます」

叔母上が〝ホウッ〟と息を吐いた。

「大変なお役目なのですね」

「はい、大変なお役目です。失敗すれば味方は武器、兵糧に不安を抱えながら敵と戦うことになります。場合によっては敗北に繋がるでしょう。でも上手くいけば味方は安心して戦えますし敵に対して有利に戦えます。勝ち易いのです」

叔母上がまた〝ホウッ〟と息を吐いた。

「北条家にはそんなお役目は有りませんでした」

「……はい」

そう、無かった。城に籠もっていたのだ。必要も無かったのだろう。でも北条にも大きい時が有ったのだ。その時に兵糧方のような仕組みを作っていれば……。考えても仕方ないことだな……。


禎兆二年（一五八二年）　八月上旬　　甲斐国都留郡岩殿村　　朽木堅綱

川向こうの岩殿山に城が有った。堅固な城だ、簡単には落ちそうにない。

「城の様子は如何か？」

「はっ、大分弱っておりますようで」

佐脇藤八郎が答えた。

藤八郎は付城の一つを預かっている。そして付城は他に三つ、それぞれ蜂屋兵庫頭、金森五郎八、滝川彦右衛門が守っている。いずれも一千程の兵が詰めている。藤八郎の付城は桂川を挟んで岩殿山と向き合う場所に有る。当初は桂川を背後にして付城を築くという案も有ったが危険だという事で取り止めになった。

「動きは無いのか？」

「ございませぬ」

「兵糧が尽きたとも思えぬが？」

藤八郎が右の眉を僅かに上げた。

「兵糧は未だ有りましょう。ですが周囲を囲まれ人の行き来も儘《まま》なりませぬ。その事が城兵の心を重く致しまする」

「そうか」

兵糧攻めというのは兵糧が尽きるのを待つだけではない。身動きを出来なくして相手の心も攻めるのだと思った。物知らずな自分の未熟さが恥ずかしかった。藤八郎も呆れているだろう。

「出羽守、徳川の動きは？」

出羽守が軽く一礼した。

「小田原から動きませぬ」

「……甲斐守に走らされただけか、笑っていような」

気が付けば唇を強く噛んでいた。徳川に動き有り、その報告に一万五千の兵を出したのだが……。

「御屋形様の動きが早かったのでございましょう。徳川も簡単には動けなくなったのでは有りませぬか」

藤八郎が気遣ってくれた。

「申し訳ありませぬ、某が不確実な報せを致しました」

今度は出羽守が頭を下げた。出羽守にまで気遣わせている。

「気にしなくて良い。些細な事でも報せろと命じたのは私だ。出羽守はそれを守っただけの事。それに粗忽《そこつ》と言われようとも後れを取るよりは良い。大事なのは岩殿城を締め上げる事だ」

そうだ、一万五千の兵を見た岩殿城の城兵は圧力を感じている筈だ。此処に来た意味は有るのだ。

「降伏を勧めてみるか？」

二人に視線を向けたが藤八郎が首を傾げ出羽守は首を横に振った。

「岩殿城の守将は鳥居彦右衛門尉と平岩七之助にございます。二人とも甲斐守が今川の人質であった頃からの側近とか。主従の絆《きずな》は強く簡単には下りますまい」

出羽守の言葉に藤八郎が頷いた。

「今降伏の使者を出せばこちらが焦っていると敵に見透かされましょう」

「……そうか」

焦っているか、そうだな、既に藤八郎と出羽守に見透かされている。

「御屋形様、焦ってはなりませぬ。兵糧攻めは根競べにございます」

「うむ」

「米が無くなっても敵は耐えまする。敵が音を上げるよりも一日だけ長く我慢なされませ。さすれば御屋形様の勝ちにございまする」

「そうか、一日だけか。面白い言葉だ」

藤八郎の言い様に心が軽くなった。出羽守も表情を緩めている。そうだな、一日だけ長く我慢すれば良い。

「出羽守殿、徳川に駿河方面に出るという動きは無いか？　こちらに出て来ぬ以上十分に有り得ると思うのだが」

「今のところはございませぬ」

藤八郎が小首を傾げている。

「案ずるな、藤八郎。駿河には二万近い兵が有る。甲斐守が駿河に出ても精々国境を侵すのが限度だ。駿府城を落とす事は出来ぬ」

「はっ」

駿河に出てくるとすれば岩殿城への圧力を緩めようという陽動だろう。その手には乗らぬ。十分に備えは有る。

「問題はこちらだ。小田原から此処に来るのに比べれば駿府からでは少し遠い。徳川が動けば私が後詰に行くまで耐えて貰わなければならん」

「御安心を。一千を城の抑えに残し三千で徳川を抑えまする」

「うむ」

徳川が岩殿城救出に動かせる兵は相模領内への抑えの兵を除けば三千が限度であろう。大丈夫だ、藤八郎の言う通り互角以上に戦える。

「他に何か有るか？　無ければ駿府に戻るが……」

「御屋形様、昨年甲斐は冷害にて米が穫れなかったそうですが今年も冷害で凶作になりそうだとか。今年も七月が終わったというのに稲穂が実らぬようにございます」

藤八郎が表情を曇らせている。出羽守に視線を向けると藤八郎の言う通りだと言うように頷いた。

「甲斐は貧しいと父上から聞いていたが……」

「某も驚きましてございまする」

予想以上に酷いらしい。もしかすると甲斐守は甲斐を捨てたのか？　治め辛い甲斐を切り捨てたという可能性も有るな。小田原を拠点に相模一国を守る……。となると甲斐守が考えているのは岩殿城の徳川勢を如何にして撤退させるかという事かもしれない。今回の徳川の動きはこちらの反応を確かめたという可能性も有る。次の徳川の動きが大事だな。

「未だ暫くは包囲が続こう。米はこちらで用意する。都留郡の百姓から徴収する事は止めよう」

二人が頷いた。

「米が穫れぬとなれば百姓達は難儀であろう。百姓達の分も用意しようと思うが如何か？　徳川から離反させるという狙いも有る」

二人が首を横に振った。不同意か。

「その儀は御止めなされませ」

藤八郎の表情が厳しい。

「いかぬか？」

問い返すと〝なりませぬ〟と藤八郎が言った。

「米を与えれば百姓達は御屋形様をお慕い致しましょう。なれど甲斐は上杉領にございまする。百姓達がその事に不満を持てば、朽木領にして欲しい等と言い出せば、後々上杉との関係に問題が生じかねませぬ」

なるほど、道理だ。出羽守も大きく頷いている。

「では黙って見ているしかないのか……。見殺しにしては百姓達から恨まれよう。何かと遣り辛いのではないか？」

藤八郎の顔が歪んだ。やはりその怖れは有るのだ。如何する？　押し切るか？　それとも藤八郎の意見に従うか……。徳川が甲斐を見捨てるのが確実なら放置という手も有る。

「銭を使えば宜しゅうございまする」

「銭を？　百姓達に銭を与えようと言うのか、出羽守」

米を銭に代えても同じであろうと思っていると出羽守が与えるのではなく使うのだと言った。

「これから甲斐は秋を迎え冬が到来致しまする。その準備を致さねばなりますまい。薪《まき》、炭を百姓達から買い代価として銭を与えれば百姓達はその銭で米を買いましょう。他にも寒さ凌ぎに獣の皮も求めれば宜しゅうございますし普請をして百姓達を使うという手もございます」

「なるほど、与えるのではなく銭を払うのか」

出羽守が頷いた。

「それなれば百姓達も御屋形様にそれほど恩を感じますまい。後々上杉との関係も損なわれずに済むかと思いまする」

「出羽守殿の案、名案かと思いまする」

藤八郎が〝うん、うん〟と頷いている。余程に気に入ったらしい。冷静沈着な藤八郎が喜んでいる姿が少しおかしかった。

「良かろう、その案を採ろう。銭を使うのが朽木の戦だ。藤八郎、出羽守、その方達から蜂屋兵庫頭、金森五郎八、滝川彦右衛門に今の話をしてくれ。私は駿府に戻り銭の手配をする。頼むぞ」

「はっ」

二人が頭を下げた。城攻めの成果は無かった。だが得る所は有った、無駄ではなかったと思おう。


禎兆二年(一五八二年)　八月上旬　甲斐国都留郡岩殿村　佐脇良之

「御屋形様はお戻りになられたのかな?」

「うむ、お戻りになられた」

蜂屋兵庫頭殿の問いに答えると金森五郎八殿、滝川彦右衛門殿が頷いた。銭の事を話すと三人が満足そうに頷いた。

「ところで藤八郎、お主は如何見たのだ?」

彦右衛門殿が私を覗き込むように見た。

「如何とは？」

「決まっておろう、御屋形様の御器量、為人《ひととなり》よ」

残りの二人、兵庫頭殿と五郎八殿が興味有り気にこちらを見ている。

「そうだな、……未だお若いなと感じた」

私の言葉に三人が苦笑を漏らした。

「それはそうだろう、未だ十七じゃ」

「いやいや、五郎八殿、そういう意味で言ったのではない。なんと言うか……、そうだな、良い木なのだが未だ大きくないので材木として切り出して使う事は出来ぬ、そんな感じであった」

〝ほう〟と声が上がった。声を上げたのは彦右衛門殿だ。楽しそうな笑みを表情に浮かべている。

「なかなか評価が高いのう、それとも辛いのか。迷うところよ」

彦右衛門殿の冷やかすような言葉に兵庫頭殿と五郎八殿が笑い声を上げた。まあ確かに迷うかもしれぬ。将来性が有ると見るべきか、それとも今は使い物にならぬと見るべきか……。

「如何なのだ？　藤八郎」

兵庫頭殿が訊ねてきた。

「さて、どちらであろう」

皆で笑い声を上げた。〝酷い奴じゃのう〟、〝全くじゃ〟と声が上がる。

「正直に言うと物足りぬと感じる部分が何度かあった。一度ではないぞ、何度かだ。やはり場数を踏んでおられぬ所為だろう、慣れておられぬなと話していて感じた。主君でなければ、自分の倅や甥であればそのような事も分からぬのかと叱責したかもしれぬ」

三人がそれぞれの表情で頷いた。兵庫頭殿は不満そうに、五郎八殿は納得した表情、彦右衛門殿は楽し気だ。

「だが御自身が慣れておらぬという自覚は有るようじゃ。話していて懸命に学ぼうとされているのは分かった。それは認めなければならぬ。今はともかく数年後にはきっと良い御大将になる、そう思えた」

また三人が頷いた。今度は三人とも満足そうな表情をしている。

「なるほど、良い大木になるか」

「うむ、そう思ったぞ、彦右衛門殿。それと相当に辛抱強いと見た」

〝ほう〟と声が上がった。

「一万五千の兵を動かしたのじゃ。戦果無しでは不満であろう。だが粗忽と言われようとも後れを取るよりは良い。大事なのは岩殿城を締め上げる事だと申された。なんと言うか、某に言うよりも御自身に言い聞かせているような口調であられたな」

唸り声が聞こえた。兵庫頭殿が唸っている。

「大分性根を据えておられるの」

「うむ、才気煥発《さいきかんぱつ》ではないが少しずつ戦上手となられよう。楽しみでは有る」

「となれば何とかあの岩殿山城、落としたいものよ」

皆で岩殿山城を見た。堅固な城だ、簡単には落ちまい。だがこのまま締め上げれば何時かは落ちる。問題は何時徳川が動くかだが……。

禎兆二年（一五八二年）　八月上旬　相模国足柄下郡小田原町　小田原城　徳川家康

薬研車で葛根を砕く。一回、二回、三回、四回、ゴリゴリと音がした。ふむ、十分に砕けたか。ならば次は紫蘇《しそ》の葉だな。カラカラに乾燥させた紫蘇の葉を薬研に入れる。そしてまた薬研車で砕き始めた、一回、二回、三回、四回……。

「やはり速いの」

独り言が出た。溜息も出た。手が止まった……。

朽木大膳大夫堅綱、様子を見るという事はしないらしい。こちらが動く素振りをするとあっという間に反応した。これでは兵を出しても岩殿城は救えぬ。機を見るに敏、機敏という事か……。

「いかんの、手が止まった」

「次は……、ふむ、桔梗《ききょう》が良いか」

桔梗の根は咳《せき》を止める効能が有る。葛根、蘇葉と合わせれば風邪に効くだろう。

「効くかの？」

愚かな……。効くと思って飲む、そうでなければどんな薬でも効かぬわ。

「父親譲りか」

前内府様も兵を動かすのが速い。戦振りは似ておらぬと思ったが兵の移動の速さは似ておるな。あの動き、明らかにこちらが動くのを待っている。動いたところを叩くつもりだろう。まるで鼠《ねずみ》を待ち受ける猫のようじゃ。桔梗を一つまみ薬研に入れて薬研車で砕き始めた。大膳大夫が動かした兵力は一万五千、こちらが動かせるのは四千……、到底及ばぬ。岩殿城の前で戦って負ければ岩殿城に籠る兵の士気は如何にもならぬ程に下がるだろう。彦右衛門尉と七之助が幾ら守ろうとしても守り切れるものではない。そして岩殿城に籠る兵を守れなければ徳川の武威は地に落ちる……。

「厄介な事だ、如何したものか……」

また溜息が出た。薬研車を引く気にもなれぬ、困ったものよ……。

「割り切らねばなるまい。兵糧を入れるのは無理じゃの」

大高城のようにはいかぬ。あの時は味方の方が兵が多かった。此度は逆だ、敵の方が多い、兵糧を入れるのは難しい。それに兵糧を運べば如何しても移動は遅くなる。大膳大夫が大軍でこちらを待ち受ける事になろう。諦めねばならぬ。

「となると如何に兵を引き揚げさせるかだが……」

岩殿城を失えば関東に押し込められることになるな。……已むを得まい、金山を除けばそれほど旨味の有る土地ではない。物成りは少なく洪水などの被害が多い。治めやすい土地ではないのだ。そう割り切るしかない。

もうじき秋か……。甲斐では長雨が降るの。また川の水が溢《あふ》れねば良いが……。

「ふむ、雨か……。道が泥濘《ぬかる》めば楽に兵は動かせぬが……」

薬研車を引いた。ゴリゴリと音がする。溜息が出た。

「降るかの……」

# 天下の大権

禎兆二年（一五八二年）　八月上旬　山城国葛野郡　一条邸　春齢内親王

「では前内府は源氏長者に任じられたのですか」

「うむ、正二位に昇進もした」

「まあ」

驚いていると夫が声を上げて笑った。

「九州から左馬頭が上洛する。その前に前内府を源氏長者にしておく。分かるでおじゃろう？」

夫が私の顔を覗き込んできた。

「はい、足利はもう天下人ではない。そういう事でございますね」

「うむ、前内府は公家ではない、武家じゃ。これまで足利以外の武家が源氏長者になった事は無かった。だが前内府がなった事で朝廷は前内府こそが武家の頂点にある男だと表明した事になる」

一段ずつ階段を昇っていくと思った。

「清和源氏ではなく宇多源氏が武家の頂点になるのですね。左馬頭や幕臣達は納得しましょうか？」

源氏も足利も清和源氏の流れだった。八幡太郎義家以来、清和源氏の嫡流こそが源氏の棟梁《とうりょう》……。

私の疑問に夫が〝ふむ〟と唸った。

「如何でおじゃろうな。まあ納得はするまい。だが朝廷の考えははっきりしている。もう足利は武家の棟梁ではないという事だ。その事はこれまでも何度か示してきた。今回左馬頭の上洛前に前内府を源氏長者にしたのは公方だけを忌諱《きい》したのではないという事、足利の復権は有り得ないという事の表明だ」

「……」

「まあ当然の事でおじゃろう。足利では天下は落ち着かぬ。義輝も義昭も世の中を混乱させただけでおじゃった。朝廷が衰微するのも当然で有ろう。朝廷が安定したのは前内府が実権を握ってからじゃ」

「はい、譲位も滞りなく行われました」

夫が頷いた。

「そうでおじゃるの。若い帝を老練な院が後見する。ようやく正しい形になった。皆がその事を喜んでいる。今更足利など……」

夫が首を横に振った。母上からは父上が漸く念願が叶った。自分の代で正しい形に戻せたと涙を流されたと聞いている。その分だけ前内府への信任は厚い。

「左馬頭が上洛すれば前内府は幕府を開くのでしょうか？」

夫が困ったような表情を見せた。あら、そんな困るような質問かしら……。公方が殺されたことで征夷大将軍は空位になった。前内府が就任して幕府を開く事は皆が望んでいる事の筈。むしろ何故幕府を開かないのかと疑念の声が上がっているとも聞いている。

「如何なされました？」

重ねて問うと夫が息を吐いた。

「他言してはならぬぞ」

「はい」

何かしら、ちょっとドキドキする。

「前内府は幕府を開くつもりが無いらしい」

「まあ」

思わず声が裏返ってしまった。幕府を開くつもりが無い？　驚いていると夫が頷いた。

「新しい政の仕組みを考えているようでおじゃるの」

「新しい政……、反発はございませぬか？」

朝廷は先例重視、新しい事には当然だが強く反発する。大丈夫なのだろうか……。

「この事を知っているのはほんの数人じゃ。殆どの者は知らぬ」

「……」

「麿に言えるのは此処までじゃ」

朝廷でも数人……。太閤、関白は当然知っているのだろう。右府、内府も知っている筈。もしかすると受け入れるか如何かで意見が割れているのかもしれない。新しい政、一体どんな政なのか……、文を出して訊いてみようかしら……。

「春齢」

「はい」

「ならぬぞ、文を出すのは」

夫が怖い顔で睨んでいる。

「……はい」

夫が頷いた。……つまらないの……。


禎兆二年(一五八二年) 八月中旬 山城国久世郡 槇島村 槇島城 伊勢貞良

「兵庫頭、良くやってくれた」

「はっ」

上座で大殿が満足そうに笑みを浮かべていた。

「源氏長者への就任だけでなく正二位への昇進とは、朝廷も大分奮発したな」

「左馬頭様の京への帰還は認めても我儘は認めぬという事でございましょう」

「折角九州から戻ったと言うのに、手荒い歓迎だ」

大殿が軽やかに笑う。

「それに源氏長者となれば征夷大将軍への就任も容易になりまする」

「なるほど、狙いはそちらかな」

「はい」

大殿が笑いを収められた。先月の大評定で大殿が源氏長者への就任を望まれた。それを受けて朝廷との折衝を行ったが淳和奨学両院別当職への就任から源氏長者への就任は思った以上に簡単に実現した。というよりも朝廷は大殿を源氏長者にしたかったのだとしか思えない。その意味する所は明白だろう。

「それと左馬頭様が征夷大将軍職を望まれましても大殿を超えての就任は有り得ぬと撥《は》ねつける事が出来ましょう」

「うむ。となると朝廷は征夷大将軍職は足利の家職という印象を打ち消そうとしているのかもしれぬな」

なるほど、有り得るかもしれない。足利の持つ特権意識を打ち砕こうという事か……。

「では正二位への昇進を兵庫頭は何と読む」

大殿がじっと私を見た。

「はっ、おそらくは太政大臣就任への地均《じなら》しかと思いまする。太政大臣は正一位、従一位が官位相当となりますれば……」

大殿が微かに御笑いになった。

「公家というのは喰えぬな。何とも強《したた》かだ。両方用意したか」

「はっ」

征夷大将軍として幕府を開くか、太政大臣として相国府を開くか。大殿を怒らせたくないのだろう。五摂家は慎重に動いている。大殿が征夷大将軍に就くのを望みながらも太政大臣就任への準備も怠らない。

「ふむ、征夷大将軍か。……それほどまでに拘るのであれば利用する事を考えた方が良いかもしれぬな」

「大殿？」

まさか、幕府を開くのか？

「大膳大夫に征夷大将軍を貰うか」

「は？　それは御屋形様に幕府を開かせるとの御考えで？」

大殿が声を上げて笑った。大殿が楽しい悪戯を思い付いたかのように眼を輝かせている。

「そうではない、朽木の棟梁は太政大臣になって相国府を開く。跡取りは征夷大将軍の称号を受け棟梁を助ける。如何かな？　これは」

「それは、……征夷大将軍を朽木家の世継ぎの称号になされると」

「その通りだ、面白かろう」

大殿がまた声を上げて笑った。

何という事を御考えになるのか……。もしこれを左馬頭様が知れば如何思うであろう。征夷大将軍は足利家の家職、そして武家の棟梁の地位であった。だが大殿はそれを根こそぎ否定しようとしている。これが実現すれば征夷大将軍は何の権限も無い、朽木家の世継ぎを表すだけの称号になる。そして太政大臣こそが天下人なのだと理解するだろう。

「太閤殿下、関白殿下に御伝え致しますか？」

「いや、それには及ばぬ。近々太閤殿下に会う、その時に俺から伝えよう。他にも話さねばならん事が有るのでな」

「はっ」

「八門から報せが有った。左馬頭は大分怒っているらしい」

「源氏長者の件でございますか？」

大殿が首を横に振られた。

「それも有るが俺が主人面するのが気にいらぬらしい。俺に頭を下げるのが我慢出来ぬらしいな」

これまで義昭公も幕臣達も大殿を悪し様に罵ってきた筈、左馬頭様はそれを間近で見てこられた。大殿に臣従する事に納得がいかぬのだろうという事は容易に想像が付く。

「足利の当主として天下に立とうとするよりも俺の下に居た方が安全なのだが……」

「真に」

「足利の血も細くなってしまった。関東公方家は途絶え、残っているのは阿波の平島公方家と左馬頭ぐらいのものであろう」

「関東の安房に小弓公方家の血を引く方が居ると聞きまする」

大殿が〝ほう〟と声を発した。

「そうか、未だ残っていたか。だがいずれにしても心細い事だ」

その通りだ。長い戦乱の中で力を失い少しずつ血が細くなっていった。同族での殺し合いも原因の一つだ。

「その方の父、亡き伊勢守との約束も有る。左馬頭は力は無いが程々の名門として存続させていく。良いな？」

「はっ」

「たとえ足利家臣の者達が馬鹿げた事をしてもそれは変わらぬ。連中も左馬頭は無関係という形を取るであろうしな」

「御配慮、有難うございまする。父も喜びましょう」

律儀な御方だ。今なら約束を反故《ほご》にも出来ように……。

「謁見は何時頃になりましょう」

「今月の末だ、今は堺見物に余念が無いらしい」

「時間稼ぎでございますか？」

大殿が〝だろうな〟と頷かれた。

「島津はかなりの勢いで大友を攻めている。大友宗麟は防戦一方、いや防戦すら儘ならん状態のようだ。居城の臼杵城は難攻不落の堅城のようだが何時まで耐えられるか……」

「……」

「大友が危ういとなれば俺が慌てるとでも思っているのだろう。そこに付け込もうと言うのだろうが……、困ったものだ」

憂鬱そうな御顔だ。足利には振り回される、そんな想いが有るのだろう。

「ところで大殿、太閤殿下より二の姫様の事についてお訊ねがございました。既に嫁ぎ先は決まっているのかと」

「鶴の事か？」

「はい」

「いや、決まっていないが……」

大殿が困惑している。

「兵庫頭、まさかとは思うが……」

「はっ、太閤殿下は二の姫様を御嫡男内大臣様の北の方にとお望みでございます」

「そうか、……悪い縁ではない。いや、良い御縁だ。こちらとしては願っても無い事だが……」

大殿が小首を傾げている。

「如何なされましたか？　何か御不審でも」

「いや、近衛家と朽木家が縁を結ぶ等という事が有るとは思わなかったのでな。少々困惑した」

大殿が微かに笑みを漏らした。苦笑か？

「朽木家は京を押さえ天下を統一せんと致しております。近衛家が朽木家との強い結び付きを求めるのは不思議では有りませぬ」

「そうだな、不思議ではないな」

そう、不思議ではない。近衛家は一の姫である竹姫様を養女とし上杉家に嫁がせた。これによって近衛家は上杉家と朽木家という天下の二強と縁を結ぶ事になった。今鶴姫様を内大臣様の北の方にというのはその結び付きを更に強めようというのだろう。上杉家と朽木家は相互に娘を嫁がせ縁を重ねている。近衛家は鶴姫様を迎える事で朽木家と縁を強め間接的に上杉家との縁も強めようとしているのは間違いない。

「大殿、言うまでも無い事ですがこれから朽木家と縁を結びたがる公家は益々増えましょう」

「うむ、そうだな。では期待に応えるために子作りに精を出すとしようか」

「はっ、それが宜しいかと」

敢えて生真面目に答えると大殿が声を上げて御笑いになった。冗談と御取りになったのか、だがこれは冗談ではない。

天下を治めるには武力と財力が要る。そしてもう一つ、血が要る。天下の要所に血を張り巡らせる事で強い絆を創らねば天下は安定しない。足利の幕府が不安定だったのは幕府創設時にそれが出来なかった事が一因として有る。内部で争いを起こしてしまい血を使って絆を強める事が出来なかった。

朽木家は上杉家と強い絆を結んだ。これは大きい。御屋形様に御子が出来るが男子ならその絆は更に強まるだろう。そして御次男、次郎右衛門佐綱様が尾張に在る。少しずつ血が張り巡らされていく。近衛家との縁談もその一つだ。飛鳥井、一条、西園寺は朽木というよりも飛鳥井の血脈と言える。朽木との繋がりは決して強くない。近衛家との縁談はその意味でも大きい。実現すれば朝廷に対する影響力は今一つ大きくなったといえるだろう。

「祝いをしなければならぬな。源氏長者への就任、正二位への昇進、二重のお祝いだ。ふむ、九月の重陽の節句で能を見る。その後に菊でも見ながら祝うか。偶《たま》にはそういう風流も良いだろう」

「はい」

「その時はそなたも参列せよ。皆の前でそなたの事をきちんと褒めたいからな」

「はっ、有難うございまする」

京における大殿の代理人、それだけに近江では必ずしも存在感が重いとは言えない。その事を案じておられるのだろう。有難い事だ。


禎兆二年（一五八二年）九月中旬　山城国葛野郡　近衛前久邸　朽木基綱

「ではこの話に異存は無いと？」

「はっ、良い御話と思いまする」

俺が答えると太閤、近衛前久が嬉しそうに笑い声を上げた。異存は無い、朽木の女達もこの話には大喜びだ。

「良かったのう、内府。嫁御が決まったぞ」

「はっ、有難うございまする」

内大臣近衛前基が頭を下げた。

「不束《ふつつか》な娘なれど良しなに願いまする」

「こちらこそ良しなに願いまする」

未来の舅と娘婿が挨拶を交わした。近衛前基、あまり公家っぽくないな。十代の後半、すらっとしてはいるがひ弱そうな感じはしない。これから歳を重ねれば逞しさが増すだろう。もっとも父親の太閤も公家の持つひ弱さとは無縁の男だ。似ているのだと思った。

「内大臣殿は竹とは面識は御有りだろうが鶴とは面識が御有りかな？」

「清水山城にて何度か」

太閤が〝ほほほほほほ〟と笑った。

「未だ赤子であった鶴姫を抱いてあやしたそうじゃ」

「それはそれは」

前基が顔を赤らめている。そうか、この二人が清水山城に来ていたのは十年程前だから鶴は未だ生まれたばかりか。義昭が京に戻った直後だった。もうあれから十年か……。

「不思議な縁よの」

「真に」

太閤と二人、頷き合った。あの時俺は二十代前半、目の前の太閤に天下を獲れと唆《けしか》けられたのだった。……不思議だな、その十年前は戦国大名として自立した時だった。ほぼ十年単位で節目が訪れている。

「左馬頭との謁見は今月の末と聞いたが」

「はい。その後、九州遠征に。年内に軍を発し来年には終わらせようと考えております」

太閤がじっと俺を見た。

「身辺には気を付ける事じゃ」

「はい」

太閤が頷いた。内大臣も訝しそうな表情はしていない。知っているのだろう。

「九州遠征が終わりましたら太政大臣に就任したいと思っております」

また太閤がじっと俺を見た。今度は内大臣も俺をじっと見た。

「そうか、幕府は開かぬか、相国府を選ぶのじゃな」

「はい」

「関白は、残念であろうな」

太閤殿下、眼が笑っているよ。多分、関白の努力を醒めた目で見ていたんだろう。無駄な事をするって。

「征夷大将軍は大膳大夫に頂ければと思いまする」

「ほう」

「朽木の跡継ぎに相応しいかと」

「ほほほほほ」

太閤殿下が口元を手で押さえながら笑い出した。

「当主は太政大臣、跡継ぎは征夷大将軍か。面白い事を考えるものよ。そうは思わぬか、内府」

「真に」

太閤と内大臣、親子で笑っている。

「征夷大将軍を有名無実にしようというのだな、前内府」

太閤が俺の顔を覗き込むように見た。

「それだけでは有りませぬ。他の者に征夷大将軍を悪用されぬためにございます」

「なるほど、拘る者が居るからのう」

太閤と内大臣が顔を見合わせて頷き合っている。その通りだ、足利だけじゃない。公家にも関白を始めとして征夷大将軍をと薦めて来る者が居る。だから、征夷大将軍を無視するのでは無く、これまでとは別な形で使う。武家の棟梁の地位では無く、朽木家の世継ぎを表す役職として……。

「元気かな、大膳大夫は。甲斐で城攻めをしていると聞いたが」

「岩殿城という堅城を締め上げておりまする」

「ほう、そうか」

締め上げている。このままで行けば城は落ちる。その前に徳川が後詰に出る筈だ。その徳川を叩いて城を落とす……。狙いは良い。だが気に入らん。俺なら東海道でも軍事行動を起こす。そして甲斐守家康を苛立たせる……。助言するか？　いや、止めよう。

「太政大臣就任時には畏れ多い事では有りますが帝より格別な詔勅を戴きたいと思います」

あ、二人の眼が鋭くなった。やはり公家は帝に関わる事には煩い。

「如何様な詔勅かな？」

「されば、今天下の大権を相国に委ね天下の政を執らしむ。天下は天下の天下なり、一人の天下に非《あら》ずして天下万民の天下なり。よくよく心得て任を全うせよ。……如何でございましょうか？」

太閤が唸り声を上げた。内大臣は眼が飛び出そうな表情だ。

「一人の天下に非ずして天下万民の天下なり、か。それは足利の事を言うておるのかな？」

「はっ、足利にはそれが無かったと思います。それゆえ天下を私し戦乱が起きた。他山の石と成すべきでございましょう。天下が乱れれば朝廷も衰微致します。二度とあのような事が有ってはなりませぬ。一つ間違えば朝廷は無くなっていたかもしれぬのです」

また太閤が唸り声を上げた。

天下万民の天下、朝廷にとっては面白くない言葉かもしれない。天下は帝の物という想いも有るだろうから一人の天下という言葉には帝への批判も有るのかとも思うだろう。だが世の中が乱れれば朝廷が困窮するのは事実だ。その所為で応仁の乱以降、朝廷は酷く惨めな想いをせざるを得なかった。天下が繁栄してこそ朝廷も安定する。となれば為政者は天下万民のためにという覚悟で政治を行うべきだろう。それは朝廷への軽視、帝への軽視とは別な次元で捉えるべき問題だ。その事を言うと太閤、内大臣が大きく頷いた。

「いずれ某が死んだ場合、或いは太政大臣を辞した場合は帝へ天下の大権を奉還するという形式をとりたいと思います」

太閤が眉を寄せた。考えている。

「なるほど、大権の委任と奉還か。あくまで天下は借り物と申すか」

「はい」

それで良い。その気になれば天下は朽木の物、万民のために政治を行えと言う事も出来る。だが何時かは朽木の天下も揺らぐ。

その時出て来るのが天下は朝廷の物だ、朽木は不当に奪った、だから取り返せ、朽木を討てという意見だろう。江戸時代の末期がそれだった。形式にせよ天下は借り物だと言っておけば不当に奪ったとは言えない。そして天下万民のために政を執ると言っておけば帝のために、朝廷のために朽木を討つとは言い辛くなる。いずれは国民主権へと繋がるだろう、それも悪くない。代替わり毎に詔勅を貰おう。天下は天下の天下なり、一人の天下に非ずして天下万民の天下なり。これを徹底させるのだ。

「帝には、そして帝を輔弼《ほひつ》する諸卿には天下の大権を誰に委ねるかを選んでいただき、その者に望む役職を与えて頂ければ宜しゅうございます」

「……それは、朽木でなくても良いという事か？」

「構いませぬ」

俺が答えると太閤は黙り込んだ。内大臣は父親と俺を交互に見ている。まだまだ胆《きも》は据わっていないらしい。

選ぶという事は責任が生じるという事なのだ。一旦朽木を執政者に選べば簡単には切れない。別の人間を選んでも良いが、それによって世の中が混乱した時はその責任は当然朝廷にも及ぶ。詰まらん権力争いや面子で朝廷を危うくする事は出来ないだろう。太政大臣に反対する関白達も朝廷には世の中の動きを見定め天下の執政者を誰にするかを選ぶという責任が有るのだと理解する筈だ。

朝廷の方が立場が上だと分かれば文句は言わないだろう。

朝廷には他にも権限を持たせる。日本という国の安全保障と外交問題だ。国内が統一されれば国外との関係が問題になる。条約締結、戦争等は勅許を得るという形にしよう。天下は借り物なのだ。内政はともかく外政の最終責任者は帝という事に成る。現代だって批准が有るのだからそれと思えば良い。だが時間稼ぎ等を行われて責任回避を図られるのは拙い。何らかの歯止めは要る。その辺りも考えなくては……。

禎兆二年（一五八二年）九月中旬　山城国葛野郡　近衛前久邸　近衛前久

「父上、先程の話ですが如何思われます？」

息子の内大臣は前内府が邸から去ると直ぐに訊ねてきた。

「どの話じゃ、沢山有ったが」

息子がバツの悪そうな表情をした。困ったものよ、今少し平然としているくらいのふてぶてしさが欲しいの。

「されば、帝から格別な詔勅を頂きたいとの事にございます」

「ふむ、今天下の大権を相国に委ね天下の政を執らしむ。天下は天下の天下なり、一人の天下に非ずして天下万民の天下なり。よくよく心得て任を全うせよ。であったな」

息子が頷いた。

「そなたも納得していたように見えたが」

またバツが悪そうな表情をした。

「前内府の考える事は分かります。政を執る者に対しての戒めにしたいという事でしょう。しかし帝のお立場が、朝廷の立場が揺らぎかねぬと思うのですが……」

こちらを窺うように見ている。

「何を今更……」

「父上？」

「それが驚くような事か？　帝のお立場、朝廷の立場などこれまでずっと武家に翻弄されてきたではないか」

「……」

顔が蒼いのう。腹を据えねば新しい天下など創れまいに……。

「あの者、足利に対して相当に不満が有る」

「……」

「義輝や義昭に対してでは無いぞ。足利に対してじゃ」

「それは麿も感じましたが……」

「感じる？　愚か者！　理解せぬか！　そうでなければ前内府に翻弄されるだけであろう！」

「……申し訳ありませぬ」

息子が頭を下げた。嫁を貰うというのに……。これでは舅の前内府に振り回されるだけの婿になりかねぬわ……。思わず溜息が出た。いかぬの、気を取り直さねば。

「征夷大将軍にならぬのも幕府を開かぬのも足利との決別であろうな。足利のような政はせぬという事であろう。前内府は足利の政は恣意が多いと以前言っていた事が有る。そのようなものは廃したいとな。帝からお言葉を頂きたいというのはその理論付けよ」

「理論付け？」

息子が訝しげな表情をしている。

「本来なら前内府が自らの口で言えば良い。それを帝からお言葉を頂く事で重みを付けようという事であろう。そうは思わぬか？」

「そうかもしれませぬ」

息子が頷いた。

「我らに大権を委ねる者を選べと言っていたがそれは建前よ。天下を制したのは朽木なのじゃ、朽木の者を選ぶ事になる。それ以外の者など選べまい。違うか？」

「それは……」

「だがの、大権を与えるのでは無い、委ねるのじゃ。そして時が来れば朝廷に返す。そう、天下は天下の天下なのだ。朽木の物ではない。形式《かたち》では有るが形式《かたち》が大事な事も有る。前内府は天下の安定を武家だけでは無く朝廷、帝の権威も利用して築こうとしている。そう見なければなるまい」

「なるほど」

息子が二度、三度と頷いた。

「なればこそ我らも天下の安定を乱すような事は出来ぬという事になる。帝もじゃ。前内府は天下の大権の委任、奉還を繰り返す事で公武に天下は天下の天下という意識を植え付けようとしているのだと思う。己の私利私欲で天下を乱す事は出来ぬとな。そうする事で天下の安定を維持しようとしている。そういう事であろう」

「……」

分かっているのだろうか？　頷いている息子を見て思った。前内府は天下の大権の委任と奉還を使って朝廷、帝まで抑えようとしているのだ。決して混乱を引き起こすような事はするなと。天下の安寧を守るためとはいえ容易ならぬ事を考える男よ。

「となればじゃ。当然だが朽木が帝を、朝廷を軽んずる事は無い。そうは思わぬか？」

「そう思います」

「ならば帝のお立場が、朝廷の立場が揺らぐような事は無い。案ずるには及ばぬ」

「はい」

ふむ、納得したか。帝も朝廷も軽んじられる事は無い。だがそれは天下の安寧を守る、いや朽木の天下を守る道具としてだ。

不満は言うまい。天下が安定してこそ朝廷も安寧を得られるのだ。皆があの惨めで混乱した時代、足利の時代を忘れたがっている。だが忘れてはならぬ。二度とあの混乱を繰り返してはならぬのだから……。

# 足利左馬頭義尋

禎兆二年（一五八二年）九月下旬　　山城国葛野・愛宕郡　　京都奉行所　　朽木基綱

朽木の京都支配の拠点、京都奉行所の大広間には大勢の人間が集まっていた。上段には俺、左右には朽木の重臣達が揃っている。長宗我部宮内少輔、飛鳥井曽衣、黒野重蔵、平井加賀守、伊勢兵庫頭、小山田左兵衛尉、林佐渡守、不破太郎左衛門尉、織田三十郎、織田彦七郎、織田九郎。希望者だけを京に呼んだんだが殆どが新参の者になった。近江出身の古参の重臣達は来たがらなかった。主税もだ。足利はもう沢山だという事らしい。羨ましい話だ。俺もそう言いたいよ。

そして別室には笠山敬三郎、笠山敬四郎、多賀新之助、鈴村八郎衛門、北畠次郎達が万一に備え屈強な男達を率いて控えている。奉行所の周囲は秋葉九兵衛、千住嘉兵衛がそれぞれ千の兵を率いて警備に当たり小兵衛率いる八門、千賀地半蔵率いる伊賀衆も周囲を警戒している。槇島城にも五千の兵が有る事を思えば厳重警戒だ。

万一というのは俺を殺そうとする事だが、まあ今日は無いだろう。もっとも念のために鎖帷子は身に纏っている。俺だけじゃない、この場に居る全員が纏っている。舅殿、飛鳥井曽衣、林佐渡守は内心では重いとぼやいているだろう。三人とも歳だからな。そして脇差は皆長めの物を差している。本来なら脇差は刃渡り一尺から二尺だが俺が差しているのは二尺三寸の長脇差だ。柄の部分も長い。銘は兼信と有る。朽木の刀鍛冶で関兼匡の弟子だ。未だ若いが評判は良いらしい。

「足利左馬頭様、お見えにございます」

声を張り上げたのは武田与三郎貞興だった。緊張しているのか少し声が硬い。与三郎は伊勢兵庫頭の次男で武田の菊姫を娶《めと》り武田の姓を名乗っている。父親の兵庫頭から京の施政について学んでいるようだ。夫婦仲も良いらしい。その辺りは真田の恭から時々報告が有る。

直垂姿の若い、いや少年が現れた。足利左馬頭義尋か。未だ身体は出来上がっていない、華奢《きやしや》で背が低いにも拘《かかわ》らず肩の辺りが盛り上がっているのが分かった。嫌な気分だ、栄養失調のプロレスラー、義昭に似ていると思った。左馬頭の後ろから幕臣、いや足利家臣が四人現れた。三淵大和守、真木島玄蕃頭、上野中務少輔、大館十郎。この四人が足利の重臣という事らしい。大館十郎は若いが他の三人は歳を取ったな。都落ちは堪えただろう。

「御初に御目にかかりまする。足利左馬頭義尋にございまする」

少年が頭を下げた。後ろの四人も頭を下げた。

「朽木基綱だ。良く参られたな、左馬頭殿」

「はっ」

「御父上の事、残念であった。お悔やみ申し上げる」

「御丁寧な御言葉、有難うございまする。それから左馬頭への推任、真に有り難く心から御礼申し上げまする」

何処かぎこちないな。顔も強張っている。多分後ろに居る連中にこういう会話になるからこういう風に答えろと教え込まれたのだろう。額に汗が浮かんでいるのが見えた、緊張しているようだ。数えで十一歳だったな。現代なら小学四年生だ。緊張するのも無理は無いか……。少しだけ左馬頭が哀れに思えた。少しだけだ。

「御父上とは色々と有った。最終的には敵対する事に成ってしまった。和解出来るかと思ったがその直前にあのような事が起きてしまった。報せを聞いた時は驚いたが悲しくも有った。真に御労しい事であった」

「……」

最初に聞いた時も周囲に言った事だ。俺が義昭の死を悼《いた》んでいるのだと皆も思うだろう。左馬頭もそう思ってくれれば良いのだが……。

「左馬頭殿が薩摩から京に戻ってくれた事には感謝している。決して粗略には扱わぬ故安心して良い」

「有難うございまする。お願いがございまする」

「願い？　何かな？」

はて、何だろう？　後ろの連中も訝しげな表情をしている。領地かな？　或いは官位？　幕府は開かないから征夷大将軍をとでも言うのかな？　だとしたら面倒な事になる。足利の願い事というと碌《ろく》な事が無い。嫌な予感がした。溜息が出そうだ、聞きたくない……。

「御助け下さい！　殺されまする！」

はあ？　何だ？　殺されるって？

「この者達に殺されまする。父はこの者達に殺されました！　次は私です！　御助け下さい！」

左馬頭が振り返って後退りながら四人を指し示した。四人は驚愕《きょうがく》している。〝左馬頭様〟、〝御戯れを〟等と言っている。〝寄るな！〟と言ってまた左馬頭が後退った。如何なってるんだ、これ。仲間割れか？　朽木の家臣達も顔を見合わせている。予想外の展開だ。

「容易ならぬ事だ。左馬頭殿、真か？」

「真にございまする！」

左馬頭がこちらを振り向いた。

「証拠もございまする！　これに」

左馬頭がにじり寄った。胸を左手で押さえる。島津、或いは教如との書状かな。後ろの連中から奪ったか。

四人が左馬頭に近寄ろうとした。気配を察したのだろう、左馬頭が振り返り後退りながら〝近寄るな！〟と金切り声を上げた。

「その四人を取り押さえろ！」

俺の命に長宗我部宮内少輔達が立ち上がった。四人が脇差に手をかける。別室から笠山敬三郎、敬四郎親子、多賀新之助、鈴村八郎衛門、北畠次郎が現れた。当世具足に陣羽織を身に着けている。後ろからは腹巻をした武者が現れた。鎧の音が何とも頼もしい。

多勢に無勢、武装も圧倒的な差が有る。四人は諦めたのだろう。脇差からは手を離した。

「左馬頭様の誤解でござる」

「御手向かいは致さぬ、御調べ頂ければ誤解だと判明する筈」

上野中務少輔、大館十郎が大きな声で自分達の無実を訴えた。

「死ね！」

甲高い声と共に何時の間にか左馬頭が眼前に迫っていた。右手には脇差が、白い刃が迫ってきた。拙いと思う間も無く腹を刺された。痛い！　と思った時には左馬頭の顔を殴っていた。ガツン！という凄い音と共に左馬頭が左に吹っ飛んだ！

「おのれ！」

起き上がって左馬頭が凄い形相で俺を睨んだ。立烏帽子は吹っ飛び唇からは血が出ている。こいつ、吹っ飛んだのに脇差を離していない。執念だな。寒気がしたが負けてはいられない。立ち上がって体勢を整えた。長脇差に手をかける。少し右手が痺《しび》れた。ドジを踏んだ、殴るのではなく張り倒すのだった。さっきからドジを踏んでばかりだ。

「大殿！」

「騒ぐな！　その者達を押さえろ！」

俺の命令を受けて笠山敬三郎達が足利の家臣四名を取り押さえた。重蔵が動く、〝手出し無用！〟と言って動きを抑えた。この阿呆は俺が押さえる。

「小僧、俺に一太刀斬り付けたのは褒めてやる。だがその程度の突きでは俺は殺せぬな」

嘲笑すると〝おのれ〟と言って左馬頭の顔が紅潮した。脇差を固く握り締めるのが見えた。大丈夫だ、俺は落ち着いている。刃渡り一尺程か。柄の握りの部分が短い。重心を爪先に掛けた。

「死ね！」

左馬頭が突っ込んできた！　右は駄目だ、追われる。左に避けつつ長脇差を抜いて十分に腰を落として気合いもろとも打ち下ろした！

「フン！」

カツンと音がして左馬頭が脇差を取り落とし、いや鍔元《つばもと》から折れた！　呆然としている左馬頭を渾身《こんしん》の力で蹴飛ばす！　左馬頭が吹っ飛んだ！

「その阿呆を取り押さえろ！」

俺が命じるよりも早く兵が飛び掛かっていた。

「敬三郎、その者共を別々の部屋に監禁しろ。俺の許しなく何人といえども接触する事は許さぬ。宮内少輔、曽衣、その者共を厳しく調べろ。左兵衛尉、秋葉九兵衛と共に足利の家臣共を全て捕えろ、その者共も同様にしろ！」

長宗我部宮内少輔、飛鳥井曽衣、小山田左兵衛尉が俺の指示を受けて動く。左馬頭、足利の家臣達が引き立てられた。〝成り上がり！〟、〝謀反人！〟と俺を非難する左馬頭の言葉が聞こえた。成り上がり？　謀反人？　笑わせるな、足利とて最初から天下人だったわけじゃないだろう。成り上がり、謀反人はそちらの方が先だ。

「大殿、大事有りませぬか？」

近付いて来た重蔵が心配そうな表情で気遣ってくれた。右手には懐紙で包んだ脇差の刃が有った。斬ったのか？　折ったのか？　それとも折れたのか……。右手に持った兼信の長脇差を見た。刃毀《はこぼ》

れは無かった。不思議に思いつつ鞘《さや》に納めた。

「大事無い。鎖帷子が役に立った。多少は傷を負ったかもしれぬが掠《かす》り傷だろう」

腹の左側の衣服が切られている。

「高を括ってはなりませぬ。手当を致しましょう。傷をお見せ下され」

「この場でか？」

重蔵が怖い顔で頷く。そして晒しを用意しろと大声で怒鳴った。

「大殿、重蔵殿の言う通りになさいませ」

舅殿も怖い顔で俺を睨んでいる。やれやれだ。

上半身を諸肌《もろはだ》脱ぎになって腹部の左側を見せた。少し切れている。大きさは五分程か。僅かだが出血もしていた。

「鎖帷子も御脱ぎ下され」

「分かった」

腰紐《こしひも》を解《ほど》いて胴回りを緩める。上から鎖帷子を脱ごうとすると重蔵が手伝ってくれた。少し傷が痛んだ。

重蔵が懐から塗り薬を出し傷に塗ってくれた。少しひりひりするような感じがした。何から作った薬なのかは聞かなかった。サンショウウオの粉末を温泉のお湯で捏《こ》ねたなんて言われたら治る傷も治らなくなる。

「危ない所でございましたな、左馬頭様が大殿を突かれた時はヒヤリとしました」

「真、大殿は御運が宜しい」

林佐渡守、不破太郎左衛門尉の言葉に皆が頷いた。鎖帷子は万能ではない、斬撃に比べると刺突に弱い。刺突の方が力が一点に集中し易い所為だろう。防ぎきれないのだ。

「左馬頭は背が低かった。斬ったのでは俺に致命傷を与えられぬと思ったのだろうな」

間違ってはいない。身に帯びていた武器は脇差だ。人を確実に殺すのなら遠くから斬るのではなく近付いて刺すのが武士の心得だ。だが十一歳の子供だ、力が十分ではなかった。二、三年後ならもう少し違った結果になったかもしれない。それに刃渡りが短かった、柄も短い。

あと一尺刃渡りが長ければもう少し俺を深く突く事が出来た。そして柄が長ければ突いた後に両手で脇差を押し込む事も出来た筈だ。俺は右手は痺れていたが柄が長かったから左手を添えることが出来た。だから渾身の力で打ち下ろす事が出来た。柄の差で勝ったな。だが使用する武器を選ぶのも武略だ。ついでに言えばこちらの長脇差を見て用心していると察するべきだった。小僧、まだまだ未熟だ。

重蔵が傷口に布を当て届いた晒しを巻いていく。一回、二回、三回、四回、五回まで巻いて終わった。服を着ると皆にその場に座れと命じた。

「先程の騒動、如何思う？　示し合わせての事と思うか？」

皆が微妙な表情をした。

「確かに家臣達に殺されると怯えて逃げるように見せて大殿に近付きましたな。家臣達が左馬頭様に近付き、左馬頭様は更に逃げる事で大殿に近付く。一見すると協力しているように見えますが

「……」

織田三十郎は首を傾げている、否定的だ。三十郎の言葉に頷いている人間が居る、同じ想いらしい。そうだろうな、左馬頭の独断だろう。しかし十一歳の子供に命を狙われるか、余程に嫌われたな。

「左馬頭の独断なら島津にとっては予想外の事態だろう。まあ今更退けんだろうが……」

「……」

「俺が深手を負って暫くは動けぬと噂を立てさせよう。九州の諸大名は大友領の奪い合いで忙しくなる筈だ」

皆が頷いた。上手く行けば秋月、龍造寺、島津で潰し合いが始まるだろう。潰し合いで疲弊してくれれば万々歳だ。

「左馬頭と家臣達だが、取り調べの後は腹を切らせる事に成ろう。兵庫頭、済まぬな、伊勢守との約束は果たせなくなった」

兵庫頭が首を横に振った。

「已むを得ぬ事にございます。大殿の御命を狙い傷を負わせた以上、放置は出来ませぬ。父も納得致しておりましょう」

そうとしか言いようがないよな。しかし十一歳の子供に腹を切らせるか、武家の世界は酷《むご》いわ。せめてもの償いだ、平島公方家への扱いを重くしよう。義助が中納言だったな、大納言へ進めようか。それと義助には弟が居た、新たに一家を構えさせよう。畿内へ呼ぼうか？　これから四国は不安定になる。争いに巻き込まれれば平島公方家そのものの存続が危うくなるかもしれない。打診してみよう。彼らが四国を如何見ているかという事も分かる筈だ。

「輿を用意しろ。槇島城に移る。十日程槇島城で過ごす。俺が深手を負って槇島城で養生していると皆が思うだろう」

この京には島津、龍造寺、秋月等の九州の諸大名の間者が居る筈だ。連中の眼を欺かなくては……。槇島城では横になって過ごすとしようか……。


禎兆二年（一五八二年）　十月上旬　　駿河国安倍郡　　府中　　駿府城　　朽木堅綱

評定が終えるとホッとしたような空気が漂った。領内の米の出来具合は豊作とは言えないが悪くはないらしい。近年、駿河は戦続きで農村は疲弊している。不作に成らずに済んだ事に感謝だ。

「鬱陶しい雨ですな。良く降るものだ」

池田勝三郎が外を憂鬱そうに見ている。此処四、五日雨が続いているから気が塞ぐのだろう。

「勝三郎、駿河は雨が多いのか？」

問い掛けると勝三郎が〝さて〟と小首を傾げた。

「尾張に比べれば幾分多いかもしれませぬ」

「この時季か？」

「左様、夏の終わりから秋の終わりが多いかと」

勝三郎が私を見た。

「御屋形様、近江は如何にございましょう？」

「近江か、……雨はこの時季よりも梅雨時《つゆどき》の方が多かったような気がする。幼い頃は塩津浜、清水山の城に居たが雪が多かった。清水山では半兵衛や新太郎と雪合戦で遊んだものだ。雪達磨も作って貰ったな」

半兵衛と新太郎が苦笑しながら〝左様な事もございました〟、〝真に〟と言うと彼方此方《あちこち》から笑い声が上がった。

「近江は雪が多いのでございますか？」

柴田権六が不思議そうに問い掛けてきた。鍾馗《しょうき》のような剛《こわ》い髭を扱《しご》いている。武勇の誉れ高い男に相応しい容貌だ。

「湖北から湖西は酷く雪が多い。今は朽木の本拠は南近江の八幡山だがやはり冬には雪が積もる。意外かもしれぬが近江は山が多く雪が多いのだ」

〝ほう〟という声が彼方此方《あちこち》から上がった。

「まあそうですな、この駿河も山の方は雪が降りまする」

佐久間右衛門尉が言うと〝冬の富士は美しい〟、〝真に〟、〝いくら見ても見飽きぬ〟と声が上がった。そうだな、雪を被《かぶ》った富士の美しさは格別だ。

「如何した？　郷左衛門、彦次郎。先程から浮かぬ顔だが」

甘利郷左衛門、浅利彦次郎の二人が〝はっ〟と畏まった。

「こうも雨が続きますと甲斐は如何かと」

「出水、或いは洪水になっているのではないかと思いまして」

シンとした。

冷害で米の収穫に被害が出るだろうと思っていたが出水と洪水か。信玄公が造った堤防も結局は補修がされず打ち捨てられたと聞く。水害は今も甲斐の百姓を苦しめている。戦に負けるという事は領民達にも重く圧し掛かるのだ。甲斐は凶作、或いは飢饉《ききん》になるやもしれぬな。銭を払うだけでは足りぬかもしれぬ。上杉の義兄に相談した方が良いだろう。

「御屋形様」

半兵衛が私を呼んだ。声が硬い。如何いう事だ？

「急ぎ甲斐へ兵を出されるべきかと思いまする」

座がざわめいた。先程までの柔らかな空気が消え皆の眼が鋭さを増した。

「しかし徳川は未だ動かぬと」

半兵衛が首を横に振った。

「郷左衛門殿、彦次郎殿の懸念が当たっていれば甲斐国内の街道は泥濘《ぬかるみ》、或いは水没しているやもしれませぬ」

「まさか……」

呆然としていると半兵衛が首を横に振った。

「まさかではございませぬ。徳川は我等よりも甲斐の事を良く知っておりまする。この時季に雨が多く降る事、それによる水害が起きる事を利用しようと考えたとしてもおかしくはございませぬ。

我等の後詰が無ければその分だけ徳川は有利になるのです」

有り得るだろうか？　郷左衛門、彦次郎の顔が強張っている。有り得る、万一に備えるのが戦だ。

「分かった。半兵衛の言う通りだ。それに秋になるのに徳川に動きが見えぬ事も訝しい。皆、出陣の用意を致せ！」

〝おう！〟と声が上がった。誰も反対しない、皆も危険だと見ているのかもしれない。してやられたか、焼け付くような焦りを感じた。急がなければならない……。

## 敗戦

禎兆二年（一五八二年）　十月上旬　　甲斐国都留郡岩殿村　　朽木堅綱

「申し訳ありませぬ。我等御屋形様より十分な兵を与えられていながら徳川にしてやられました」

佐脇藤八郎が血を吐くような口調で頭を下げた。蜂屋兵庫頭、金森五郎八、滝川彦右衛門が面目無さそうに藤八郎に続いて頭を下げた。蜂屋兵庫頭は腕に、金森五郎八は頭部に怪我《けが》している。包帯に血が滲《にじ》み痛々しい姿だ。酷い負け戦だったようだ。

目の前に岩殿城が有った。以前に見た岩殿城と何の変わりも無い。だが、あの城にはもう徳川の兵は誰もいない……。

「いや、詫びねばならぬのは私の方だ。後詰が遅れた、済まぬ」

「御屋形様、御屋形様の所為ではございませぬ。洪水さえ起きなければ……、十分に後詰は間に合った筈」

前田又左衛門が口惜しそうに言った。弟の藤八郎を助けてやれなかった、そう思っているのだろう。

「又左衛門、慰めは要らぬ」

「御屋形様、某は……」

「徳川は雨を利用したのだ。私はそれを予測出来なかった。いや半兵衛に指摘され気付いた時には遅かった。そういう事だ」

又左衛門が唇を噛んで俯いた。半兵衛も俯いている。もう少し早く助言出来ていれば、そう考えているのかもしれない。

今回の長雨で釜無川、富士川で洪水が起きた。その所為で甲府から巨摩郡の広い範囲で水が溢れた。水は街道を泥土に変え行軍は難儀なものになった。間に合わなかった、僅かに洪水の方が早かった。いや行軍中に洪水に見舞われればとんでもない被害が出た可能性も有る。間に合わなかったのはむしろ幸いだったかもしれない。

徳川はその洪水を見越していたかのように軍を発した。おそらく甲斐に間者を放っていたのであろう。旧武田の忍びの者達、その者達ならばどの程度の雨が降れば洪水が起きるかは想定出来た筈だ。そして洪水が起きれば甲斐国内にて軍を動かすのは難しい。つまり岩殿城を囲む朽木軍は後詰を受けられずに孤立する。攻守は逆転すると甲斐守は読んだのだ。

「申し訳ありませぬ。我ら甲斐の生まれでありながら此度の事態、気付くのが遅れました。今少し早く気付いていれば……」

「真にもって面目無く……、恥じ入るばかりにございまする」

浅利彦次郎、甘利郷左衛門の二人が謝罪した。気にするなと言ったが項垂《うなだ》れたままだ。負けたのだと改めて思った。

相模より徳川甲斐守率いる四千の徳川勢が岩殿城を囲む朽木勢に襲い掛かった。相模を守る兵も要る。それを考えれば四千は精一杯の兵力だろう。だが徳川は農繁期にも拘らずそれを出した。岩殿城を見殺しにしては徳川の武威、信頼は地に落ちる。何としても岩殿城の城兵を助けねばならない。無理に無理を重ねての戦だったのだ。

援軍に対し岩殿城の城兵も呼応した。忽ち朽木勢は前後から攻撃され混乱し敗走した。死傷者は約一千、一方的な戦いにも拘らず死傷者が少ないのは徳川が朽木を打ち破る事よりも城兵の救出を優先したからだろう。長居すれば私が来ると思ったのかもしれない。徳川勢は岩殿城の守備兵と共に相模へと後退した。私が此処に来たのはそれから五日が過ぎてからだった……。いけない、怪我をした者達を労わってやらなければ。

「兵庫頭、五郎八、怪我をしたようだが大事無いか？」

「何のこれしき、大事有りませぬ！」

「掠り傷にございます！　今直ぐにも戦えまする！」

兵庫頭、五郎八が力強く答えた。

「頼もしいぞ、心強い限りだ。だが先ずはしっかりと怪我を治せ。逃げられたのは残念だが徳川を相模に押し込んだのだ。もう徳川に行き場は無い。次は相模での戦になる」

皆が頷いた。

「それにしても雨を利用するとは、甲斐守の武略、なかなかのものですな。油断は出来ませぬ」

柴田権六の言葉に皆が頷いた。自分の未熟を責められているような気がした。甲斐は洪水、水害が多い。何故その事をもっと重視しなかったのか……。父上の毛利攻めで高松城の水攻めを見ていたのに……。あの経験を無にしてしまった。

川を堰《せ》き止め、梅雨を利用して城を水に沈めた。川を利用するのも雨を利用するのも同じではないか。戦とは兵を戦わせるだけではないのだ。地形を利用し天候を利用し自然を利用する事も戦の一つなのだと教わっていたのに……。徳川を撃破し弱体化させる千載一遇の機会を逸した。いや、それどころか徳川の武威を高めてしまった……。

もうじき子も生まれるというのに何とも頼りない父親だ。奈津も不安に思おうな。……相模攻めは困難を極めるだろう。その分だけ死傷者も多くなる筈だ。特にこの者達、雪辱をと逸《はや》りかねぬ。その辺りを注意しなければ……。父上に報告し謝罪せねばなるまい。一からやり直しだ。


禎兆二年（一五八二年）　十月上旬　甲斐国都留郡岩殿村　佐脇良之

御屋形様が岩殿城を見ておられる。唇を噛み締めている。悔しいのだろう。……情けない話だ。

御屋形様を戦に慣れていない等と見下しながら徳川にしてやられるとは……。兵庫頭殿、五郎八殿、彦右衛門殿も悔し気に俯いている。責められてもおかしくは無かった。無能、役立たずと叱責されても返す言葉は無い。御屋形様は最善を尽くされたのだ。だが御屋形様は我らを責めなかった。援軍が遅れた事を詫びられ兵庫頭殿、五郎八殿の怪我を労わられた。その事が更に辛い……。

「又左衛門、内蔵助」

「はっ」

兄と佐々内蔵助殿が御屋形様に答えた。

「二人は岩殿城へ入れ。私は上杉に交代の兵を送って欲しいと文を書く。交代の兵が来たらその方等は城を渡して駿河に帰還せよ」

「はっ」

二人が畏まった。

「何か必要なものが有るか？」

兄と内蔵助殿が顔を見合わせた。

「兵糧を、おそらく城内には兵糧は無いものと思われます」

「それと出来れば銭を」

兄と内蔵助殿の言葉に御屋形様が頷かれた。

「尤もな事だ。兵糧と銭を置いていく。上杉勢が来たら余った兵糧と銭はそのまま城に残して駿河に戻れ」

「宜しいのでございますか？」

兄が驚いて問うと御屋形様が〝構わぬ〟と答えた。

「甲斐は貧しい。百姓に負担はかけたくない。城に兵糧と銭が有れば上杉勢も百姓に無体はするまい」

兄と内蔵助殿が畏まった。お優しい方なのだ、以前此処に来られた時も百姓の事を案じておられた。

「藤八郎、兵庫頭、五郎八、彦右衛門、帰還するぞ。準備を致せ」

「はっ」

「皆も帰還の準備を致せ」

「はっ」

皆が御屋形様の命に応え準備に散った。

兵の下に戻ろうとしていると〝藤八郎〟と声を掛けられた。

「兄上」

「残念だったな、だが無事で何よりだ」

兄が私の肩を叩いた。

「情けない話だ。私は御屋形様のお役に立てなかった」

油断したつもりは無かった。だが負けた。自分は徳川に敗れたのだ。そして御屋形様の面目を潰した。

「そう言うな、勝敗は兵家の常だ。御屋形様もそなたを責めなかったではないか。次の機会に雪辱すればよい」

「勿論だ。必ず徳川に雪辱する。だが……、朽木家が負けた事は無い。御屋形様は如何御思いか」

「……」

兄が押し黙った。御屋形様に視線を向けた。御屋形様はポツンと一人で立っておられた。一体何をお考えなのか……。

「負けたという事実は取り消せぬ。なればこそ、次で取り返せ。生き残るとはそういう事だ」

「分かっている。必ず取り返す」

御屋形様を嗤った自分が許せぬ。嗤ったにも拘らず後れを取った自分が許せぬ。必ず、必ずこの雪辱はする。御屋形様のために、そして自分のためにだ……。


禎兆二年(一五八二年) 十月上旬　近江国蒲生郡八幡町　八幡城　朽木小夜

「小夜にございます、入っても構いませぬか? 大方様も一緒です」

廊下から声を掛けると〝構わぬぞ〟と声があった。戸を開けて大方様と共に部屋の中に入った。珍しい事に大殿は刀の手入れをしていたらしい。刀が五本ほど置いてあった。大方様と共に大殿の前に座った。

「如何されました、母上、小夜」

「甲斐で戦があったと聞きました。大膳大夫殿が負けたと」

大方様の問いに大殿が頷かれた。

「そのようですな」

大殿は落ち着いている。大した敗北ではなかったのだろうか。

「余り大きな敗北ではなかったのですか？」

問い掛けると大殿が〝ふむ〟と唸られた。

「死傷者が千人ほど出たようだ。どちらかと言えば負傷者が多いようだな。風間出羽守からはそのように報せが有った」

千人！　大方様と顔を見合わせた。多いのだろうか？　少ないのだろうか？

「まあ甲斐に詰めていた兵が四千ほどだ、一方的に負けたにしては少ないな」

「……」

一方的に？

「大膳大夫が率いる兵は三万を超える。それに百姓兵ではない、銭で雇った兵だ。補充は難しくなかろう。大した事は無い。俺の腹の傷と一緒だ」

事も無げな口調だった。心配ではないのだろうか？

「負けたのですよ、心配ではないのですか？」

大方様が訴えたが大殿は心を動かされた様子は見せない。

「徳川は岩殿城を捨て相模に撤退したようです。これで甲斐にあった徳川の拠点は無くなりました。あの城は今後は上杉の物となりますが極めて攻め辛い城です。徳川はもう甲斐に攻め込む事は出来ますまい。そして大膳大夫は相模に近い駿河、伊豆の城の防備を強化しています。こちらも簡単には攻め込めませぬ。要するに徳川を相模に押し込んだのです。そう考えれば悪くは有りませぬ」

大方様と顔を見合わせた。

「それは負けていないという事でございますか？」

問い掛けると大殿が苦笑された。

「そうではない。負けは負けだ。だが徳川を相模一国に押し込めたのだ。大膳大夫の優位はより高まった。そう言っている」

負けは負け、その言葉だけが心に残る。

「あの子が如何思うか……」

大方様が心配そうな表情をしている。駿河に送ったのは已むを得ない事だと分かっている。負ける事が有るのも分かっている。それでもこんなにも不安だとは……。大殿が息を吐いた。

「以前にも申しましたが負けても良いのです。大膳大夫は未だ若い、十七歳です。負けてもそこから何を学ぶか、それが大事です。良い経験になるでしょう」

私達を安心させようとしているのだろうか？

「そなたは負けた事が有りませぬ。負けた者の気持ちが分からないのです」

大方様が恨めしそうに言った。大殿は困ったような表情をしている。

「あの子がどんな気持ちでいるか……」

大方様が溜息を吐いた。そう、私もその事が心配だ。傷付いているのではないだろうか……。苦しんでいるのではないだろうか、自信を無くしているのではないだろうか、そんな事ばかり考えてしまう。

「確かに負けた事はありませぬ。ですが思うように行かず苦しんだ事は何度もあります。大きな敵に圧し潰されるのでは無いかと苦しんだ事も有る。朽木は元は八千石の国人領主でしたからな」

ハッとした。大方様も気まずそうな表情をされている。

「しかしあそこで耐えたから今の自分が、今の朽木が有ると思っています」

そうだった、大殿も決して楽に今の朽木を築いたのでは無かった。一向門徒との凄惨な戦い、毛利との戦いでは負傷し波多野との戦いでは命を狙われた。負けなかったのは僥倖だったのかもしれない。

「母上のお気持ちは分かります。小夜、そなたの気持ちも分かる。しかし大膳大夫には耐えて貰わなければならぬのだ。大膳大夫には天下を背負える男になって貰わなければならぬ……」

大方様が溜息を吐いた。

「厳しいのですね」

「はい、厳しいと思います。ですがこればかりは如何にもなりませぬ。大膳大夫が自らの力で乗り越えなければならぬのです」

「……」

「乗り越えれば大きな自信になる筈です」

大きな自信になる。あの子は乗り越えられるのだろうか……。

禎兆二年（一五八二年）　十月中旬　　駿河国安倍郡　　府中　　駿府城　　朽木奈津

「では、行ってくる」

「はい、お気を付けて。大殿、御裏方様に宜しくお伝え下さい」

「うむ、そなたも身体を大事にな」

「はい」

御屋形様が立ち上がると部屋を出て行った。溜息が出た、大丈夫だろうか……。

「御心配でございますか？」

矢尾が気遣わし気な表情で私を見ていた。

「甲斐からお戻りになって以来、御屋形様は塞ぎ込んでおられます。酷く御自身を責めていらっしゃる……」

「いけませぬ。母親が不安に駆られていては御腹のややにも悪い影響が出ます」

矢尾が厳しい表情をしている。手を御腹に当てた。あと二月ほどで生まれる。不安に思っているのだろうか？

「でも……」

また溜息が出た。矢尾が感心しないというように首を振っている。

「どなたかに御相談なされては如何でございます」

「誰に相談します？　下手に相談すれば妻にまで心配されると御屋形様が嗤われましょう。それを思うと……」

　こんな事、誰に相談すれば良いのだろう？　近江に居るなら御裏方様に御相談したけれど……。

「傅役の竹中様、山口様は如何でございますか？　御屋形様を幼い頃から見ておられます。御屋形様を嗤う事は有りますまい」

「……」

「幸い近江行きの供に選ばれたのは浅利彦次郎殿、甘利郷左衛門殿にございます。お呼びしますか？」

　迷ったけれど思い切って頷いた。矢尾は頷くと私の前を下がった。話すなら半兵衛殿、新太郎殿だろう。武田の旧臣である彦次郎殿、郷左衛門殿には話し辛い。二人も私とは話し辛いだろう。御屋形様は酷く塞ぎ込んでおられる。やはり負けた事を気にしておいでなのだろうか？　或いは味方を救えなかった事？　それとも大殿に御報告しなければならない事が気が重いのだろうか。如何すれば元気を取り戻して貰えるのか……。悩んでいると部屋に半兵衛殿と新太郎殿が入って来た。その後ろには矢尾の姿も有った。

「如何なされましたか？　矢尾殿からは御寮人様が御悩みだと伺いましたが」

　新太郎殿が問い掛けてきた。

「御屋形様の事が心配なのです。甲斐での戦が思うように行かなかった事は知っています。その所為で酷く落ち込んでおられる。一体如何すればお気を取り直して頂けるのか……」

　新太郎殿と半兵衛殿が顔を見合わせた。

「それに朽木はこれまで負けた事が有りませぬ。近江で大殿のお叱りを受けるのではないかと。それを思うと心配で……」

また新太郎殿と半兵衛殿が顔を見合わせた。

「御心配には及びませぬ。御屋形様が負けたからと言って叱責を受ける事はございますまい」

半兵衛殿が穏やかな表情で答えた。

「半兵衛殿の言う通りにございます。この駿河に御屋形様が送られたのは御屋形様を鍛えるため、大殿も多少の敗北は想定しておられましょう」

「ですが新太郎殿、朽木はこれまで負けた事が有りませぬ。大殿は御不快に思うのでは有りませぬか?」

半兵衛殿が〝御寮人様〟と私を呼んだ。

「今回の戦い、確かに我らの負けでございます。しかし徳川は岩殿城を放棄しました。つまり岩殿城は落ちたのです。単純な負けでは有りませぬ」

新太郎殿が頷いている。そうなのだろうか？

「徳川に余力が有れば岩殿城に兵糧を入れ城を守った筈、しかし徳川はそれをせずに兵を退き岩殿城を放棄した。つまり徳川には兵糧を入れる余裕が無かったのです。長雨で洪水を予想したのは見事と言えましょう。某もしてやられたと思いましたが城を捨てたとなれば徳川は御屋形様の締め付けに相当に追い込まれていたという事にございます」

そうなのだろうか……。今度は新太郎殿が〝御寮人様〟と私を呼んだ。

「徳川は相模一国に押し込まれました。大殿はそれが分からぬお方では有りませぬ」

「ですが御屋形様は酷く落ち込んでおられます」

「初めての敗北なのです。それは已むを得ませぬ」

「では如何すれば……」

「勝つ事です。勝てば心が晴れましょう」

新太郎殿の言葉に半兵衛殿が頷いた。

「御案じなされますな。我等もやられたままではおりませぬ。必ず今回の借りは返します。さすれば御屋形様の心も晴れましょう」

半兵衛殿が笑顔で言った。本当にそうなら良いのだけれど……。


禎兆二年（一五八二年）　十月中旬　　近江国蒲生郡八幡町　　八幡城　　明智光慶

「父上……」

驚いた。大殿がお呼びと聞いて暦の間に来てみれば安芸に居る筈の父が此処に居る。何故此処に……。

「驚いたか、十五郎」

大殿が笑いながら問い掛けてきた。

「はい、突然の事で……」

大殿が声を上げて笑った。

「そうだな、俺も驚いた。こう見えてそなたの父は人が悪いのだ。突然やってきて俺を驚かせて喜んでいる」

父が苦笑している。

「まあ中に入れ、座るが良い」

「はっ、失礼致しまする」

部屋の中に入り父の脇に座った。うん、幾分日焼けされただろうか?

「倅、十五郎を軍略方に配属して頂きました事、改めて御礼申し上げまする」

父が頭を下げたので慌てて私も頭を下げた。

「若い者にはドンドン経験を積ませねばな」

「有難うございまする。十五郎、心して励めよ」

「はい、懸命に努めまする」

大殿がおかしそうにこちらを見ている。

「十五郎、十兵衛はな、俺が刺されたと聞いて心配して安芸から来てくれたのだ。有難い事だな」

「今、大殿に万一の事が有れば天下はまた混乱致しましょう。心配するのは当然の事でございます」

父が生真面目に答えると大殿が困ったような御顔をなされた。もしかすると照れていらっしゃるのかもしれない。

「心配をかけたな。だがこの通り、俺は大丈夫だ。用心はしていたのでな、掠り傷で済んだ」

〝いやいや〟と父が首を横に振った。

「油断は出来ませぬぞ。戦で敵わぬと見れば大殿の不意を突いて御命を奪おうとする者はこれからも現れましょう。波多野の忍びもそうでした」

大殿が頷かれた。

「そうだな、油断は出来ぬ。……何時の間にかそういう立場になってしまった。不思議な事だな、十兵衛。そうは思わぬか？」

父が〝それは〟と言って困ったような表情をした。

「もう出会って二十年か」

「はい、大殿にお仕えして二十年が経ちました。早いものでございます」

二十年、私が生まれる前の事だ。父は美濃の生まれだったが国内が混乱した時に家が没落したのだという。一時は越前の朝倉氏にも仕えたが将来性《さき》が無いと見切りを付け朽木家に仕官した。その後はトントン拍子に引き立てられた。

「今回の一件、詳しく調べさせているが調べが終われば大々的に公表するつもりだ。左馬頭にも処分を下す。足利の世は終わるのだという事を誰もが理解するだろう」

「新しい世の到来でございますな」

「うむ、まあそのためには九州、関東、奥州を従えなくてはならぬが……」

「四国もございます」

父の言葉に大殿が〝四国か〟と顔を顰められた。

「四国はやはり危ないか？　十兵衛」

「危のうございますな。安芸から見ていても危ないと思います。今は未だ三好豊前守殿、安宅摂津守殿が存命なれば何とか抑えておりますが……」

父が首を横に振っている。

「あの二人が亡くなれば危ないか」

「はい、体調が良くないようです。長くは無いのではないかと。厄介な事に三好阿波守長治、気性荒く政を解しませぬ。観音寺崩れを引き起こした六角右衛門督に何処か似ておりましょう」

また大殿が顔を顰められた。

「あれに似ているとなると碌な事にはならぬな」

父が〝真に〟と頷いた。父も渋い表情をしている。相当に嫌な思いをしたらしい。

「観音寺崩れの時は大変でございましたが南近江に勢力を伸ばす切っ掛けとなりました。今回、四国で騒動が起きれば朽木の勢力を伸ばす良い機会になりましょう」

父の言葉に大殿が頷かれた。

「そうだな。今のままでは四国は朽木の威令が届き難いのは確かだ」

「はい」

「事が起きれば日向守の遺族には安芸の十兵衛を頼って落ちよと言ってある。頼むぞ」

「はっ」

父が畏まった。

「ところで、領内は如何だ。良く治まっているか？」

父が〃いえ〃と首を横に振った。

「やはり人が足りませぬ。荒れ地となっている田畑が少なからずあります」

父の言葉に大殿が息を吐いた。

「已むを得ぬ事では有るが一向門徒を追い払ったからな」

「その他にも毛利に付いて行ったものが少なからず居りました」

「そうか……、苦労を掛けるな」

「そのような事は……」

大殿が首を横に振られた。

「いや、加賀、能登、安芸は百姓が減った。治める者にとっては痛手だ。そうであろう、十五郎」

「はい、そのように兵糧方の方々から聞いております」

相当に大変らしい。田畑が荒れ地に戻ると元に戻すのは容易では無いとか。その事を言うと大殿と父が頷いた。

「ま、こればかりは地道に領内を見回って百姓達の不満を解消するしか有りませぬ。徐々に暮らし易いという声が出れば人も集まる筈でございます」

「そうだな、焦らず腐らずか」

大殿の言葉に父が〃はい〃と大きく頷いた。なるほど、日焼けは見回りの所為か……。

「ところで、次は九州攻めでございますか？」

「うむ、公方様の刺殺から今回の一件まで、裏に島津が居るのは間違いない。真実が分かり次第公表して九州攻めとなろう。その時には十兵衛にも働いて貰うぞ」

「はっ、楽しみにしております」

大殿が満足そうに頷かれた。それを機に父と共に御前を下がった。


「今日は驚きました」

父が笑い声を上げた。夜、邸で久し振りに父と話をする。緊張している自分が居た。

「お役目には慣れたか？」

「途惑う事が多いと思います。なれど勉強になります」

父がまた笑い声を上げた。

「まあそうであろうな。大殿がその方を軍略方に入れたのは十年、二十年先を見据えられての事だ。御屋形様が天下を治められる時、その御傍で御屋形様のお役に立つようにとの事であろうからな」

「はい」

十年、二十年先か……。御屋形様のお役に立つ、一体世の中は如何なっているのだろう？　朽木家が天下を統一しているとは思うが……。如何いう形で御屋形様のお役に立てるのか……。

「如何した？」

「いえ、出来れば御屋形様と共に駿河に行きたかったと思いました」

父が首を横に振った。

「それはならぬ。その方や吉兵衛、与一郎が付いて行けば御屋形様はその方達に不満、愚痴を漏らす事になる。それが続けばその方達は次第に御屋形様に狎れる事になろう」

「……」

「そのような家臣は家中の災いの元だ」

狎れるだろうか？　そんな事は無いと思う。だが……。

「まして周りには馴染みのない織田の旧臣達が居るのだ。自然と御屋形様はその方等を頼る。織田の旧臣達は御屋形様を蔑みその方等を蔑む事になる」

「……」

「納得出来ぬか？　ならば甲斐での負け戦の事を考えてみよ。その方が駿河に居れば御屋形様を慰めぬと言えるか？　そうなれば御屋形様はその方に甘える事になるぞ。それでは御屋形様を駿河に送る意味が無い」

「はい」

そうかもしれない。御屋形様を駿河に送ったのは御屋形様を鍛えるためだった。私を軍略方に入れたのも鍛えるため。十年後、二十年後か……。


禎兆二年（一五八二年）　十月中旬　　阿波国那賀郡古津村　　平島館　　足利義任

「兄上、お呼びと伺いましたが？」

「うむ、そなたに相談したい事が有ってな。そこに座ってくれるか」

〃はい〃と答えて兄の指し示した場所に座った。兄から一間程離れた場所だ。

「困った事になったな」

「左馬頭殿の事でございますか？」

問い掛けると兄が溜息を吐いた。憂鬱そうな表情をしている。

「まあそれも有るな、無いとは言えぬ……。だが今厄介なのは阿波守の事よ。掃部頭が相当に煽《あお》っているらしい」

「なるほど、そちらでしたか。日向守殿が亡くなられましたからな。それに豊前守殿、摂津守殿も具合が良くない」

兄が頷いた。阿波守は以前から日向守を傍流にも拘らず大領を得ていると敵視していた。日向守が存命中は抑えていたのだろう、それほどでもなかった。だが日向守が亡くなってからは、あからさまに敵視するようになった。

「困った事だ。このままでは四国で騒乱が起きかねぬ」

「……」

「実はな、五郎。前内府様から文が来た」

「前内府様から？」

兄が頷いた。兄の顔には嬉しそうな表情は無い。天下の実力者である前内府様から文が来ても素直に喜ぶ事が出来ぬ。その事が今の平島公方家の置かれた状況を示している。

「文の内容《なかみ》は畿内でそなたに一家を立てさせたいと思うが如何かというものだ。前向きに検討して貰いたいと書いてあった」

「それは……」

言葉に詰まった。そんな私を見て兄が頷く。

「本家があんな事になったからな。残念だが左馬頭殿も許される事は無かろう。足利の本家は断絶という事になる」

「父上の御遺言の通りになりましたな。清和源氏嫡流の血は平島公方家が伝える事になった……」

兄が頷いた。父は幕府が滅ぶと見ていた。そして義昭殿の終わりも良くない、足利本家の血は途絶えると死の間際に言った。

「前内府様の文には足利の血は細くなってしまったと書いてあった」

「それで某に一家を？」

兄が頷いた。

「だがそれだけではなかろうな。文には畿内でと書いてあった。どうやら前内府様はこちらの状況をお分かりらしい。争乱が起きると見ているのだ。平島公方家も巻き込まれかねぬとな」

「……左様で」

そう答えるのがやっとだった。前内府様は平島公方家が騒乱に巻き込まれると見ている。そして巻き込まれれば滅びると見たのだろう。

「私の一存で話を受ける事にした。近江へ行ってくれるな」

兄がジッと私を見た。

「……兄上は如何なされるおつもりか？」

「私は、日向守の恩に応えなければならぬ」

「兄上……」

兄が微笑んだ。邪気の無い澄んだ笑顔だ。その事が苦しかった。

「そなたも父上の最後の言葉を覚えていよう」

「分かっております」

〝義に背くような事はしてはならぬ。たとえ一時の利を得ようともその先には没落が待っていると思え。義を守り恩義に報いて初めて人として正道を歩む事が出来る。その事を忘れるな〟

それが父の遺言だった。

「平島公方家は良い方々との縁に恵まれた。私が将軍になれたのは三好豊前守、安宅摂津守、三好日向守の御陰だった。そして将軍位を返上し穏やかに暮らせるのは日向守と前内府様の御陰だ。今また前内府様は平島公方家を気遣って下さる。有り難い事だ」

「……」

「だからな、その縁に感謝しその恩に応えなければならぬ。私は日向守の遺族を守らねばならぬ。どれだけの事が出来るかは分からぬ。だがそれこそが父上の御遺志に従う事だと思う」

「兄上……」

如何してそんな穏やかな顔が出来るのか……。

「唯一気懸かりだったのは平島公方家が私の代で絶えてしまうのでは無いかという事だった。だが有難い事に前内府様がそなたに一家をと言って下さる。そなたが畿内で一家を立ててくれれば平島公方家は、足利の血は残せる。行ってくれるな」

「……」

「私を見殺しにするなどと思うな。平島公方家の義を守るためだ」

「……分かりました」

私が答えると兄が頷いた。

「近江へ行く準備をしてくれ。前内府様から返事が届いたら直ぐに行けるように」

「はい、亀王丸を連れて行きますぞ」

兄が目を瞬いた。

「済まぬな、頼む」

声が小さい。兄上の嫡男、亀王丸は九歳、元服前に父親を失う事になる……。

「亀王丸には話しますのか？」

兄が首を横に振った。

「分かりました。では上方見物という事に致しましょう。後々某が亀王丸に全てを話します」

「頼む」

兄が頭を下げた。ずしっと重いものを肩に感じた。亀王丸を、いやそれだけではない、平島公方家を託されたのだと思った。

禎兆二年（一五八二年）　十月下旬　近江国蒲生郡八幡町　八幡城　朽木基綱

「次郎右衛門から父上が御怪我をされたと報せが届いた時には本当に驚きました。もう宜しいのでございますか？」

「見ての通りだ、何ともない」

「しかし、腹を刺されたと」

息子が心配そうな顔でこちらを見ている。同席している黒野重蔵、長宗我部宮内少輔、平井加賀守、飛鳥井曽衣、朽木主税の視線が集中する。少し照れ臭かったから声を上げて笑う事で誤魔化した。

「大膳大夫は心配性だな。刺されたといってもほんの少し刃が腹に触った程度だ。掠り傷よ」

「それなら宜しいのでございますが……」

「鎖帷子を纏っていたからな、大した事は無い。それに相手は未だ十一歳だ、力も弱い。不意を突かれはしたが大事には至らぬ」

大膳大夫が小首を傾げた。

「鎖帷子でございますか？」

「うむ、まあ足利の者達が俺を暗殺するかもしれぬという疑いが有ってな。もっともあの場で左馬頭が行うとは思っていなかった。いずれ日を改めて足利の家臣達が狙って来ると思っていたのだが……、念のために鎖帷子を身に着けていたのが役に立ったな」

「なるほど、左様で」

頷いている。納得したようだ。だがその後で〝無理は御控え下さい〟と言われた。最近、如何いうわけか皆から気遣われているような気がする。次郎右衛門も尾張から京に飛んできた。丹羽五郎左衛門、木下藤吉郎と一緒にだ。まあ五郎左と藤吉郎は城の進捗を報告したいという気持ちも有ったらしい。ようやく名古屋台地北部の湿地帯の埋立が終わりこれから縄張りに入るようだ。次郎右衛門も毎日が楽しいと言っていた。外に出して正解だな。

松永弾正、内藤備前守も見舞いに来た。二人とも歳を取った。髪の毛なんて真っ白だ。二人とも俺の無事を喜んでくれた。足利左馬頭には腹を切らせる事になるかもしれないと言うと二人とも複雑そうな顔をしていた。二人にとって足利義昭は許せる存在ではない、その息子の左馬頭義尋も同様だろう。だが三好千熊丸は母方から足利の血を引いているのだ。左馬頭は従兄弟だ。簡単には割り切れないものが有るだろう。

……そうか、足利の血は千熊丸にも流れているのだ。いずれ千熊丸の子孫に足利の名跡を継がせる事を考えてみよう。弾正、備前守からは鶴と近衛前基の婚約の祝いを受けた。これで千熊丸は朽木、上杉、近衛と繋がりを持つ事になる。しっかりした男になって欲しいものだ。三好は決して大きくは無いが畿内に領地を有するし松永、内藤とも強い結び付きを持つ非常に大事な家だ。いずれは松永、内藤と朽木の繋がりも強めよう。そうする事で三好、松永、内藤の結び付きを相対的に薄める事が必要だ。

安芸からは明智十兵衛が来た。顔を見た途端、鼻の奥がツンと痛んだ。涙が出そうになったが何とか堪えて安芸の状況を十兵衛から直接聞いた。やはり人が足らん。一向門徒を追い払った事、そして毛利から安芸を取り上げた時に毛利に付いて行った百姓も結構多いらしい。積極的に人を入れているがまだまだ足りない。

戦争で全国的に人が減少しているという現実も有る。簡単には行かない。十兵衛には九州攻めでは安芸の国人衆を纏めて戦って貰う事になる。その事を言うと嬉しそうにしていたな。四国の情勢を聞いてみた、不安定になりつつ有るというのが十兵衛の判断だ。日向守の遺族が安芸に落ちる事も有る。受け入れを改めて頼んだ。

「父上、申し訳ありませぬ。父上に御骨折り頂いたにも拘らず岩殿城の徳川勢を取り逃がしました。甲斐守の後詰を防げませんでした。面目次第もございませぬ」

大膳大夫が頭を下げた。そのまま伏せている。少し肩が震えていた。胸が痛い、この世界で初めて持った息子が苦しんでいる。溜息が出そうになって慌てて堪えた。

「頭を上げろ、大膳大夫」

「なれど……」

「それでは話が出来ぬではないか」

敢えて軽い口調で促すとのろのろと頭を上げた。苦労をしていると思った。舅殿が痛ましそうな表情をしている。孫が苦労しているのだ、当然か。御爺を思い出した。時々御爺も似たような表情をしていた。義輝に対して、俺に対して……。

「何が有ったかは知っている。上手く徳川に雨を利用されたな」

「はい、無念にございます」

大膳大夫が唇を噛み締めた。

「少し待ちすぎたな」

「待ちすぎた？」

大膳大夫が訝しそうな表情をした。

「うむ、余りに有利になり過ぎた。甲斐守を引き摺り出し決戦で打ち破る。決戦で甲斐守を打ち破れば一気に形勢は変わる、武名を揚げる事が出来る、そう思ったのであろう。だから甲斐守が出て来るのを待った。それに拘り過ぎた。違うかな？」

大膳大夫が〝かもしれませぬ〟と小さい声で答えた。

「狙いは悪くない。だが相手の出方を待つだけではならぬ。圧力をかけながら待つべきであったな」

「……圧力でございますか……、東海道に兵を出すべきであったと？」

「なんだ、分かっているではないか。大膳大夫、甲斐守に勝つ必要は無いのだ。城を落とす必要もない。だがその方が東海道に兵を出せば甲斐守は無視する事は出来ぬ、そちらに対応せねばならん。岩殿城を如何すべきかと悩んでいる甲斐守にとっては何よりも嫌な事だ、苛立つであろうな」

「確かに」

大膳大夫が頷いた。

「そうなれば甲斐守も思い切って甲斐に兵を出す事は出来なかったかもしれぬ。兵が少なければ包囲を打ち破れぬからな」

「なるほど」

「まあ、そう言えるのも終わったからであってな。俺もその方の立場であれば同じように待ったかもしれぬ。余り気にせずに良い経験をしたと思う事だ」

慰めにはならんか、大膳大夫の表情は沈んだままだ。

「甲斐守、なかなかの武略よ。いや、あれは武略かな？　どうも乾坤一擲《けんこんいってき》の博奕《ばくち》のようにも見えるが」

「博奕、にございますか」

「うむ」

不思議そうな顔をしている。

「追い詰められて死に物狂いになったのであろう」

「そうかもしれませぬ」

大膳大夫が頷いた。家康にはそういうところが有る。初動は決して速くない。周囲の反応を確かめるため遅いのだ。弱小勢力のため、周りを窺う。だが追い詰められると破れかぶれの博奕に出る。史実では三方ヶ原の戦い、この世界では北条と組んでの信長殺し、そして今回の後詰……。

「今頃は余りに上手く行ったと拍子抜けしているやもしれぬ。或いは自分は運が良いとでも言って周囲を鼓舞しているか……」

「某は武運に恵まれませせぬ」

苦渋に満ちた声だった。二十歳前の若い男の出す声じゃない。余程に堪えている。わざと声を上げて笑ってやった。

「笑止な事よ」

「……笑止、にございますか？」

驚いている、落ち込むよりは良い。

「ああ、甲斐守が自分が運が良い等と言って周囲を鼓舞しているなら笑止でしかないな。大膳大夫、その方が武運に恵まれぬと言うのも同じだ。何も分かっておらぬ」

「……」

「良く見よ、甲斐守に将来《さき》が有るか？　甲斐を失い相模一国に押し込められた。会津の蘆名はとても頼りにはならぬ。この先如何やって徳川の家を保つ、如何やって大きくする？」

「……」

「小田原城が有るか？　だがそれが何の役に立つ。甲斐守はもうあの城から離れられぬぞ。離れれば潰される、或いは城を奪われる。かつての北条のようにな。それを恐れてあの城で居竦《いすく》んでいるしか有るまい。大膳大夫、何処に徳川の将来が有るのだ？」

大膳大夫が〝なるほど〟と呟いた。重蔵、宮内少輔、舅殿、曽衣、主税が頷いている。

「甲斐守がそれで周囲を鼓舞しているのなら哀れな事よ。甲斐守自身がその哀れさを噛み締めていよう」

「……」

「武運に恵まれぬと言ったな、大膳大夫。確かに甲斐守にしてやられた。一千程の死傷者を出した。だがその方は四万近い兵を動かすのだ。此度の敗戦など掠り傷でしかあるまい。俺の腹の傷と同じだ。痛くも無ければ痒《かゆ》くも有るまい。いや、多少はむず痒《がゆ》いか。何を気に病む事が有る」

「それは……」

死んだ兵には悪いがそれが事実だ。いや、そう思わなければ戦など出来ない。戦えと命じる事は死ねと命じる事なのだ。生きて帰れた奴はたまたま運が良かっただけだ。

「その方は負けた事が無い。それ故此度の敗戦を重く感じているのだろう。だが負けた時こそ冷静にならねばならぬ。冷静になれば此度の敗戦など大した事では無いと分かる筈だ」

「……ですが、周囲は某の事を頼り無いと思いましょう。口惜しゅうございます」

大膳大夫がポロポロと涙を零《こぼ》した。

「泣くな」

「……」

泣き止まない。

「泣くな！　泣く暇が有ったら考えろ！　動け！　朽木大膳大夫は敗戦などものともせぬと皆に示せ！　それが大将であろう！」

思わず怒鳴りつけていた。泣き止んだ。俺を見ている。

「大膳大夫、わざわざの見舞い、大儀であったな。だが俺はこの通り元気だ。心配は要らぬ。親孝行なのは嬉しいが心配は程々にな」

「……父上」

大膳大夫が呆然と俺を見ている。

「駿府に戻るが良い。あそこにはその方を待っている者達が居る。その方が居らぬ事を不安に思っていよう」

今度は俺では無く舅殿に視線を向けた。舅殿が微かに頷くのが見えた。

「新たに弟、妹が生まれている。顔を見て行け」

「はい」

「奈津の事、労わってやれよ。初産で不安な筈だからな」

「はい」

「俺への気遣いは無用だ。思うようにやれ、その方にはそれが出来るのだ」

「はい」

駄目だな。全然声に力が無い。

「俺は九州へ兵を出す。おそらく来年には九州の平定が済むだろう。その後は天下の政の仕組みを考えようと思っている」

「天下の政の仕組み、でございますか？」

「うむ。その時はその方の考えも聞く事が有ろう。頼むぞ、その方は俺の跡を継ぐのだ」

「はっ」

ようやく声に力が戻って来た。

大膳大夫が俺の前を下がると舅殿が話しかけてきた。

「歯痒うございますか？」

「多少はそういう部分が有る。此度の敗戦など気にする事は無いのだ。この程度の敗戦で朽木家が揺らぐような事は無い。そうであろう？」

皆が頷いた。長篠の戦のような大敗を喫したわけでは無い。徳川秀忠のように決戦に間に合わなかったわけでもないのだ。

「良くやっているのは分かっている。苦労をさせていると思う、哀れだともな。だが耐えて貰わねばならん。そう思うとな、如何声をかけて良いか分からぬ。気が付けば怒鳴っていた」

思わず溜息が出た。舅殿が俺を痛ましそうに見ていた。いや重蔵、宮内少輔、曽衣、主税も同じような眼で俺を見ていた。哀れまれているのは俺も同じか。

「……大殿は負けた事がございませぬ。御屋形様にすれば規模はともかく負けたという事を気になさるのでございましょう」

「舅殿、負けた事は無いかもしれぬが苦い想いをした事は何度も有る。勝ったとは喜べなかった事もな」

一向一揆にはそのしつこさに手を焼かされた。伊勢の北畠には何度も煮え湯を飲まされた。備前、美作では怪我をした。義輝、義昭の身勝手さには苛立たされるばかりだった。土佐の問題では……、思い出したくもない。楽に勝ってきたわけでは無いのだ。……昔は泣いてる暇など無かった。周りは敵だらけだった。大きくなって泣かずとも済むようになった。それだけだ。だがそういう部分は見えないのだろう。見えるのは華やかな部分だけだ。

徳川甲斐守家康か、しぶといからな、荷は重いかもしれん。だが少しずつにせよ追い込んでいるのだ。焦る事無く攻めて行けば良い。相撲で言えば横綱と十両ぐらいの差は有るだろう。いずれは力負けする筈だ……。

「舅殿、舅殿から大膳大夫に文を書いてやってくれぬか」

俺が頼むと舅殿が目を瞠った。

「御自らお書きになっては如何でございます？」

「俺は如何書いてよいか分からぬ。何を書いても大膳大夫《あれ》のためにはならぬような気がするのでな。頼む」

「……分かりました」

舅殿が頷いた。耐えて貰わねばならん、耐えて貰わねば……。

## 鋼斬り

禎兆二年（一五八二年）　十月下旬　　近江国蒲生郡八幡町　　八幡城　　朽木基綱

「足利左馬頭様、並びに家臣達を取り調べ大凡の事が判明致した。大殿には某と曽衣殿から既にお伝え致しましたが大評定にて皆に伝えよとの事にござる。良くお聞き頂きたい」

長宗我部宮内少輔の言葉に大評定に出席した皆が頷いた。声が良く通る、良い大将の条件の一つだ。流石だな。

「先ず、今回の大殿暗殺未遂の一件でござるが左馬頭様御一人の思い立ちによるものと判明致した。家臣の者達の拘わりはござらぬ」

座からどよめきが起きた。彼方此方《あちこち》で声がする。十一歳のガキが一人であれを考え実行したんだ、誰だって驚くよな。俺ももしかするとは疑っていたが報告を受けた時は思わず〝本当か？〟と聞き返した。今でも本当なのか、裏に誰かいるのではないかという思いは有る。

「何故左様な思い立ちをしたかでござるが、左馬頭様はこのままではいずれ大殿に殺されると思ったからと述べており申す」

またどよめきが起きた。

「宮内少輔殿、それは如何なる訳にござろう。大殿は足利家を滅ぼそうとはされておらぬ。誰かに吹き込まれたという事でござろうか？ ならば一人の思い立ちとはいえ、使嗾されたという事になる」

駒井美作守が疑義を示すと彼方此方《あちこち》から同意する声が上がった。そうだよな、普通はそう思う。

「そうではござらぬ、思い込みによるものにござる」

皆が顔を見合わせている。〝思い込み〟という声が彼方此方《あちこち》から聞こえた。

「左馬頭様は義昭公暗殺の裏に大殿が居ると思い込んでいたのでござる」

〝馬鹿な！〟、〝何を考えている！〟、〝有り得ぬ！〟という声が上がった。全く同感だ、なんで俺が義昭を殺さねばならん。殺す意味が無いだろうが！ 足利って被害妄想と思い込みが強いから嫌だわ。関わると碌な事にならん。うんざりする。

「御静まりくだされ」

曽衣の制止に座が静まった。宮内少輔が曽衣に対して微かに頭を下げ曽衣が頷く。この二人、元は敵対関係にあったが今は問題無いらしい。というより風流人の曽衣に宮内少輔は憧れのような好意を持っているようだ。妙なものだ。一種のコンプレックスかな？

「義昭公暗殺の裏には足利家臣達と島津、一向宗が居りました。この事は足利家臣達より確認しております。彼らの狙いは大殿を暗殺し、もう一度足利幕府を再興すると言う事でござった。その中で島津、一向宗も勢力を伸ばす。しかし左馬頭様は京に戻りたい家臣達が大殿と組んで義昭公を暗殺したと思い込んでいた」

「……良く分からぬ。義昭公は上洛に前向きで有った筈、辻褄《つじつま》が合わぬのではござらぬか？」

荒川平九郎が首を傾げた。

「義昭公が大殿に膝を屈するつもりは無かったと言ったら如何でござろう。島津、一向宗、その他大殿に従わぬ者達を纏め大殿に足利の力を認めさせるつもりであったとしたら、上洛はそのためであったとしたら」

「……」

「左馬頭様はそれを知っていた。それ故、義昭公が暗殺された時は大殿との対立を恐れる家臣達が顕如を利用して義昭公を暗殺したと思い込んだ」

彼方此方《あちこち》で溜息が聞こえた。

要するに義昭は足利の権威を俺に認めさせる戦をするつもりだったのだ。そこには島津の九州制覇や一向宗の勢力回復は必ずしも必要事項では無かった。むしろ足利の力で彼等を抑えればその分だけ自分の価値が上昇すると思っていた。島津や一向宗には認められない事だっただろう。自分達を利用しておきながら切り捨てるのかと。そして幕府再興を望む幕臣達も義昭のやり方は迂遠《うえん》に思えた。彼らは義昭を暗殺し俺を暗殺し世の中を乱世に戻す事で自らの望みを叶えようとした。乱世の方が足利の権威が、価値が上がると思ったのだ。

「何より義昭公暗殺には不審な点が有った。左馬頭様は如何見ても家臣達が暗殺に関わっていると思わざるを得なかった。その事が左馬頭様に暗殺の裏に大殿が居ると思わせたようにござる」

「……」

「それに征夷大将軍は足利家の家職、左馬頭様は大殿が幕府を開くためには自分達足利の者が邪魔だと、殺そうとするに違いないと、そう思ったようにござる」

また彼方此方《あちこち》で溜息が聞こえた。

「なんとまあ、策士策に溺《おぼ》れると言ったところか」

「そうだな、父親を殺しながらその息子を利用するなど無理が有る」

「左馬頭様も哀れな。殺されるという言葉は嘘では無かったか、真に迫っていると思ったが……」

声に哀れみが有った。おいおい、殺されかかったのは俺だぞ。

朽木の人間は誰も義昭親子を殺そうとは思っていなかった。だが義昭は味方に殺され左馬頭も味方の策謀によって死のうとしている。義昭暗殺の裏には朽木基綱が居た、左馬頭と家臣達は朽木基綱に嵌《は》められた。後世の歴史家達が得意げに書くんだろうな。俺ってとんでもない悪党だと言われるんだろう。不本意だ、だがあの連中を赦す事は出来ない。

「今回の一件、朝廷を始め全国の諸大名に報せる事とする」

皆が頷いた。

「足利左馬頭、その家臣達には腹を切らせる」

皆が顔を見合わせた。不同意か？　切腹だぞ、斬首じゃない。一応名誉は守っている。

「畏れながら、家臣達はともかく左馬頭様に切腹は如何なものかと」

「主税は反対か？」

主税が〝はい〟と頷いた。

「左馬頭様は元服したとはいえ十一歳、それに足利家の御方にございます。大殿に非難が集まりかねませぬ。家臣達の腹を切らせれば左馬頭様には出家が妥当ではございませぬか？」

彼方此方《あちこち》で頷く姿が有った。手足が無ければ恐れるには及ばぬか。主税、良い案だな。

「左馬頭には腹を切らせる」

「……」

シンとした。皆が視線を伏せた。

「兵庫頭、その方太閤殿下、関白殿下、一条左大臣様の下に赴け。そしてこちらから左馬頭の切腹が伝えられたら朝廷を左馬頭の助命で纏めて欲しいと頼むのだ。朝廷からのたっての頼みで左馬頭を出家させる事にする。但し、赦すのはこれ一度だ。次は無い、たとえ坊主であろうと首を刎《は》ねる」

「はっ」

兵庫頭が畏まった。彼方此方《あちこち》でほっと息を吐いている者が居る。主税もその一人だ。

俺は足利の血に権威、価値など認めんのだ。俺が赦せばそれを認める事になる。そんな事は出来ない。だが主税の言う通り、左馬頭を殺すのは下策だ。だから朝廷を使う、朝廷にしてみれば利用されていると思うかもしれない。だが朝廷の力を認めている事でも有るのだ。それなりに自尊心を満足させるだろう。正月の祝いは派手にやろう。院、帝、皆喜んでくれる筈だ。


禎兆二年（一五八二年）　十一月上旬　　山城国葛野・愛宕郡　　仙洞御所　　目々典侍

「准大臣への御昇進、おめでとうございます」

私が祝うと兄が照れ臭そうな表情をした。そして〝ああ、有り難う〟と言って一口茶を飲んだ。多分、照れ隠しだろう。

「如何でございますか？」

「うむ、まあ何と言うか、照れ臭いの」

「まあ」

私が笑うと兄も笑った。やはり照れ隠しだ。

「大臣というのは違いますか？」

兄が〝違うの〟と真顔で頷いた。

「権大納言になっても左程に嬉しさは感じなかった。ようやく権大納言になったか、そう思ったものじゃ。だが准大臣に任じられると分かった時は素直に嬉しかった。任じられた今でも嬉しい」

「そういうものですか」

「ああ、そういうものだ」

兄が声を上げて笑った。本当に嬉しそう。一頻り笑うと兄が息を吐いた。

「准大臣は大臣の下にして大納言の上、大臣に准ずるというもの、正確には大臣ではない。だが大臣と名が付くのは格別でおじゃるの」

兄が苦笑した。羽林、名家の家格の公家は大臣にはなれない。そして必ず権大納言になれるとも決まってはいない。権中納言が極官の家も有るのだ。そういう羽林、名家の公家にとっては准大臣に任じられるのは破格の扱いだろう。兄の喜びは良く分かる。飛鳥井家は二代に亘って准大臣に任じられた……。

「今なら父上のお気持ちが良く分かる」

「父上もお喜びでしたね」

「ああ、お喜びであったな」

兄が懐かしそうな顔をしている。

「准大臣に任じられた時は足取りが弾むようでおじゃったの、嬉しさを抑え切れぬのだと思うとおかしかった。笑うのを堪えている麿に向かって笑っても構わぬぞと笑いながら仰られた事を覚えている」

「余程に嬉しかったのですね」

私が相槌《あいづち》を打つと兄が〝そうじゃの〟と頷いた。

「もう二十年以上前の事じゃ」

「二十年、そんなになりますか……」

兄が〝ああ〟と答えて一口茶を飲んだ。

「二十年じゃ。麿が権中納言になった後でおじゃるからの。朽木は未だ近江で浅井と戦の最中であった。前内府が元服して六角家から嫁を娶った頃の事よ」

「そうでした、覚えております。その事で随分と悔しがる公家が少なからず居たと聞いております」

兄が〝そうでおじゃるの〟と言って頷いた。

朽木は裕福だった。飛鳥井家は随分と朽木家から恩恵を受けた。貧乏な公家にとっては羨ましい限りだっただろう。それだけに前内府を六角家に取られた事は悔しかった筈だ。

「飛鳥井家は権大納言が極官であった。御自身が准大臣に任じられるとは父上は微塵も思っておられなかったであろう。それだけに喜びは大きかったのだと思う。麿は自分は准大臣に任じられるやもしれぬと思っていた。それでも任じられた時は嬉しかった……」

「……」

兄が私を見て困ったように笑った。

「人間とは愚かなものでおじゃるの。実権など無い、ただ名だけが有る。それでもこんなにも嬉しいとは……」

「……」

「もっとも実権が無いから名に拘るのかもしれぬの。……九州で公方と話した時にそう思った……」

「征夷大将軍でございますか？」

兄が〝うむ〟と頷いた。表情が暗い、公方が顕如に刺殺された時の事を思い出したのかもしれない。

「そして幕府よ。征夷大将軍に拘り幕府に拘ったのは実権が無かったからでおじゃろう。唯一残された名前に縋るしかなかったのじゃ。だからあの惨劇が起きたのだと思う」

「……」

「存外に名とは厄介な物のようじゃの。人を惑わせる力が有る……、囚われぬようにしなければの……」

「左様でございますね」

公方は殺され幕府は滅びた。まるで自壊するような最後だった。その事には注意しなければならないのだろう。朝廷も実権は無いのだから……。


禎兆二年（一五八二年）　十一月中旬　近江国蒲生郡八幡町　八幡城　朽木基綱

今日は壺磨きの日だ。息子達に壺を譲ったから新しく織田焼と丹波焼、それと信楽焼の壺を購入した。この信楽焼の壺、なかなか良い。赤茶色の粗い肌が磨くと少しずつ艶を帯びて行く。だがまだ艶が足りない、磨きが足りないな。だから磨く。これが楽しいんだ、壺には不思議な魅力が有る。

朝廷には暗殺未遂事件の顛末《てんまつ》を調書に纏めて提出した。調書には左馬頭達の処分は切腹と記してある。兵庫頭からの報せによれば朝廷では結構騒ぎになっているらしい。義昭暗殺も酷いが勘違いと思い込みで俺を殺そうとしたのも酷い。足利というのは碌な連中じゃない。世の中を混乱させる事しかしていないと非難囂々《ひなんごうごう》だとか。その通りだ、あの連中は碌な連中じゃない。

左馬頭の切腹も仕方ないんじゃないかという意見も出ている。これはちょっと予想外だな。公家ってのは酷《むご》い事は嫌がると思ったんだが足利には厳しい。俺を暗殺しようとしたのが許せないようだ。また世の中を混乱させるつもりだったのかとかなり怒っている連中が居る。

まあ問題は無いだろう。太閤、関白、左大臣が上手くやってくれる筈だ。予定では今月内に左馬頭の助命嘆願が朝廷からこちらに伝えられる。俺は渋々それを受け入れ左馬頭を寺に入れる。寺を何処にするかな？　相国寺、いや等持院が良いか。足利氏に縁の有る寺だ、預かって貰うんだから迷惑料が要るな。多少はずめば嫌とは言わんだろう。

うん、上の方は良いな。下の方が輝きが足りない。壺をひっくり返して底の方から磨き始めた。見えない所を磨く、これが大事だよ。仕事は丁寧にやらなければ。飛鳥井の伯父が准大臣に昇進した。大喜びだったな。飛鳥井家の家格は羽林家、大納言まで進む家柄だが二代続けて准大臣になった事で飛鳥井家は羽林家でも少々特別な家になりつつある。まあ大臣家の家でも大臣になる事は難しい事を考えれば無理も無いだろう。

九州では島津に続いて秋月が大友に攻めかかった。俺が死んだと思ったようだな。偽情報に引っかかった訳だ。だが龍造寺山城守は動かない。どうも鍋島孫四郎、後世の鍋島直茂が止めたらしい。噂が広まるのが速すぎたかな？　或いは鍋島の手の者が京に居るのか。だとすれば余程に信頼度の高い情報源を持っているのだろう。手強いな。

大友からまた使者が来た。当然だが助けてくれと言っている。大友はもう防戦一方だ。肥後、筑後、筑前は大友の勢力範囲では無くなった。立花道雪、高橋紹運、田原紹忍が中心になって豊前、豊後で防戦しているがいずれは力が尽きるだろう。遅くとも年明けには兵を出すと言ったがさて、如何なるか……。

毛利からは何時でも兵を出せると連絡が来た。ようやく毛利も内部が落ち着いたのだろう。新生毛利の初陣だな。楽しみだ。三好豊前守、安宅摂津守からは老齢で出陣は無理、若い者を出したいと申し出が有った。だがな、三好の内部が纏まりが無いのは分かっている。丁重に断った。

三好久介から息子の孫七郎長道、孫八郎長雅を本陣に置いて欲しいと言ってきた。戦を学ばせたいという理由だ。本家が出兵しない以上兵は率いず二人と伴の数名が同行する事に成る。どうも四国の状況は良くないらしい。豊前守は立ち上がれず摂津守も床に伏せる日が多いようだ。九州遠征中に二人が相次いで死ぬ事も有り得る。久介は万一に備えて息子二人を俺に託そうという事のようだ。

良し、信楽焼は終わりだ。次は丹波焼だ。手に取って眺めてみる。以前のよりも少し大きいかな。悪くない、大きい方が磨きがいが有る。

「父上」

「何だ、万千代か」

部屋を覗き込んでいたのは四男の万千代だった。〝遠慮は要らぬ、入るが良い〟と声をかけると物怖《ものお》じせずに近付いて来て座った。この辺りは母親の雪乃に似たかな？　顔は俺に似ている。いや直ぐ上の亀千代に似ているか。母親は違うんだが妙な感じだ。壺を横に置いた。

「如何した？」

「刀を見たいのです」

「刀？」

「はい、鋼斬《はがねぎ》りの刀です」

鋼斬りか。妙な名前が付いたものだ。

「駄目だ、その方には未だ早い。あれは二尺三寸有る。今のその方に扱える代物《しろもの》ではない」

「見るだけでございます」

眼を輝かせている。

「見れば欲しくなる、触りたくなる、使ってみたくなる。武器とはそういう物だ、料簡《りょうけん》せよ」

しょぼんとした。困った奴。

「万千代、その方は未だ八歳だったな。太刀や脇差の事を気にするのはもっと後で良い。それよりも学問に励んでいるか？　武芸に励んでいるか？」

「はい！　励んでおります」

「そうか、そろそろその方にも傅役を付けねばならんな」

「はい」

「良い傅役を選んでやろう。楽しみにしているが良い」

「はい」

〝下がれ〟と言うと一礼して部屋を下がって行った。行儀は良い。壺を手に取った、壺磨き再開だ。鋼斬り、あの謁見の時に身に付けていた兼信の長脇差の事だ。何時の間にか鋼斬りと周囲が呼び始めた。左馬頭が使った脇差は作風から福岡一文字派の物らしい。銘は無いが一文字各派は無銘の物が多いというから粗悪品を身に付けていたわけでは無いようだ。本阿弥光悦に鑑定させたがなかなかの物だと言っている。

手入れが悪かったのかと思ったがそういうわけでもないらしい。つまり折れたのではない。あの兼信の長脇差に折られたのか、斬られたのか。結構力を入れたから折ったのかとも思うがそれなら左馬頭は衝撃で脇差を離しそうなものだ。まして左馬頭は十一歳、決して力は強くない。あの時の事を左馬頭は何が起きたのか分からなかったと言っているらしい。となるとやはり斬った？

分からんなあ、分からん。だがあの一件以来兼信の造った刀は人気急上昇らしい。皆が争って欲しがっているようだ。当然だが値も跳ね上がったから簡単には手に入らない。まあ新たな名刀伝説、名工伝説の誕生かな。俺がそれに関わったと言うのがちょっと信じられないが楽しい話では有る。へし切長谷部みたいなものだな。

万千代の傅役を如何するかな。あの通り屈託の無い奴だから育てるのが難しいという事は無いだろう。だが好奇心が旺盛なところが有る、我儘にならないように、自制心を身に付けさせなければ……。一人は蒲生左兵衛大夫にしよう。誠実で実直な男だ。不足は無い。蒲生家はもう朽木の重臣だな。息子の忠三郎も兵糧方で頑張っている。もう一人は譜代から選んだ方が良いな。守山作兵衛にするか。公事奉行守山弥兵衛の息子だ。父親に似てしっかりとした男だ、十分だろう。

九州遠征が終わったら鶴の婚儀を片付けねばならん。雪乃は鶴の相手が内大臣近衛前基に決まったと聞いて驚いていたな。竹が上杉に嫁ぎ鶴が近衛に嫁ぐ。どちらも今の日本では屈指の有力者だ。俺の側室になった時にはこんな事になるとは想像もしなかっただろう。俺もちょっと驚いているくらいだ。ん、何だ？　こっちを覗いている者が居るな。今日は客が多い。

「誰だ、覗いているのは。行儀が悪いぞ、中に入りなさい」

背が小さい、入って来たのは養女の龍姫だった。トコトコと近付いて来て俺の前で座った。俺をじっと見ている。

「如何した？」

声をかけても無言だ。この家に来る前は小田原城に居た。小田原城は織田に攻められ城内は暗い雰囲気だったのだろう。そういう空気の中で育った。その所為か酷く無口な娘になっている。子供らしいところが無い。

「こちらへおいで」

壺を置いて声をかけると近付いて来て背を預けて俺の膝の上に座った。実父の北条氏直がこうして可愛がったらしい。その所為で俺の膝にも座りたがる。多分、この娘にとっては父親に甘えるというのはこれなのだろう。最初の時はいきなりの事で驚いたが今では馴れた。頭を撫《な》でてやると俺を見て嬉しそうにした。

「中々相手をしてやれん、寂しかったか？」

問い掛けると首を横に振った。

「そうか、我慢はしなくて良いのだぞ」

今度は頷く。この娘は本当の父親の事を憶えているのだろうか？　俺の事を本当に父親と思っているのか？　怖くて聞く事が出来ない。

そうか、もう直ぐ十二月か。北条家の一族が滅んでもう三年、四回忌か。

「ちゃんと食べているか？　食べねば大きくなれんぞ」

俺を見て頷いた。

「龍は何が好きかな？」

「……カステーラ」

「そうか、カステーラか。甘い物が好きか。だが食べ過ぎは良くないぞ」

龍が頷いた。

「まあ、此処に居たのですか、龍。大殿の邪魔をしてはいけませぬよ。さあ、こちらへ。申し訳ありませぬ、大殿。直ぐに連れて行きます」

声の主は母親の園だった。龍を捜して此処に来たのだろう。髪を下ろして尼姿だ。その姿を見る度に胸が痛む。俺が追い詰めたのだろうか……。龍が立ち上がろうとしたので押し留めた。

「なあに、壺を磨いていただけだ。邪魔などしておらぬ。なあ、龍」

龍が俺を見て頷く。

「なれど」

「構わぬ、偶には相手をしてやらねば寂しかろう」

園が困ったような表情をした。俺が龍を娘として可愛がるのは不本意なのだろうか？　龍のためにはその方が良いと思うのだが……。

「もう直ぐ十二月だな」

「はい」

「今年も法要には参加させて貰う、迷惑でなければだが……」

驚いている。俺が出席しないと思っていたらしい。

「迷惑などと、そのような事はございませぬ。皆も喜びましょう。ですが宜しいのでございますか？　九州へ赴くと伺っております、御無理をなされては……」

「年明けで良い」

「……」

園が困惑したような表情を浮かべた。年明けで良い。大友など滅んでも構わんのだ。ついでに新年の祝いもやるか、出兵は二月だな。

禎兆二年（一五八二年）十一月中旬　近江国蒲生郡八幡町　八幡城　朽木基綱

歳を取ったなと思った。上野中務少輔、三淵大和守、二人とも見事なまでの白髪頭だ。その白髪頭で俺を睨んでいる。上野中務少輔は六十を超えているからおかしくは無いが大和守は未だ五十代の初めだろう。結構苦労したようだ、顔の皺《しわ》が深いのもその所為だろうな。もっとも同情はしない、こいつらが現実を見なかったのが原因だ。

「それで何の用だ。俺に会いたいとの事だが」

そう、会いたいと言ってきたのはこいつらだ。わざわざ京から呼び寄せた。なのにずっと俺を睨んでいる。ちなみに他の連中からはそういう要求はない。俺には関心が無いのか、それともこの二人が代表なのか……。案外辞世の句を作成するのに忙しいのかもしれんな。

「俺も暇ではない。用は早く済ませたいのだ」

特に嫌な用はな。こいつらの処分は死罪と決まっている。死ぬ前に会いたいと言ってきたから会うんだ。そうじゃなきゃ会わん。さっさと話せ。

俺と二人の間は三間程は有るだろう、そして左右には笠山敬三郎を始め屈強な男達が控えている。念のためらしいがこの爺さん二人じゃちょっと大袈裟じゃないのかな。まあ油断は大敵だが……。

「謀反人め」

俺を睨みながら押し殺したような口調で言ったのは上野中務少輔だった。出たよ、謀叛人。その次は何だ？　増長者、成り上がり、下克上かな。

「謀反人？　俺は一度たりとも謀反などしておらぬぞ」

これは自信を持って言える。もっとも義昭を散々コケにした、いやしまくったのは否定しない。

「ふざけるな、汝《うぬ》がやった事は謀反ではないか！　朝廷を利用して幕府を、公方様を無視した！」

うん、その通り。でもそれは口には出せない事だ。

「違うな。朝廷の御信任を頂いたのだ。利用などしておらん。というより義昭殿が朝廷の御信任を得られなかった事が問題なのだと思うぞ」

これが公式見解になる。義昭が信用出来ないから朝廷は俺を頼ったのだ。実際その通りだ。そして俺はそんな朝廷を利用した。まあ朝廷と俺の利害が一致した、そういう事だ。そして義昭は朝廷との利害調整に失敗した。

「公方様とお呼びせぬか！　増長者が！」

受けるー！　出たよ、増長者！　これが聞きたかったんだ！　俺って変かな？　敬三郎が〃無礼者！〃と叱責したが中務少輔は無視だ。うん、良いね。こう来なくっちゃ。

「残念だが位階は既に俺の方が上だ。殿と敬称を付けたのだから増長ではない」

「……」

悔しそうに中務少輔が俺を睨んだ。うん、気持ち良いわ。

「大体だ、義昭殿を謀殺したのはその方等だろう。俺を謀反人と非難する資格がその方等に有るのか？」

二人の顔が歪んだ。益々気持ちが良い。

「幕府を守るためだ！　已むを得なかった！」

「その通りだ。幕府のために、足利のためにしたのだ、我らは謀反人ではない！」

振り絞るような口調だった。罪悪感が有り有りだな。

「その言い訳は俺ではなくあの世で義昭殿にする事だな。義昭殿が納得してくれれば良いが……」

「……納得して下さる筈だ」

「声が震えているぞ、大和守」

三淵大和守がビクッと身体を震わせた。本当に納得してくれると思っているなら義昭の生前に相談しただろう。幕府のために、足利のために死んでくれと。それが出来なかったのは納得すると思っていなかったからだ。

「それにな、増長者とはそちらの事だろう」

「……」

よっぽど堪えたらしいな。二人とも無言だ。

「まともな恩賞も出せぬのに忠義だけを要求する。何様のつもりだ」

中務少輔が俺を睨んだ。うん、漸く気を取り直したらしい。

「……公方様の命に従うのは当たり前であろう！　公方様のお褒めの御言葉だけで十分ではないか！」

思わず噴き出した。中務少輔が〝何がおかしい！〟と叫んだ。

「ならば何故義輝殿、義昭殿に従う大名が居なかったのだ？　どれほど三好を討て、朽木を討てと言っても従わなかったぞ」

「……」

中務少輔が悔しそうに俺を睨んだ。気持ち良いわ。それにしてもお褒めの御言葉だけで十分って、そりゃ平和で幕府の権力が安定している時ならそれでも良いさ。だが乱世でそれじゃ笑われるぞ。

「義輝殿も義昭殿もまともな恩賞を出せなかった」

「汝を御供衆に任じたではないか！」

中務少輔が叫んだ。

「笑わせるな、あんなものに何の意味が有る。領地が増えたか？　兵が増えたか？　周りが朽木に遠慮するようになったか？」

「……」

答えが無い。こいつらにも分かっているのだ。幕府の権威が低下したから乱世になった。その中で恩賞として幕府が決めた格式を与える事の無意味さを……。いや、その無意味さを一番理解しているのは幕臣で有るこの二人かもしれない。

「朽木が御供衆になっても高島は戦を仕掛けて来たぞ。違うか？」

「勝ったであろう！」

中務少輔がまた叫んだ。

「ああ、勝った。俺の力でな、幕府の力など欠片《かけら》も借りておらぬ」

「……」

「朽木の力で京に戻りながら朽木が攻められても助ける事が出来ぬ。共に戦う事も出来ぬ。そのくせ忠義を尽くせと言う。もう一度言うぞ、何様のつもりだ。つけあがるな！」

あらら、ちょっと堪えたかな。うーうー唸っている。

「貴方様のように分を弁《わきま》えぬ者が居るから天下が乱れる。そうは思いませぬか」

今度は大和守だった。こいつも立ち直ったらしい。

「思わぬな」

「……」

あらら、絶句している。思います、そう言って欲しかったのか？

「世の中は常に動いているのだ。であれば新たな力を持つ者が現れるのも当然の事。政を行う者はその新しい力を否定するのではなく、それを受け入れより良い世の中を目指さねばならぬ。そうでなければ力を失う。足利のようにな」

「……」

「義輝殿は三好を受け入れなかった。受け入れ協力していれば義輝殿の治世は安定しただろう。義昭殿も俺を受け入れていれば今も公方として京に居た筈だ。それが出来なかった以上、滅ぶのは当然の事だ」

足利だけじゃない。多くの守護大名家が滅んだがその理由は新しい時代に適応出来なかったからだ。つまり新しい力を受け入れられなかった。能登の畠山を見れば分かる。あの連中は俺を蔑み、妬み、受け入れなかった。北畠もだ。滅ぶのは当たり前の事だ。

「三好や貴方様を受け入れろと仰られるか。しかしそれでは足利の幕府ではない！」

「そうだ！　大和守殿の申される通りだ！　それは足利の幕府ではない！」

大和守と中務少輔が言い募った。

「新しい物を受け入れられぬと言うか。ならば足利の幕府というのは存外に器が小さいのだな。道理で天下が乱れる筈よ」

二人が〝何を！〟、〝無礼な！〟と騒いだ。

「おまけにやった事は世の中を混乱させる事ばかり、これでは信用されぬのも当然だろう。そして信用されぬ以上、没落するのも当然の事だ」

「……」

今度は黙った。足利の幕府だけだ、応仁・文明の乱なんて十年以上の内戦が有ったのは。鎌倉、江戸、どちらの武家政権にも無い。おまけに将軍が二人いてそれぞれ自分が将軍だと主張して敵対するなんてのも室町時代だけだ。

組織というのは創設者の影響を強く受ける傾向が有る。その事は江戸時代の藩を見るとその通りだなと思う。足利の幕府もそうだ。創設者の尊氏は後醍醐に朝敵とされると持明院統の皇族を頼った。その事が南北朝の混乱に繋がった。尊氏にとっては本意ではなかったかもしれない。だが必要とあれば何でも利用する、天下が混乱しても構わない、そういう風潮が室町時代に有る事は尊氏にも否定出来ないだろう。

「良く聞け、俺はな、足利左馬頭義尋を死罪にすると朝廷に伝えた」

「何という事を！　義尋様は未だ子供ですぞ！　死罪は重過ぎましょう」

「我らを死罪にする事でお許しを頂きたい！　足利の嫡流が途絶えてしまう！」

二人が必死の形相で口々に義尋の助命を願った。うん、嫌な奴等だがこの辺は好感が持てるな。

「既に元服をすまし左馬頭の地位に有る。幼いというのは理由にならぬ。それに俺を殺そうとしたのも事実だ。死罪を不当とは言えまい」

〝しかし〟、〝なれど〟と言い募るから手を振って黙らせた。

「太閤殿下、関白殿下に朝廷から命乞いをして欲しいと頼んだ。それを理由に左馬頭義尋を寺に入れるとな」

二人が〝おお〟と声を上げた。顔に歓喜の色が有る。俺が義尋の命を取らないと分かって嬉しいらしい。だがなあ、俺の言葉を最後まで聞いた方が良いぞ。

「伊勢守殿との約束だからな」

二人の顔が歪んだ。

「知っていたか。伊勢守殿はな、幕府が早晩滅ぶと見ていた。そしてそれは已むを得ぬ事だとも思っていた。だから俺に足利の血を酷《むご》く扱わないでくれと頼んだのだ。そして俺に協力してくれた。俺に約束を守らせるためだろう。その方等は伊勢守殿を殺してしまったが伊勢守殿こそ真の忠義者だった」

呻《うめ》き声が聞こえた。屈辱だろうな。だがこの二人の事だ、間違っても後悔などしない。

「しかしな、困った事に朝廷では左馬頭義尋の死罪は妥当という意見が強かったそうだ。助命で纏めるのは大変だったそうだぞ」

「……」

二人の顔が歪んでいる。

「分かったか？　その方等は三好家や俺を受け入れるのは足利の幕府ではないと言ったな。だが朝廷はそんな足利の幕府は嫌いだそうだ」

「……」

「誰も足利の幕府など必要としていない。そして左馬頭義尋は助命して寺に入れる事が決まった。だからな、その方等は幕府と共に滅べ。本望だろう」

いきなり中務少輔が立ち上がって俺に近付こうとした。だが敬三郎が足を払って転ばせた。直ぐに取り押さえられた。大和守は睨むように俺を見ていたが立ち上がる事は無かった。可愛くないな。まあ良い、こいつには楽しいプレゼントが有る。ゆっくりと楽しめば良いさ。

「もう良いだろう、俺は戻る。忙しいのでな」

俺が立ち上がると取り押さえられた中務少輔が〝謀反人〟、〝増長者〟と叫んだ。全く無視した。この方が奴には堪えるだろうからな。

## 消滅

禎兆二年（一五八二年）　十一月中旬　　近江国蒲生郡八幡町　　八幡城　　真田昌幸

車座になった皆の前に地図が有った。大きな地図だ、九州の大まかな図が記されている。

「やはり先ずは豊前を押さえねばなるまい」

朽木主税殿が長い竹の棒で豊前国を指し示すと皆が頷いた。竹の棒は皆が持っている。

「確かに。豊前を押さえれば筑前の秋月は背後を遮断されるのを恐れて豊後から兵を退きましょう。こちらはそのまま豊後に兵を進め豊前、豊後を押さえれば良い」

俺が言葉を続けるとまた皆が頷いた。もし、秋月が退かぬのなら筑前へと兵を進める手も有る。そして慌てて戻る秋月を待ち受けて叩く。

部屋には朽木主税殿、宮川重三郎殿、荒川平四郎殿、御宿監物殿、内藤修理亮殿、小早川藤四郎、黒田吉兵衛、明智十五郎、加藤孫六、そして俺が集まっていた。軍略方に任じられた者達だ。大殿が九州攻めを公言されてからしばしば九州攻めを検討している。

「しかし簡単ではないぞ。豊前も豊後も大友に反旗を翻した国人衆で混乱しているのだ。そこを島津、秋月が攻め込んでいる。島津、秋月が兵を退いても反旗を翻した国人衆を一つ一つ降《くだ》して行かねばならん。容易な事とは思えん。面倒な事になるだろうな」

重三郎殿の言葉に皆が渋い表情をした。時間がかかる、そう思ったのだろう。豊前、豊後の平定で時間がかかればその分だけ島津は戦の準備を整える事が出来る。

「嫌な事を言うな、重三郎」

「軽視は出来ませぬぞ、主税殿。特に豊後には一向門徒が攻め込んでおります。退いてくれれば良いがそうでなければ豊後で根切りが起きましょう」

「それはそれで良いのではないかな。兵を退かれて島津と待ち受けられるよりはましだろう」

「某が心配しているのは後始末の事にござる」

主税殿と重三郎殿の遣り取りに皆が顔を顰めた。兵は分断して叩く。それが基本だ。だが根切りは後始末が大変だ。攻め込むのは寒い時季の方が良い、死体が腐る事を考えずに済む。今回攻め込むのは年が明けてからだ、おそらくは二月から三月、或いは四月？　微妙な所だ。

「門徒達の事も厄介ですが大殿は大友の処遇を如何するのでしょう？　豊前を大友に戻すというなら叛旗を翻した者達は簡単には降伏しますまい。降伏しても一時的な物となりかねませぬ。火種は残りますぞ」

「豊前だけではない、豊後も似たような物です」

黒田吉兵衛、明智十五郎、流石に出来る。才気は親譲りか。

「大殿は九州に大きな勢力が存在する事を望まれていない。豊後はともかく豊前は一部を毛利に与え残りは朽木の直轄領にするのではないかな」

主税殿の言葉に皆が頷く。十五郎が〝藤四郎殿、良かったな〟と冷やかすと藤四郎が顔を赤らめ〝未だ決まっていません〟と抗議した。皆がそれを聞いて笑い声を上げた。

「しかし納得致しましょうか？　大友は豊前、筑前の守護、それに九州探題にも任ぜられていると聞いた事が有ります。最盛期には筑後、肥後にも勢力を伸ばしておりました。改めて大殿にそれを認めさせようとするのではありませぬか？」

笑い声が収まると藤四郎が疑問を呈した。

「認めぬだろう。大殿は大友宗麟を評価していない。大殿が九州遠征を急がぬのは我らの意見が纏まらぬという事も有るが根本には大友など滅んでも良いとの御考えが有るからだ。納得せぬなら潰すと言うだろう」

「俺も主税殿に同意する。大殿が領主としての責任を果たせぬ者に大領を預ける事は無い。織田三介、三七郎を見れば分かる事だ」

主税殿、平四郎殿の言葉に皆が頷いた。現実に大友は豊後一国でさえ治めかねているのだ。不満を言える立場では有るまい。

「ところで筑前は如何なりましょう？　秋月を放置する事は出来ないと思いますが」

孫六が問い掛けると皆の顔が厳しくなった。

「放置は出来ぬ。放置すれば龍造寺が動く。大友配下の立花、高橋は現状を守るので精一杯であろう。龍造寺をこれ以上大きくするのは面白くない。大殿はそう御考えの筈だ」

「筑前だけではない、筑後も同様だ。あそこは北部が秋月、大友。南部が龍造寺の勢力範囲になっている。放置すれば殆どが龍造寺の物になる」

主税殿、重三郎殿の言葉に皆が頷いた。

「筑後は難しゅうござろう。九州遠征を行えば間違いなく龍造寺はそれに乗じて筑後の秋月領を獲る。こちらは豊前、豊後を押さえるのを優先せざるを得ませぬ。間に合いますまい」

「……」

皆が俺の意見に渋い表情をしている。言葉を続けた。

「この際、筑後は龍造寺への恩賞と認めるべきでござろう。我らが豊前、豊後を押さえる、龍造寺が筑後を押さえる。さすれば秋月は動けませぬ。一軍をもって日向方面の島津を牽制し全力で筑前の秋月を降す。後顧の憂いを無くし、その後に島津を攻める」

竹の棒を使って図で指し示すと皆が頷いた。

「まあ筑後を得ても簡単では有るまい。あそこの国人衆は自立の意志が強い。治めるのは難しい筈だ」

「確かに。今は乱世故力の強い者に従わざるを得ぬが平和になれば自立の意志を露《あら》わにしよう。厄介な事になりかねぬ」

重三郎殿、平四郎殿の言う通りだ。筑後には筑後十五城と呼ばれる国人衆が居る。いや、柳川の蒲池が滅んだ今は十四城か。他にも滅んだ者が居るのかな？

「ま、それは戦の後の事だ、今は戦の事を考えよう。日向方面は良い、考えなければならぬのは肥後方面だ。龍造寺が如何動くかが問題になる……。違うかな、源五郎殿」

「如何にも、主税殿の申される通りにござる。龍造寺からは朽木に味方すると文は届いておりますが……」

我ながら声が渋い。

「龍造寺の隠居は自らを五州二島の太守と称しているとか。なかなかの野心家と言って良い。簡単には信じられませぬ。気が付けば島津と組んで朽木を挟み撃ち、そんな事を考えかねぬ男にござろう」

修理亮殿の辛辣《しんらつ》な言葉に皆が頷いた。

「筑後の蒲池民部大輔を誅殺《ちゅうさつ》したやり方、些か非道にございましたな」

「しかしあれは蒲池が島津に近付いたからでは有りませぬか？」

「龍造寺は何度も蒲池に窮地を助けられている。民部大輔を誅するのは已むを得ぬが一族皆殺しは……。あれでは柳川の地を得るため誅殺したと言われても仕方なかろう。家臣達からも非難が出ていると聞く。嫁がせた娘も自害した、酷い物よ」

吉兵衛、十五郎、孫六の会話に皆の表情が険しくなった。龍造寺山城守、野心家で冷酷、計算高い男だ。

主税殿が大きく息を吐いた。

「日向方面で押してこちらが有利だという事を龍造寺に見せねばなるまい。その上で豊後から肥後に兵を進める」

「こちらの武威を見せ付けながら、ですな」

確認すると〝そうだ〟と主税殿が答えた。

「そして大殿には日向方面を進んで貰う。肥後方面は他の者に頼もう」

「良き御思案、それならば龍造寺も野心を抑えましょう」

俺の言葉に皆が頷いた。

「では薩摩にも兵を送りますか？」

「うむ、兵を上陸させるべきだと思う」

十五郎と主税殿の会話に皆の視線が修理亮に向かった。修理亮が嬉しそうに笑みを浮かべた。

「如何かな、修理亮」

「九鬼殿、堀内殿に打診致しました。御二人とも乗り気でござる」

皆が満足そうに頷いた。島津の本拠地は九州の南端に有る。以前から島津攻めには水軍を使って島津の本拠地を攻略するべきだという意見が有った。成功するしないはともかく本拠地を窺う姿勢を見せれば島津も前のめりに防御は出来ぬ。

「御二人からは一度土佐にて態勢を整えてから攻め込むべきだと。その際、薩摩だけではなく日向にも兵を上陸させるべきではないかとの意見が有りました。某も良い案だと思います」

〝日向か〟と孫六が呟く。皆の視線が地図に向かった。

「日向か、周囲は敵だらけであろう。危険ではないか？」

「危険は薩摩も変わりは有りませぬ」

主税殿と修理亮の遣り取りに何人かが頷いた。

「島津の本拠地、内城は海岸に近い平城にござる。防御も乏しくこれを攻略するのは難しくはござらぬ」

皆が頷いた。

「つまり内城を奪い返すのも難しくはござらぬ。内城が奪われたとなれば敵は城を取り戻すために兵を薩摩に送ろうとする筈、その兵を何処から引き抜くか……」

皆が地図を見ている。

「それが日向だと言うのか？」

問い掛けると修理亮が〝如何にも〟と頷いた。

「日向は南北に長い、防衛線は幾重にも敷いてござろう。そこから引き抜くのではないかと。或いは肥後方面からも兵を引き抜くかもしれませぬが日向から兵を抜かぬとは思えませぬ」

確かにその通りだ。皆も頷いている。

「つまり日向に穴が空く、そこに兵を送る。日向に居る島津勢を南北から攻める形が整い申す。忽ち混乱致しましょうな」

「なるほど」

「内城に一万、日向に一万を送る、島津はそれぞれの朽木勢を打ち破るために最低でも二万の兵を引き抜かなくてはなりませぬ。それにどちらも海から水軍の援護を受けられ申す。簡単には打ち破れませぬ」

船から大筒で敵を攻撃するか。

「島津は混乱しましょう。龍造寺もそれを見れば島津に付こうとは致しますまい」

「島津には坊津水軍が有ったな。それについては何と？」

俺が問うと修理亮が笑みを浮かべた。

「問題は無いと九鬼、堀内は考えております、薩摩への上陸前に排除出来るだろうと」

「……」

「その後は坊津も攻め獲るべきだと言っております。坊津を獲れば島津は海を失うに等しい。海からの補給は儘なりませぬ。長期戦になればじわじわと効いて来る」

主税殿が大きく息を吐いた。

「先ずは内城であろう。日向と坊津については大殿の御判断を仰ごう」

皆が頷いた。

「内城を攻め落とせば島津が混乱するのは間違いない。それを見定めてから肥後方面から攻め込む。阿蘇、相良もそれに合わせて動く筈」

また皆が頷いた。阿蘇、相良は以前から朽木に文を寄越している。島津の攻勢に心ならずも従う姿勢を見せているが朽木の兵が近付けば忽ち島津から離れよう。

「筑前を攻略後は多めに兵を置きましょう」

「それは龍造寺への押さえという意味か、孫六」

「はい、もし龍造寺が裏切れば、筑前から肥前に攻め込む事も考えるべきかと思いまする」

皆が顔を見合わせた。誰も異議を唱えない。

「そうだな、少し多めに兵を置くようにと大殿に進言しよう。反対はされぬ筈だ」

俺の言葉に皆が頷いた。やれやれだ、信用出来ぬ味方程始末の悪い物は無いな。


禎兆二年(一五八二年)　十一月下旬　　近江国蒲生郡八幡町　　八幡城　　朽木基綱

足利義尋の処遇が決まった。予定通り、朝廷からの助命嘆願により出家の上、等持院へ預ける事に成った。だが等持院は義尋を預かる事を嫌がった。義尋は俺を殺そうとしたからな、そんな厄介な奴を預かって俺との関係を悪化させたくなかったらしい。足利氏の菩提寺なのに嫌がるんだから……、坊主って損得勘定に厭《いや》らしいくらいに敏感だよ。菩提寺らしくしろと言って義昭の木像と一緒に押付けた。

　まあ連中の気持ちも分からないでもない。どんな権力者でも最後は死ぬ。死んだ後は法事が有る。大勢の人間が集まるだろう。つまり寺というのは権力者、その係累と密接に関わるわけだ。それによって栄える事も有れば衰退する事も有る。徳川なんて寛永寺と増上寺と二つの菩提寺が有った。さぞかし二つの寺で醜い争いが有っただろう。

　義尋自身は出家を不満には思っていないらしい。何というか憑《つ》き物が落ちたように穏やかになっているいると聞いている。本人にとっては父親が殺されてからは不安で夜も眠れなかったらしい。だが今回、俺を殺そうとしたにも拘らず出家で済まされた事でもう殺されずに済むと安心したようだ。それに父親の義昭殺害に俺が絡んでいない事も分かった。俺への拘りは無い。勘違いから済まない事をしたと言っているとか。好い気なものだ、俺は一つ間違えば死んでいたんだが。

　足利の家臣達は切腹させた。島津と組んで俺を殺そうとした事も許せないが何より主殺しに関わっている以上許す事は出来ない。本来なら斬首でもおかしく無い所だ。あのクズ共、散々俺を罵りながら死んだらしい。元は朽木もあの連中と同じ幕臣だった。それが天下を獲る、許せなかったのかもしれない。相手が信長や秀吉ならもっと素直に従ったのだろうか……。

　これで足利将軍家は消滅した。平島公方家の義助は権大納言に昇進した。義助に足利の血が細くなったので弟の義任に一家を立てさせたいと提案すると宜しく頼むと返事が有った。平島公方家でも足利の血が細くなったと不安だったらしい。それと四国の状況が怪しくなってきた。その事も不安に拍車をかけたようだ。

義助からは他に関東公方足利義氏の娘の事を頼まれた。母親は北条氏康の娘で小田原城が落城した時に母親と一緒に朽木に逃れた。今九歳だ。いずれは婿を取らせて足利氏を名乗らせよう。……頼むって俺の側室って事じゃないよな？　気付かなかった事にしよう。

土佐の一条内政から使者が来た。父親の一条兼定から救援要請が来ているらしい。一条兼定は今豊後の大友の下に居る。おそらく宗麟から頼まれたのだろう。これまでにも何度か救援要請が有ったようだが内政は断っていたようだ。だが段々断り辛くなってきた。それで俺に使者を寄越したというわけだ。内政の本音は俺に駄目だと断って欲しいらしい。まあ、そうだよな。土佐一条氏は十万石をちょっと超える程度だ。兵力は三千程だろう。今の豊後に送っても焼け石に水だ。意味が無い。

内政の望み通り、救援要請は無視しろと伝えた。次の九州遠征にも土佐の一条、長宗我部は使わない。三好の行末が不透明な今、土佐の兵力はいざという時のための戦略予備兵力と言って良い。どんな混乱が四国で起きるかは分からないが此処で消耗は出来ない。土佐は水軍の中継基地として利用させて貰う。それで十分だ。

軍略方が水軍を使って薩摩に上陸作戦を行いたいと言ってきた。そして日向にも兵を上陸させたいと。薩摩への上陸か、良い案だよな。手薄になった敵の根拠地を突く事で敵を混乱させるのは良く使われる作戦だ。三国志でも蜀の滅亡は別働隊による迂回攻撃だった。今回は水軍を使って薩摩を攻撃するというわけだ。薩摩、大隅は九州でも最南端に有る。北九州から陸路で攻めれば結構な損害を被るかもしれない。だが本拠地を突かれれば混乱するだろう。その分だけ損害を抑える事が出来る。

日向は如何するかな？　一つ間違うと上陸兵は敵中で孤立する事に成る。それは少し、いやかなり危険だろう。止めておくか？　その方が無難では有る。だが、……そうだな、島津がこちらの上陸作戦に気付かないとも思えない。日向上陸作戦を前面に出すか。日向方面での戦闘を優位に進めるために上陸作戦を行おうとしている。となれば島津は日向に兵を集中させるだろう。そこで薩摩に上陸させる。

島津は慌てるだろう。日向上陸作戦は島津の目を欺く欺瞞《ぎまん》作戦だと思う筈だ。となるとかなりの兵力を薩摩に送る筈。日向北部は朽木との戦いのために残す筈だ。動かすのは日向南部の兵力だろう。そこに上陸させる……。薩摩に行った連中の後を追わせるか、北上して島津勢を挟撃させるか。後で軍略方の連中を呼んで相談してみよう。

軍略方は坊津の占領も提案してきた。坊津は島津の持つ最大の湊だ。そして対外貿易の根拠地でも有る。当然だが占領させる。島津に対するインパクトは大きい筈だ。そして龍造寺、島津に従う国人衆に対するインパクトも大きいだろう。国人衆が島津から離れれば島津の勢力範囲はあっという間に小さくなる。その分だけ戦争は早く終わる。

島津は潰す。義昭暗殺に関わったのだ。主殺しを唆した以上許す事は出来ない。まして島津は足利を受け入れて担いだのだからな。まあ残すにしても島津本家では無い、分家を一つか二つ残す事で終わりだ。そして領地は薩摩では無く日向にしよう。薩摩、大隅から島津は一掃する。

薩摩、大隅は朽木の直轄領にしよう。あそこは琉球に近い。九州遠征が終わった時点で琉球に使者を送り入朝を要求する。島津が無くなった以上、琉球に使えるカードは無い。拒否すれば坊津から琉球攻略の軍が送られる事に成る。脅しではない、本気だという事を理解させよう。そのための直轄領だ。内政は手厚くしなくてはならん。あそこは台風に桜島噴火の被害が有る。必ずしも暮らしやすい場所では無い。防災と災害補償、その辺りをしっかりやれば住民も島津よりも朽木と思う筈だ。古くから続く大名家の厄介な所は住民との結び付きだ。内政重視で島津への思慕の念を断ち切ろう。

九州の国人衆には坊津を利用した琉球との交易を認める。但し、坊津の利用は朽木の許可を得る事が条件だ。条件を厳しくするつもりは無い。厳しくすれば密貿易が増えかねない。それでは意味が無い。朽木の統治下で交易をするのだという事を理解させる事が目的だ。

薩摩を押さえたら直ぐに金山の開発を行わせよう。あそこは日本有数の金の産出地だ。太政大臣に就任し相国府を作って金を掘り出して貨幣を鋳造する。考えるだけなら簡単だな。上手く行けば良いんだが……。

禎兆二年(一五八二年)　十一月下旬　　近江国蒲生郡八幡町　　八幡城　　朽木綾

仏壇の前で線香を上げ鈴《りん》を鳴らし手を合わせた。何を祈るわけでもない、毎日の日課……。でも今日は舅に話さなければならない事が有る。手を解いた。

「御義父様、とうとう足利の幕府が滅びました」

舅から答えは無い。だが〝そうか〟という舅の声が聞こえたような気がした。

とうとう滅んだ。そう表現せざるを得ない。天下の殆どは朽木が支配していた。朽木の力が及ばないのは九州、関東、奥州だけだった。幕府はその九州の片隅で存続していたにすぎない。その影響力は皆無だった。どれほど義昭様が朽木を討てと叫んでも誰も従わなかった。幕府も将軍も名前だけの存在だったのだ。

京の公家達は息子が何時幕府を開くのか、義昭様を征夷大将軍から解任するのかを気にするだけだった。いや解任するのを望んでいた。公家達は足利の幕府を過去のものにしたがっていた。でも息子は義昭様を解任しなかった。いや、幕府そのものに関心を示さなかった。最大の勢力を持つ大名が義昭様を、幕府を無視する。もしかすると息子が関心を示さなかったから大名達も義昭様に、幕府に関心を示さなくなったのかもしれない。息子が関心を示していれば大名達も義昭様、幕府には価値が有ると考えたのかも……。

その息子が義昭様に上洛を呼び掛けた。義昭様に価値を認めたわけではないだろう。上洛を呼び掛けたのは義昭様を庇護する島津の顔を潰そうとしたのだという見方が有る。私もそう思う。島津に対する謀略の一つなのだろう。だからあの事件が起きた……。

「義昭様は顕如に殺され御嫡男義尋様は会見の場であの子を殺そうとして捕らえられました。本来なら死罪なのですが朝廷から助命を嘆願されたという形をとって寺に入れるそうです」

息子は義尋様を殺す事を望まなかった。義尋様が幼いという事も有ったが足利の人間を殺すのを嫌がったのだろう。元は主筋なのだ、非難を受けると思ったのかもしれない。だが朝廷では義尋様は死罪が妥当で有るという意見が相当に強かったらしい。妹からの文によれば太閤殿下、関白殿下は皆を説得するのに随分と手間取ったようだ。

「幕臣達も全員が死罪になります。彼らは義昭様の死に関わっていたそうです。島津もそれに関与しているのだとか」

主殺しとして死罪になる。義昭様は家臣に裏切られたのだ。幕府が滅ぶのも宜《むべ》なるかなと皆が思うに違いない。息子を責める者は居ないだろう。そして息子は島津攻めの大義名分を得た……。

「御義父様はあの子が幕府は役に立たないと見れば潰すと仰っていました。でもあの子は幕府を潰しませんでした。九州の片隅に追いやっただけです。潰すのには躊躇いが有るのだと思っていました。でも違いました。あの子は巧妙に義昭様を、幕府を、そして島津を追い詰めたのだと思います。どの大名も幕府に関心を示さなくなった。そこまで見極めてから島津を追い詰める道具として使った……」

考え過ぎだろうか？　そうは思わない。息子は義尋様との会見の場に鎖帷子を身に着けて臨んだのだという。自分が襲われると思っていたのだろう。万全の準備をして会見に臨んだのだ。

「御義父様の仰る通りでした。あの子は幕府を潰しました。自らの手を汚す事無く誰からも非難される事無く幕府を潰した。皆が言うでしょうね、幕府が滅んだのは自業自得だと、あの子の責任ではないと……」

息子は義昭様が亡くなった時、その死を悼んだのだとか。でも内心では如何思っていたのだろう。思い通りになったと喜んでいたのか、それとも本当に悼んだのか……。

「これで天下は朽木家のものです。あの子が天下人になりました。その事に異を唱える者は居なくなりました」

息子が望んだのはこれだったのかもしれない。誰からも反対される事無く天下人になる。舅は如何思っているだろう。朽木谷八千石の領主が天下人になる。喜んでいるだろうか？　それとも恐れているだろうか……。私は怖い、あの子が怖い……。

〝何が有ろうと大膳大夫を止めるでないぞ〟

「はい」

〝あれには翼が有るのだ。思いっきり羽ばたかせよ〟

「はい」

〝そなたの役目は大膳大夫が何処まで飛んだかを見届ける事、そして儂に教える事。あの約束を忘れてくれるなよ〟

「はい、忘れませぬ」

忘れる事は出来ない。あれは舅の遺言だったのだから……。どれほど怖くともあの子の事を見届けなければならない。

## 豊千代

禎兆二年（一五八二年）十二月中旬　　越後国頸城郡春日村　　春日山城　　上杉景勝

「読み上げよ」

「宜しいのでございますか？」

頷くと千坂対馬守景親が朽木の舅殿から届いた文に視線を落とし、また俺を見た。

「御隠居様は？」

「朽木家からそれとほぼ同じ物が届いている」

内容は殆ど同じ。大きな違いは末尾だ。俺には娘を宜しく、養父には御身御大切に。

対馬守が皆を見回した。直江与兵衛尉、斎藤下野守、竹俣右兵衛尉、甘粕近江守、そして父長尾越前守。今春日山城に詰めている重臣達はこれだけだ。

「前内府様よりの文にはこの度、二の姫鶴姫様と内大臣近衛前基様の婚約が調《ととの》ったと記してあります」

皆が声を上げた。

「おめでとうございまする。これで上杉家は近衛家と朽木家を通して相婿となり申した」

竹俣右兵衛尉が言祝《ことほ》ぐと皆が〝おめでとうございまする〟と唱和した。皆に笑顔が有る。

「対馬守殿、婚儀は何時頃になろうか？」

斎藤下野守が問う、皆が知りたそうな表情をした。

「この文には来年は九州遠征を行うので再来年頃になるだろうと記されております」

ざわめきが起きた。

「いよいよ九州攻めか」

「はて、どれほどの兵力を動かすのか」

「島津、龍造寺が勢いを増していると聞くが」

皆が騒ぐ中、対馬守が俺を見た。頷く。

「お静かに。足利左馬頭様、幕臣の方々の処遇が決まり申した」

シンとした。先程まで有った華やかな空気は消えた。

「朝廷からの助命嘆願により左馬頭様は出家、等持院へのお預けとなり申す。幕臣達は切腹」

皆が顔を見合わせた。

「ま、已むを得ますまい」

直江与兵衛尉の言葉に異議を唱える者は居ない。島津と組んで舅殿の命を狙った以上、切腹の処置は已むを得ない事だ。むしろ斬首でない事を感謝すべきであろう。武士としての名誉は守られた。

「それにしても危のうございましたな」

「うむ、鎖帷子で危うい所を免れたと聞いた。御運が強い」

「そうでなくては天下は獲れまい」

「前内府様は左馬頭様の脇差を斬ったと聞いたが」

「朽木は新当流が盛んじゃ、前内府様も御遣いになるのであろう。それにしても脇差を斬るとは相当な腕前よな」

皆が頷いている。鋼斬りか、関兼信の作と聞くが一度見てみたいものだ。養父が兼信の師で有る兼匡の刀を持っているが確かに刃紋が美しく匂うような凄みと艶を感じさせる刀であった。俺も上方に人をやって兼信を手に入れるか。ついでに壺も買わせよう。奈津の話では大膳大夫殿は時折壺を磨いているとか。刀の手入れだけでは皆に笑われよう。壺とはどんなものか、試してみるのも悪くない。

「これで、幕府は終焉か」

「そうなろうな」

「阿波に平島公方家が有るが担ぐ者が居るとは思えぬ」

「関東管領職は如何なるのでござろう」

皆が顔を見合わせた。そして対馬守に視線を向ける。対馬守が困ったような表情を見せた。

「この文にはその件について特に記載はござらぬ」

皆が俺を見た。

「新たに幕府を開き関東は関東公方に任せるのでございましょうか？」

「であれば関東管領職はこのままという事になりましょうが……」

「しかし関東公方を置きますかな？」

直江与兵衛尉、斎藤下野守、甘粕近江守、いずれも困惑を顔に浮かべている。関東公方はしばしば京の将軍家と対立した。戦いになった事も有る。その事を思ったのであろう。それに関東公方を置くとして、関東管領を上杉家に任せるという保証は無い。

「ま、あまり期待はせぬ方が良かろう。関東に公方が置かれるとは限らぬし関東管領職が上杉家に委ねられるかも分からぬ。幸い上杉家は朽木家と強い結び付きを持っている。それを基に新たな立場を築く、そう思った方が良いのではないかな？」

父、越前守の言葉に皆が頷いた。上杉家と朽木家は相互に縁を結んでいる。その意味は大きい。

やれやれ、又母が騒ぐな。早く夫婦の契りをせよ、子を儲けよと。

「皆に言っておく。舅殿は幕府を開こうとは考えておらぬようじゃ」

「真でございますか？」

直江与兵衛尉が驚きの声を上げた。他の者も驚いている。その中に父もいた。狸だな、驚いた振りがなかなか上手い。

「以前に文を頂いた折、そのような事が記されていた。勿論、その頃は義昭公が健在であられた。征夷大将軍に就任し幕府を開くのは難しいと思われての事かもしれぬ。しかし、幕府ではない別の形での天下を御考えになったのかもしれぬ」

重臣達が頷いている。〝なるほど〟、〝確かに〟、そのような声が聞こえた。

「先程、父越前守が申した通り、我等は新たな関係を朽木家と築く、そう考えるべきであろう」

皆が頷いている。

「九州攻めが終われば残るは関東、奥州だけになる。天下統一は一気に進むであろう。その事を確と心得るように。良いな」

皆が畏まった。蘆名攻めを急がなくてはならん。


禎兆二年（一五八二年）　十二月中旬　　近江国蒲生郡八幡町　　八幡城　　朽木小夜

「入るぞ、小夜」

声と共に大殿が部屋に入って来た。

「まあ、もうお戻りになられたのですか？」

「うむ、今戻った。今日の主役は俺ではない、亡くなった者達だ。余り長居をしては却って気を遣わせるからな。早々に退出した」

大殿が腰を下ろした。喉が渇いている筈、女中に急いで御茶を用意するように命じた。

「良い法事でございましたか？」

「ああ、良い法事であった。今川、北条、武田の者達が集まった。小山田、真田、御宿、芦田も参列した。俺が声をかけたからな、参列し易いのだろう。今頃は故人を偲んでいる筈だ」

「左様でございますね」

今日は永源寺で今川、北条、武田の合同の法事が有った。毎年この時期に行われる。朽木家には武田家所縁の者が多い。そして今川、北条、武田は相互に縁を結んだ事で複雑に血が入り混じっている。そしてその多くが同じ時期に戦で死んだ。

「かつての主家の者と家臣が同じ家に仕える。その辺りは配慮せぬとな」

「はい」

大殿は武田信玄公の事を時折お褒めになる。他にも朽木仮名目録は今川仮名目録を手本とした事、北条家の仁の政、織田弾正忠様を自分と同じ考えを持った方だと口にされる。決して貶《おとし》めるような事は口にされない。それは六角家に対しても同じだ。良く承禎入道様の事をお話しになられる。でも右衛門督様、細川家から入られた左京大夫様の事を口にする事は無い。

女中が御茶を持って来た。熱いのだろう、大殿が息を吹きかけて冷ましながらゆっくりと一口飲んだ。何かを考えている。

「そろそろ北条家の千寿丸を元服させねばならん。気が付けばもう十五歳だ、早いものよ」

「まあ、もうそのように」

大殿が頷かれた。

「身体が余り大きくないから先送りにしていたが年を越せば十六歳、だが来年は九州へ行かねばならん。戻りは何時になるか……。九州に行く前に元服させねばなるまい」

「忙しゅうございますね」

大殿が〝うむ〟と頷かれた。そしてまた一口。

「今川家の龍王丸も十三歳だ。九州遠征が終わったら元服させようと思っている。嶺松院殿からも頼まれている」

「そうですか、……不安なのでございましょうね」

「そうだな、北条家と比べるとどうしても不安に感じるだろう」

今川家には成人男子は居ない。そして大殿との縁を結ぶのも一度失敗した。夕姫が改めて側室に入ったが子が居ない事を思えば極めて不安定な立場に有ると言える。

乱世流転、本当にそう思う。かつて勢威を振るった北条、武田、今川の三家は勢いを失い朽木と繋がりを持つ事で家を保とうとしている。彼らが勢威を振るった頃、朽木家は小さな国人領主でしかなかった……。あの頃、今を予想出来た人は居なかっただろう。それ程までにこの二十年の世の移り変わりは激しい。

「その頃には亀千代も元服でございますね」

「そうだな、元服させねばなるまい」

「鶴姫も嫁ぎますし祝い事が続きますわ」

「そうだな。……いかん、北条の駒姫の事を忘れていた。あれは鶴と大して歳は変わらぬ筈、再来年には嫁ぎ先を考えねばならん」

大殿が息を吐き、そして私を見た。

「そなたも考えてくれぬか？」

「駒姫の嫁ぎ先をですか？」

「そうだ」

「それは構いませぬが……、難しゅうございますよ」

「分かっている、頼む」

北条家からは桂殿が大殿の側室に、そして菊殿が冷泉家に嫁いでいる。それを考えれば滅多な所には嫁がせられない。

「あまり難しく考えずに幾つか候補を見つけてくれればよい。公家、武家、適当に混ぜてな。嫁がせる時は俺の養女として嫁がせよう。粗略には扱われぬ筈だ」

「大殿は子沢山でございますね、これからも大変」

軽くからかうと大殿が神妙な表情をした。いけない！

「そなたには苦労をかける」

「そういう意味で申し上げたのではございませぬ。悪く取られては困ります。ちょっとおかしく思ったのです」

「そうか」

大殿が不得要領に頷いた。気を付けなければ……。

大殿ほどの御身分なら多数の側室を持ち子を持つのは当たり前の事と言える。誰からも非難される事はない。でも大殿は朽木家という国人領主の家に生まれた。その所為か側室を入れる事に積極的ではない。周囲から薦められて側室を入れているがその度に私に済まなさそうにする。

「駿府ではもう生まれたでしょうか？」

「さて、如何かな。そろそろ報せが来るころだとは思うが……」

話題を変えたが大殿の表情は変わらない。

「何か心配事でもございますか？」

視線を逸らした。

「子供というのは近くに居ても遠くに居ても心配ばかりだ。……先日はついあれを怒鳴りつけてしまった……」

「……」

「あれはただ俺に慰めて欲しかったのかもしれん。本人は認めぬだろうが何処かで寂しかったのではないかと思うのだ。良くやっている、泣くなと言ってやれば良かったのではないか。怒鳴るよりも背を撫でて一緒に泣いてやれば良かったのではないかとな……。埒《らち》も無い事を考えるわ。阿呆な話よな」

大殿が低く笑った。自らを嘲笑うかのように笑った。

「父より大殿の御気持ちは聞いております。間違った事をなされたとは思いませぬ。もう直ぐ子が生まれます、大膳大夫も父親になるのです。そうなれば泣いている暇など無いと、大殿の御気持ちが分かる筈にございます」

「そうだと良いが……」

大殿が呟いた。視線は遠くを見ている。切なくなるような視線だった。

禎兆三年（一五八三年）　一月上旬　近江国蒲生郡八幡町　八幡城　朽木基綱

小鼓と笛の楽が鳴る。そして能舞台の男達が謡い出した。

「どうどうたらりたらりら。たらりらりらりどう」

「ちりやたらりたらりら。たらりららりらりどう」

何を言っているのかさっぱり分からん。何かの呪文だと思うんだが……。でもな、俺以外の観客、綾ママ、小夜、雪乃を始めとして女達は真剣な表情で舞台を見ている。舅殿、重蔵等の相談衆、そして林佐渡守等評定衆も同様だ。

「所千代《ところちよ》までおわしませ」

「われらも千秋さむらおう」

「鶴と亀との齢《よわい》にて」

「幸《さいわ》い心にまかせたり」

此処は日本語だな。少しは俺にも分かる。鶴と亀との齢か、つまり長寿と言う事だろう。目出度い限りだ。

今能舞台で演じられているのは翁《おきな》と呼ばれる能の演目の一つだ。この能は一番最初に演じられる。脇能なのではない、その前に位置する。要するに別格に扱われている。翁は能にして能にあらずと言われるが天下泰平、国土安全、五穀豊穣を祈願する儀式としての舞のみの能だ。ストーリーは無い。この呪文も何かの祈祷《きとう》なのだろうと思う。

つまり俺にとっての翁は良く分からん呪文を唱えて踊っているだけにしか見えん。一度綾ママにそれを言ったが白い目で睨まれた。罰当たりな息子だとでも思ったのだろう。こいつが終われば脇能の竹生島、そして修羅物は八島へと続く。俺はストーリーの有るそっちの方が好きだ。特に八島は良い。

昨年、大膳大夫に子が出来た。男の子だ、目出度い。だが目出度くない事も有る。生まれたのが双子だった事だ。この時代、双子は畜生腹と言われて忌み嫌われた。現代なら馬鹿馬鹿しいと一笑するのだがこの時代は家の相続問題が絡む。その所為で家督争いの原因になりそうな双子は忌まわしい存在と嫌われてきた。

当然だが双子の事は秘匿された。大膳大夫は俺や小夜にも報せなかった。嫡男誕生と報告され双子の一人が竹若丸と名付けられた。問題はもう一人の赤子だ。こういう場合、心利いた家臣が両親の知らない家に預ける。そして誰に預けたかも教えない。会いたくても会えない状況にするのだ。酷いと思うかもしれない。だがそうする事で親子の絆を断とうとする。それが将来の禍根を断つ事に成る。

だが母親なら当然の事だが奈津が子を手放すのを嫌がった。そして小夜に助けを求めた。俺が思っている以上に奈津と小夜の間には信頼関係が有るらしい。小夜は報せを受けて驚いた、そして俺に相談した。俺も話を聞いた時は驚いた。まさかそんな事に成っているとは思わなかったからな。誰にも相談出来ない。二人だけで話した。俺は外に出すべきだと言った。天下は一つ、天下人も一人。朽木の家で家督争いが起きるような要因は排除しなければならない。天下を混乱させるような事はすべきではないと。小夜もそれに同意した。その上で生まれた子を俺の子として、朽木の人間として育てる事は出来ないかと提案してきた。せめて朽木の人間として育てられれば奈津も納得するのではないかと。

正直驚いた。確かにその通りだ、一理有る。大膳大夫の子供だから家督争いの種になるのだ。俺の子供なら争いの種にはならない。それで良いかと思った。現代の感覚から言えば双子を忌み嫌うなんてナンセンスだという思いも有る。親の愛情は受けられないかもしれないが祖父母の愛情は受けられる。奈津も安心するだろう。

赤子には豊千代と名を付けた。豊かな人生を送れるようにという願いを込めて小夜が付けた。俺が外で作った子供で母親は産後の肥立ちが悪く死んだという事になっている。母親は京の女で槇島城で俺と関係を持った。妊娠したのが分かると宿下がりをして子供を産んだという設定だ。これからは八幡城に引き取られ小夜が育てる事に成る。

豊千代は朽木家の庶子の一人として育つ。たとえ竹若丸が不幸にして育たず亡くなっても大膳大夫と奈津の元に戻る事は無い。俺の子として育てられる。その事は奈津も納得している。豊千代の素性を知るのは俺と小夜、大膳大夫と奈津、風間出羽守、黒野重蔵と小兵衛、他は奈津の傍近くに仕える女中だけだ。おかげで俺は女に手の早い油断のならん男、隠し事の上手な男と言われている。不本意だが已むを得ん。

「どうどうたらりたらりら」

「ちりやたらりたらりら。たらりららりららりどう」

いかん、又呪文に戻ったな。

「鳴るは瀧の水。鳴るは瀧の水。日は照るとも」

「たえずとうたり。ありうどうどう」

「たえずとうたり。たえずとうたり」

たえずとうたりか。良く分からん舞だ。だがいずれは翁の良さが分かるようになるだろう。……期待薄だな。

# 外伝XXI

# 伯父・甥

［おじ・おい］

あふみのうみ

みなもがゆれるとき

杉本基紹

天正十年（一五八二年）　十一月中旬　　近江国蒲生郡八幡町　　八幡城　　三淵藤英

戸がスッと開いて人が入って来た。そして対面に座った。

「御久しゅうございまする、伯父上。細川与一郎忠興にございまする」

表情も硬ければ声も硬いと思った。

「大きくなったな、元服したのか」

「……」

「幾つになった」

「……二十歳になりました」

「そうか……」

会話が重い。与一郎は私を睨んでいる。それも已むを得まい。私は与一郎の父親を殺したのだ。直接殺したわけではないが私が殺したのは間違いない。私にとっては弟で有る細川兵部大輔藤孝を……。

「良いのか、私と会って」

「大殿の御許しは得て有ります」

「そうか……、それで何のために此処に来た」

与一郎の口元に力が入った。

「それを私の口から言わせますのか、伯父上」

「……」

二人で顔を見合った。真っ直ぐに憎悪の視線を私にぶつけてくる。それを羨ましいと感じる自分が居た。老いたのだなと思った。

「父は何故殺されたのです」

何故？　愚かな事を……。思わず苦笑いをしてしまった。与一郎の視線が強まるのが分かった。だが苦笑いは止まらない。

「何がおかしいのです？」

押し殺した声だ。憎悪は有ったが殺意は感じられなかった。

「その方がおかしいのだ、与一郎。何故殺された？　簡単な事だ、兵部大輔は公方様に忠ならず。それが理由だ。いや、それ以外の理由などない」

「忠ならずとは？」

「……兵部大輔は公方様の御意向に従わなかった」

与一郎の視線が強まった。

「父が裏切ったと？」

「そうだ」

与一郎が私をじっと睨んでいる。未だ殺意は無い、想定内という事か……。

「父は如何裏切ったというのです？」

「言ったであろう？　公方様の御意向に従わなかったと」

「……」

「それどころか公方様の邪魔をしようとした。それも密かにな」

「大殿の暗殺の事でございますか？　伯父上が公方様の命で動いたと聞いております」

「……」

苦く不愉快な命であったな。だが断る事は出来なかった……。

「公方様の御為にならぬ、そう思われたからでは有りませぬか？　大館伊予守様、諏訪左近将監様からそのように聞きました」

そうか……、あの二人から聞いたか。ずっと気になっていたのかもしれぬな、何故死んだのかと。まあ、それも当然か……。

「本人もそのような事を言っていたな。私のためにならぬとも言っていた。だがあれの本心は違う。少なくとも私はそう思った」

与一郎が〝違う？〟と訝し気な声を出した。

「如何違うのです？」

「……」

「伯父上！」

また苦笑いが出た。若いというのは待つという事が出来ぬようだ。

「そう騒ぐな」

「……」

「そうだな、私ももうすぐ死ぬ。幕府も滅ぶ。ならば私とそなたの父の事を話しておくべきかもしれぬな。何故我らは離れたのか、何故あれは殺されたのか……」

そして幕府は何故滅ぶのか……。遺言のようなものになるかもしれぬな。

「弟は三淵家に生まれたが望まれて細川家に養子に入った。養子というのは辛いものだ。出来が悪ければ疎まれるからな。だからあれは相当に努力した。元々才能が有ったのだろう、将来を嘱望されるようになり養家でも可愛がられた。だが弟はその中で周りの気持ちを読む事を覚えた、いや重視するようになった。そしてそれに逆らわぬ事をな。そうする事を処世術として身に付けた」

「……」

何処かで周囲を窺うようなところが有る。私も思ったが公方様もそれを感じていた。

「悪い事では無いぞ。人間関係を円滑に保つにはその能力は絶対に必要だからな。やがて幕府に出仕すると直ぐに弟は頭角を現した。地方の大名に使者として行くと的確にその動向を掴んできた。交渉が抜群に上手かったのだ。多分、養家で培われた能力が役に立ったのだろうな」

「……」

「だが私は不満だった」

与一郎が訝しげな表情をした。

「何故です？」

「大名の顔色を窺い過ぎる、そう思ったのだ」

与一郎が考え込むような姿を見せた。或いは思い当たる節が有るのやもしれぬ。

「弟は必ず大名の顔を立てた。大名との関係を友好的に維持する、それが公方様のためになる、そう思ったのかもしれぬ。だがそれは大名を公方様に従わせたのでは無く大名と取引したという事になろう。分かるか？　与一郎。大名の顔色を窺う。その事は大名が大きくなればなるほどその大名の影響を受けるという事になる」

「……」

「我らは幕臣。先ず第一に考えなければならぬのは公方様の御意志に従う事であった。だが弟にはそれが希薄だったのだ……」

与一郎が私を見た。先程までの睨むような視線は無かった。

「犬の忠義でございますか？」

「犬の？」

「伊予守様、左近将監様が仰っておられました。ただ従う事だけを求められた。人として扱われず犬の忠義を求められたと」

蔑むように与一郎がこちらを見ている。犬の忠義か……。上手い事を言うものよ。まあ多少はそういう部分は有ったかもしれぬ。あのお方は自分に自信が無かったのだ。だから従う事を求めたのだろう。

「真、犬の忠義を求めたのであれば伊予守殿、左近将監殿も殺されただろう。公方様は必ずしも聡明ではなかったかもしれぬ。だがそこまで愚かなお方ではない。むしろ或る面では非常に鋭かったといって良い」

「鋭かった？」

問い返す与一郎に頷いた。

「自分に忠誠を誓う者か、或いはそうでない者かの見極めだ」

与一郎の視線が揺らいだ。

「朽木家が大きくなると弟はその影響を大きく受けた。大館伊予守殿、諏訪左近将監殿も幕府内では親朽木派では有ったが影響は受けていなかっただろう……」

「……」

「公方様はあの二人は自分を裏切らぬと見ていた。自分に反対はするだろうが裏切らぬとな。だが兵部大輔の事は訝しんでいた。だから私に兵部大輔を調べるようにと命じた」

「まさか、大殿の暗殺計画は……」

与一郎が愕然としている。

「その通りだ。私が相談という形で兵部大輔に話しかけた。あれは暗殺が目的だったのではない。兵部大輔の心を確かめるのが狙いだった」

「……」

「そして兵部大輔は計画を前内府様に伝えた。公方様の懸念は当たっていたのだ」

「だから父は殺されたのですか？」

「それだけではないがな」

与一郎が〝それだけではない？〟と訝しんだ。

「もう一つ有る。それはな、弟は公方様に、いや幕府にかもしれぬが飽き足らぬ想いを持っていたのだ。あれは自分の力を試したがっていたのだと思う」

「……」

「幕府は無力であった。公方様も必ずしも聡明とは言えぬ部分が有る。その事にあれは苛立っていた。そして朽木には誰もが名君と認める前内府様が居た。朽木でなら自分の能力を存分に使える、そう思っていたのだろう。実際朽木は外から人を入れる事に熱心だった。……あれは、……苦しんでいたのだ……」

最後に杯を交わした時の事を思い出す。あれは苦しんでいた……。与一郎が〝伯父上〟と私を呼んだ。

「何だ？」

「苦しんでいたとは？」

「……そなたは今、朽木家で如何いう立場に有るのだ？」

与一郎が困惑しながら〝兵糧方に所属しています〟と答えた。そうか、兵糧方か……。朽木家でも重要な役職だ。甥は前内府様から期待されているのだろう。では自分の力を振るう事が出来ぬ苦しさは分かるまい。

「やりがいが有るか？」

「はい」

「前内府様は良い主人か？」

「はい、当主として厳しい所は有りますが勉強になります」

与一郎の言葉に迷いは無かった。そうだな、天下を治めようとしているのだ。愚かでは有るまい……。

「そうか、それは良かったな。……弟もな、そういう仕事をしたかったのだと思う。そしてあれは仕え甲斐の有る主人を求めていたのだ。あれが朽木に仕えれば重用された筈だ。だが幕臣で有るが故に出来なかった。そして幕府には天下を動かす力は無かったのだ。我らに出来たのはどの大名とどの大名を噛み合わせるか、そして幕府の権威を如何やって打ち立てるか、それだけで有った。やりがいが有ると思うか？」

与一郎が首を横に振った。表情が暗い、父親の苦しみを理解したのだろう。

「あれは苦しんでいた。幕府の無力さに絶望し公方様の愚かさに絶望していた。そして目の前には朽木が有った。何度も朽木家でなら自分も十分に力量を発揮出来る筈だと思っただろう。その度に何故自分は幕臣なのかと自問しただろうな。そして絶望が深まった筈だ。幕府を、公方様を嘲り憎んだかもしれぬ。いずれ自分は幕府を離れ朽木に付く、その事も分かっていただろう。そして苦しんでいた筈だ。幕府を裏切る事になると……」

「……いずれは、父は幕府を裏切ったと？」

苦しそうな声だった。……嘘は吐くまい。

「多分な、そうなった筈だ。だがそうなる前に死んだ」

「……」

「私にも責任が有るのかもしれぬ」

「それは？」

与一郎が縋るような目で私を見ていた。哀れな……。

「私は幕府、公方様専一に務めた。だから大名がその事でどれほど不利益を被ろうと無視した。弟はそんな私に反発したのかもしれぬ。良くその事でそれでは幕府は大名の信を得る事が出来ぬと言っていた。私は私でそんな弟に反発した。幕臣である以上、公方様の御意志をこそ尊重するべきなのだとな」

「……」

「兄弟というのは近いが故に難しいのだ。反発もすれば共鳴もする。私と兵部大輔は母が違ったが仲の良い兄弟だった。良く二人で幕府を支え強い幕府を再興したいと話したものだ。だが何時からか私達は互いに反発するようになっていたのだ。……互いに望んだ事では無いだろうが」

多分、朽木が近江を統一し加賀を得た頃だな。朽木は大き過ぎる、幕府内でそういう意見が出た頃だ。三好の次は朽木か、そんな声も出ていた。その事が能登の畠山、伊勢の北畠の処遇に出た。両者を使って朽木を抑えようとしたのだ。弟はその事を危惧していた……。悪戯に敵視すべきではないと……。

「最後に二人で酒を酌み交わした事は今でも覚えている」

「……」

「私が捕らえられ弟の家に預けられていた時の事だ。弟の方から酒を飲もうとやって来た。珍しい事であったな」

与一郎が頷いた。

「……あの頃の父は一人で飲んでいる事が多かったと覚えています」

そうか、一人で飲んでいたか……。決して美味い酒ではなかっただろう。胸の鬱屈を晴らすための酒の筈だ。辛かったであろうな……。

「……何がございました？」

与一郎がこちらを見ている。真実を知りたがっている……。

「……激論になった。互いに思う事を言い合った。あの時確信した。弟は自分を縛り付けている無力で役立たずな幕府を、公方様を憎んでいるとな。そして前内府様に惹《ひ》かれているのだと」

「……」

「多分、弟は何処かで自分の想いを吐き出したかったのだ。酒を飲もうと言い出したのも他の者には言えなくても兄である私には言える、そう思ったのかもしれぬ。言い終わった後は妙にすっきりとした顔をしていた。あれは決別だった。幕府へ、足利へ、そして私への決別だった。少なくとも私はそう思った。弟も同じ思いだっただろう」

気が付けば与一郎が暗い表情をしていた。

「与一郎、苦しいか？」

「……はい」

「そうか……、気にするな」

「……」

「幕府を見限ったのは兵部大輔だけではない。皆が見限ったのだ。前内府様も公方様を見限った御一人だ。見限らぬ方が少ないのだからな。そして残ったのは大体が愚かで時勢の見えぬ者達だ。滅ぶべき者達だな」

思わず自嘲が漏れた。与一郎は切なそうに私を見ている。

「幕府には人を惹き付けるだけの力、魅力が無くなっていた。だから人が離れた、だから滅ぶ。已むを得ぬ事だ」

前内府様の言う通りなのだ。幕府には新しい力を受け入れるだけの器が無かった。いや、それを受け入れた時、幕府が如何変容するか分からなかった。特に朽木は危険だった。他の大名とは明らかに違った。朽木を受け入れていれば幕府は如何なったか……。皆が口に出さずともそれを恐れていた筈だ。

「与一郎、私はそなたが朽木家に仕えている事に安堵している。弟も喜んでいるだろう。朽木家でなくらそなたは弟が味わったような苦しみとは無縁でいられる筈だ。私が味わったような苦しみともな」

どれほど言葉を飾ろうと我らがやった事は主殺しであった。その言葉は我らが死んでも付きまとうだろう……。与一郎が〝伯父上〟と呟いた。

「慰めではない、本心だぞ」

「……伯父上は朽木に仕えたいと思った事はございませぬか？」

恐る恐る、そんな感じの口調だった。私に怒鳴られるとでも思ったのかもしれぬ。思わず苦笑いが出た。

「……無い、と言えば嘘になろうな。朽木家こそが幕府の在るべき姿であった。広大な領地を持ち銭を持ち朝廷の御信任も厚かった。そして戦えば必ず勝った。あれこそが幕府の在るべき姿……、何度も何度もそう思ったわ」

「……」

「公方様もそう思われていた。前内府様の武勇を羨んでいた。御自身の理想とする姿がそこに有った。だからこそ、憎んだのかもしれぬ」

憎んだのだ。何故あの男がそこに居るのかと……。義輝様も同じかもしれぬな。あのお方も三好修理大夫を憎んでいた。あの男の持つ全てを憎んでいた。征夷大将軍でありながら何も無い自分と比べて憎んでいたのだ。

「伯父上、後悔されておられませぬか？」

与一郎が気遣うようにこちらを見ていた。また苦笑いが出た。

「後悔せぬ日は無い」

「伯父上……」

「だがな、与一郎」

「はい」

「もう一度やり直せるならやはり私は幕臣として生きる事を選ぶだろう。そして応仁・文明の乱が起きる前に生まれる事を望む。あの乱を防げれば足利の世は今でも続いた筈だ。それならば兵部大輔とも力を合わせる事が出来ただろうからな」

そして私も公方様を謀殺するような事をせずに済んだ……。与一郎が眼を瞬かせた。

「さあ、もう良かろう。戻るが良い」

「はい」

「後悔するような生き方はするなよ」

「はい」

我らのようにとは言わなかった。言わずとも分かる筈だ。

与一郎が一礼して立ち上がった。そして部屋を出ていく。後ろ姿が兵部大輔に似ていると思った。

「もうすぐ会えるな」

思わず呟いていた。さて、どんな再会になるのか……。分からぬな、だが会えるのだ。そう思えば間もなく訪れる死も怖くは無い……。楽しみな事だな、兵部大輔……。

外伝XXII

# 真実

[しんじつ]

禎兆元年（一五八一年）　十二月下旬　　駿河国安倍郡　　府中　　駿府城　　前田利家

「皆、良くやってくれた。徳川はさしたる事も出来ずに兵を退いた」

御屋形様の労いに皆が頭を下げた。傅役の竹中半兵衛殿、山口新太郎殿、それに側近の浅利彦次郎殿、甘利郷左衛門殿の表情が明るい。徳川を無難に抑え込んだ事でホッとしたのだろう。もっともそれは織田の旧臣である我らも同様だ。

重臣である佐久間右衛門尉殿、柴田権六殿、池田勝三郎殿、森三左衛門殿、そして佐々内蔵助、蜂屋兵庫頭、金森五郎八、河尻与兵衛、弟の佐脇藤八郎、皆表情が明るい。御屋形様の戦振りに不安を感じるところは無かった。三介様、三七郎様に比べれば遥かに上だろう。御屋形様御自身も表情が明るい。この場に居る者で表情が変わらないのは風間出羽守だけだ。

「佐久間右衛門尉、柴田権六、森三左衛門」

御屋形様に名を呼ばれた三人が畏まった。

「良くやってくれた。礼を言うぞ」

三人が恐縮する素振りを見せた。うむ、この辺りも良い。佐久間殿達も御屋形様が自分達の働きを評価していると実感出来る。なかなかのお気遣いよ。

「甲斐守は無理をしませんでしたな」

新太郎殿の言葉に皆が頷いた。

「私を試したのだろうか？」

「その可能性は高いと思いまする」

御屋形様が複雑そうな表情をされている。お気持ちは分かる。試されたというのはやはり面白くないのだろう。

「御屋形様」

「右衛門尉、如何かしたか？」

右衛門尉殿が深刻そうな表情をしている。はて……。

「某は権六、三左衛門と共に甲斐から出てきた三千の兵を抑えたのですが甲斐の領内には更に二千から三千程の兵が後詰として控えていたそうにございます」

ざわめきが起こった。皆が顔を見合わせている。

「それは真か？」

「出羽守殿がそのように」

皆の視線が出羽守に集まる。出羽守が〝真にござる〟と答えた。

「甲斐領内に二千から三千程の兵が後詰として控えておりました。本来なら戦の前にお報せしなければならぬのですが徳川の忍びの警戒が厳しくなかなか甲斐を出られなかったと報せを寄越した者が言っておりました。後詰が有ると知られたくなかったのでございましょう」

シンとした。先程までのざわめきは無い。だが顔を見合わせるのは止まらない。視線で皆が話し合っている。嫌な予感がする。少なからぬ後詰の兵、徳川も万一のために抑えの兵を置いたのか……。それとも……。

「おかしな話では有りませぬな。兵を甲斐で集めたのだとすれば三千では些か少な過ぎましょう。合わせて六千なら納得がいきまする」

浅利彦次郎殿の言葉に甘利郷左衛門殿が〝如何にも〟と同意した。

「我ら御屋形様より徳川勢を抑えるだけで良いとの命を受けておりました。また浅利殿より忠告を受けておりましたので戦は控えましたがもし、こちらの兵力が今少し少なければ、そして積極的に徳川に戦を仕掛けて甲斐に踏み込んでいれば厄介な事になったかもしれませぬ」

「……」

「徳川の狙いは御屋形様を測るという目的も有ったのでしょうが逸れば自ら甲斐に攻め込むかもしれぬと見ていたのではないかと。御屋形様が徳川の撃破よりも抑え込みを優先したため当てが外れて兵を退いたのではないかと思いまする。そうは思わぬかな、権六、三左衛門」

柴田殿、森殿が頷いた。

「某も御屋形様が功に逸るのではないか、その辺りを狙った甲斐守の策だったのではないかと思いまする」

「某も同意致します。甲斐守は御屋形様が自ら兵を率いて甲斐から出た兵を叩く、そして甲斐へ攻め込むと見たのかもしれませぬ」

御屋形様の表情が厳しい。

「なるほど、甲斐守は御屋形様が逸ると見ましたか。有り得ぬ事では有りませぬな。御屋形様が自らの御立場を盤石なものにしようと焦れば武功をと考えるのは当然の事、その辺りを狙ったとすれば……」

半兵衛殿が〝ふふふふ〟と笑った。そして真顔になった。

「徳川甲斐守、中々の武略。侮れませぬ」

皆が頷いた。

「となると御屋形様が逸らなかった事を甲斐守が如何見たかが気になる……」

「厄介な相手、そう見たかもしれませぬな」

皆がチラッ、チラッと御屋形様を見た。御屋形様は我らの視線に気付いているだろうが表情を変える事は無い。耐えておられる。その辺りも良い。

「厄介な相手か、……侮られるよりは良い」

「……」

「父上からは焦らずに攻めよと言われている。兵力はこちらの方が上だが野戦で一気に勝負をかけようとするなとな」

御屋形様の言葉に皆が頷いた。徳川は手強い。その事は織田の旧臣達は皆が分かっている。焦って勝てる相手ではない。

「これからの事、如何すべきだと思うか？」

御屋形様が皆に問い掛けた。

「先ずは守りを固めるべきかと存ずる。やはり駿東郡が大事であろう、此処を徳川に獲られてはならぬ」

「うむ、獲られれば伊豆が危うくなる。となると興国寺城、沼津城、長久保城を強化する必要が有ろう」

「山中城もだ。駿東郡を狙うのは伊豆と駿河を分断しようとするからよ。山中城がこちらに有れば興国寺、沼津、長久保と連携して徳川を防ぐ事が出来る。そうなれば徳川が攻めてきても簡単には駿東郡は奪えぬ。伊豆も安定する」

皆の意見に御屋形様が頷く。

「皆の言う事、道理と思う。では興国寺城、沼津城、長久保城、それに山中城を強化しよう。鉄砲と兵糧、それに兵を増強する。それで良いか?」

御屋形様の言葉に皆が頷いた。

「他に無いか?」

御屋形様が皆を見渡す。意見を出す者は居ない、それを見て御屋形様が頷かれた。

「無ければ私から皆に伝える事が有る。父上から文が届いた。それによれば九州の公方様が亡くなられたらしい」

シンとした。公方様が亡くなられた……。はて、あまり実感が湧かぬな。公方様も幕府も無きも同然、名前だけの存在であろう。皆も困惑したような表情をしている。

「本願寺の顕如に殺されたと書いてあった」

〝なんと!〟、〝まさか!〟、彼方此方《あちこち》から声が上がった。皆が驚愕している。当然だ、俺も信じられない。公方様が顕如に殺された?

「父上は公方様を上洛させようと飛鳥井の大伯父上を使者として交渉していたのだがその最中に起きたらしい。父上の文には公方様の死には些か疑念が有ると書いてあった」

「御屋形様、それは公方様は真は亡くなられていないという事でございますか？　何かの策略だと？」

勝三郎殿の言葉に御屋形様が首を横に振られた。

「いや、そうではない。公方様が亡くなられた事は間違いが無いらしい。父上が訝しんでいるのは何故顕如が公方様を殺したのかという事だ。誰かが顕如を使嗾したのではないか、だとすれば何が目的か。その辺りを訝しんでいる」

なるほど、確かに妙な話だ。何故顕如が公方様を殺す？

「こちらの情勢には関りは無いだろうが頭に入れておくようにとの事であった。皆も覚えておいて欲しい」

皆が頭を下げた。さて、公方様が弑されたとなると大殿も遠慮する必要が無くなったという事でも有る。九州攻めが始まるかもしれんな……。

禎兆元年（一五八一年）　十二月下旬　相模国足柄下郡小田原町　小田原城　酒井忠次

「甲斐には攻め込まなかったか……。ふむ、大膳大夫は存外に落ち着いているの。予想外の事であったわ」

殿が面白く無さそうに言うと一口白湯を飲んだ。小田原城の殿の部屋、膝を突き合わせるように向かい合っている。

「逸ると思いましたので？」

「まあの、……大膳大夫の周りに居るのは織田の家臣達じゃ。良い所を見せようとする。そう期待しても悪くは無かろう」

「殿はお人が悪い」

「馬鹿ぬかせ」

私が笑うと殿が睨んだ。だが直ぐに殿も笑った。

「まあちと虫の良い事を考えたかの」

悪戯っぽい表情を殿が浮かべた。

「かもしれませぬなあ」

二人でまた笑った。白湯を一口飲んだ。殿が表情を生真面目なものに変えた。

「左衛門尉、大膳大夫が無理をせぬのは案外自信が無いからかもしれぬぞ。そうは思わぬか？」

「なるほど、……しかし動きは速かったと思いますが」

殿が〝うむ〟と頷いた。

「そうだな、確かに速かった。些か予想外の速さであったわ。となると自信が無いとは言えぬかな……」

今度は自信無さげな表情だ。

「そう見た方が宜しゅうございましょう。甘く見るのは禁物にござる。……もっとも未だ若いですからな、慣れておらぬという事は有るかもしれませぬ」

殿が頷かれた。

「なるほど、経験が足りぬか」

「はい、それほど戦の場数は踏んではおりますまい。なれど織田の倅共とは少々出来が違うようでございますな」

「そうよな。三介の阿呆なら愚図って兵は出せまい。三七郎の阿呆なら遮二無二打ち掛かって来よう」

頷いていた殿が顔を顰めた。

「左衛門尉、あの二人と比べるのはちと酷かろう」

それもそうか、私が笑うと殿も笑い声を上げた。

「前内府様とも少々違いますな」

「うむ、親子でも戦振りは違うの。似ておらぬ」

前内府様はどちらかと言えば激しい戦をなされるお方だ。抑えるだけなどという緩い戦はなさるまい。

「普通は真似るものですが……」

「そうよな……」

「自分には同じ事は出来ぬと見切ったとなると厄介ですな。ゆっくりじっくりと来るやもしれませぬ」

私の言葉に殿が〝フン〟と鼻を鳴らした。益々面白くなさそうだ。

「前内府が儂の相手を任せるだけの力量は有るという事か」

「さあ、如何なものでしょうなあ。或いは殿に鍛えて貰おうとしているのかもしれませぬぞ」

殿がまた〝フン〟と鼻を鳴らした。

「兵力の多い相手に腰を据えられると厄介じゃ。面白くないの」

「はい」

渋い表情をしていた殿が不意に表情を緩めた。

「……左衛門尉、もうすぐ正月だな、餅をつかねばならぬ」

「左様ですな、気分を変えるのには良いかもしれませぬ」

「そうじゃの」


禎兆元年(一五八一年) 十二月下旬　相模国足柄下郡小田原町　小田原城　徳川家康

「入るぞ」

声を掛けて部屋の中に入ると奥が文を書いているところだった。こちらをちらと見たがそのまま文を書いている。気にせずに部屋に入って座った。暫くすると奥が筆を措いた。どうやら書き終わったらしい。

「誰に書いていたのだ?」

問い掛けると奥が嫣然《えんぜん》と笑った。

「三介にございます。如何しているかと」

「ふむ、心配か」

奥が声を上げて笑った。そして傍に控えていた女達に席を外すようにと命じた。女達が居なくなるともう一度笑い声を上げた。

「まさか、心配などしておりませぬ。未だ役に立つかもしれませぬからな、文を書いております。貴方様も心配している、だが徳川と朽木が敵対しているから直接文を書いては迷惑をかけかねぬので遠慮していると書いておきました」

「済まぬの、気を遣わせた」

また奥が嫣然と笑った。

「なんの、楽しんでおります。お気になさいますな」

〝ほほほほほ〟と軽やかに奥が笑う。

「ところで戦は思うようにいかなかったと聞きましたが？」

「うむ。朽木大膳大夫、未だ若いが血気に逸るという事は無いらしい。余り可愛気の有る男ではないらしいの」

奥が噴き出した。

「まあ、貴方様とて可愛気はございますまい。煮ても焼いても喰えぬお方にございましょう。違いましょうか？」

「おいおい、儂はそなたの亭主だぞ」

「褒めておりますのよ、頼もしいと」

「そうか」

奥がおかしそうに笑う。上手く誤魔化されたような気がしたが悪い気はしなかった。奥が儂を見ている。

「如何した？」

「いえ、余り落胆されていないと思ったのです」

「……」

「違いまして？」

ふむ、落胆していないか……。かもしれぬな、残念とは思っているが気落ちはしていないかもしれぬ。

「そうだな、自分の裁量で戦ったからかもしれぬな」

「……」

「誰かの指図で戦って負けたのなら腹が立つ。勝っても左程に嬉しくは無い。だが自分の裁量で戦ったのじゃ。勝てば嬉しいし負ければ次こそはと思える……」

奥が頷いた。

「左様でございますね。自分の意志で生きる。たとえ如何なろうと他人の道具として生きるよりはましにございます」

「そうだな」

儂も奥も織田殿の道具であった。役に立つ道具であっただろう。だが道具として認められたからと言って嬉しいわけではない。むしろ腹立たしさが増すだけだ。……だからかもしれぬな、織田殿に敵対したのは。

邪魔だと思われている、鬱陶しいと思われている。何時かは徳川を滅ぼそうとするかもしれぬ。そう思ったからあの男を殺した。だが本当はあの男の手が儂の頭を押さえようとするのが鬱陶しかったのかもしれぬ。だとすれば相手を邪魔だと思ったのは儂の方か、だからあの男は儂を鬱陶しいと思ったのかもしれぬな……。

不意におかしくなった、声を上げて笑った。已むを得ぬから殺したのではない、こうなる事を望んで殺したという事か……。

「生きるも死ぬも己次第よ。後悔はせぬわ、そうであろう、奥」

「はい」

二人で声を合わせて笑った。我らは自分の意志で生きているのだ。それこそが真の生よ……。織田の下で生きた事など仮初の生でしかない。朽木が徳川を拒絶した事にも不満は無い、望むところよ……。

## 武家の名門

近江日野の蒲生家は
俵藤太《たわらのとうた》の血を引く
武家の名門
俵藤太は平安中期の
退魔と武勇の
武将である
この俵藤太こと
平安貴族
藤原秀郷《ふじわらのひでさと》は
平将門《たいらのまさかど》討伐や
大百足《おおむかで》・百目鬼《どうめき》退治が
すこぶる有名
そんな蒲生氏に対して
Q.基綱はミーハー心を
くすぐられなかったの？
いや～～～
それはごもっとも
なんだけど
遠い目
初対面で
そんな余裕
なかったってゆーか
…ねえ
めっちゃ嫌われてたから…
ガルルルルル

高島四頭との会談時

## カステーラ

ス…
もっきゅ
もっきゅ
もっきゅ
もっきゅ
ず…

1コマ目に戻る

# コミカライズ出張版おまけまんが。

原作書籍も11巻!!

おめでとうございます!!

コミカライズはまだ原作書籍2巻を描いております。描きたいエピソードがたくさんで…! 精一杯がんばってゆきますので、どうぞ併せて応援よろしくお願い申し上げます!!

2021.6.××

もとむらえり

下野守定秀
蒲生三世代☆
イエーイ
子
左兵衛大夫賢秀
孫
忠三郎賦秀《やすひで》
（後の氏郷）

## こちらは 新作

殖産奉行・宮川又兵衛←
大殿～～～
新作の朽木製カステーラですぞ♡
ご賞味あれ♡
ぱくっ
ほうじ茶味か…!
舌ざわりも申しかない
うまいな
んまんま
…下野守が羨むほどの良い出来だな
フフ
今度墓前に供えてやるか…
まだまだ新作ありますぞ
これが抹茶味でこっちがシイタケ味で
それはちょっと

シイタケは聞いたことないよね…

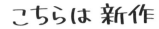

# あとがき

お久しぶりです、イスラーフィールです。

この度、「淡海乃海 水面が揺れる時～三英傑に嫌われた不運な男、朽木基綱の逆襲～ 十一」を御手にとって頂き有難うございます。

相変わらずコロナで自由にならない日々が続きますが皆様、如何お過ごしでしょうか？ ワクチン接種も進んでいると思います。もうしばらくの辛抱だと希望をもって頂きたいと思います。

この第十一巻で今年四冊目の書籍刊行となります。昨年は年間四冊の書籍刊行だったのですから今年は八月で去年に並んだことになります。うん、結構凄いですね。腱鞘炎になったりバネ指になったりと悪戦苦闘しておりますが順調なのだと自分を納得させております。

さて、第十一巻では足利幕府が滅びました。形骸化していた幕府がとうとう滅んだのです。幕府が滅んだ事で基綱の立場はより強まりました。朝廷、公家からは基綱に対して幕府を開けという声が高まりますがそれに対して基綱がどう対処するのか、どのような統治体制を選ぶのかが一つの焦点になります。また基綱の嫡男、弥五郎堅綱が関東方面の最高責任者として動き始めます。徳川家康に勝たなければなりません、また家臣達に自分を認めさせなければなりません。自分が強い、頼りになる人間なのだと証明しなければならないのです。これは父親の基綱も通った道です。息子の弥五郎堅綱はどのようにその道を歩くのか。堅綱が苦しみながら、躓きながらも懸命に独り立ちしようとする姿を見て頂きたいと思います。

今回もイラストを担当して下さったのは碧風羽様です。素敵なイラスト、本当に有難うございました。そしてTOブックスの皆様、色々と御配慮有難うございました。皆様の御協力のおかげで無事に第十一巻を世に送り出す事が出来ました。心から御礼を申し上げます。

最後にこの本を手に取って読んで下さった方に心から感謝を。本編第十二巻でまたお会い出来る事を楽しみにしています。

二〇二一年七月　イスラーフィール

# コミカライズ6話
# 試し読み

あふみのうみ
みなもがゆれるとき

杦本基綱
くつきもとつな

# 第六話

高島越中は
生きていた
死んだ馬の下敷きに
なったのを見た
家来たちが
越中本人が死んだと
思ったようだ

越中は殺したと
周囲には言ってあるが
生かしておいた
俺のため…
朽木のために
役に立ってもらおう

あれが高島越中？
生きていたのか

笑ってる…⁉
これからか？
これからが勝負なのか⁈
五郎衛門
猿轡《さるぐつわ》を外してやれ
はっ
ぷはっ
越中殿
ようも騙してくれたな

六角様は
今回の一件
何の関わりも
ないそうだ
お主に
六角の名を使われ
ひどくお怒りだそうな
永田たちも
お主に騙されたと
言っておるわ
違う!!
嘘だ!!
永田！
平井！
横山！
山崎！
お主ら俺を
裏切るのか!?

わかっているはずだぞ!!
今回の一件六角家からの依頼だということを!!
……
下野守《しもつけのかみ》殿!!
この越中を切り捨てるのか!
……
越中の言葉は事実だ
やはり六角が裏に居たか……
俺は朽木と戦いたくなかったのだ!
それを右京大夫《うきょうだゆう》様が無理やり
黙れ越中!!この期《ご》に及んで見苦しいぞ!!

お主の言うことなど誰も信じぬわ
お
俺は
五郎衛門
この騙《かた》り者を
向こうへ連れて行き
首を刎《は》ねよ
はっ
待て
俺は真実を
言うている!!
本当のことを言えば
助けてくれると
言ったではないか!!
竹若丸殿!!
騙り者にかける
情けはない!!

今回の一件 責めは 佐々木越中に あると 考えまする
越中めは 父の仇でも ござれば こちらで処断 致しまする
ご異存 ありませんな
コクリ
今回のこと あくまで高島七頭の 問題と存ずる
されば 永田殿 平井殿 横山殿 山崎殿 和睦は我らで詰め
兵部大輔様 蒲生様には 我らが和睦したとの 証人になって 頂きたいと思うが
如何《いかが》？

朽木の要望は
三つ
高島・田中の所領は
朽木の所領とすること
永田・平井・
横山・山崎は
謝罪証文を記すこと
今後
高島五頭の頭領は
朽木とし
揉め事は戦ではなく
話し合いで解決すること…
異議は
出なかった
熊野牛王符《くまのごおうふ》が
用意され
起請文が記された
永禄二年
二月下旬
観音寺《かんのんじ》城
(六角氏の居城)
高島郡

蒲生《がもう》下野守《しもつけのかみ》
後藤《ごとう》但馬守《たじまのかみ》
進藤《しんどう》山城守《やましろのかみ》
三雲《みくも》対馬守《つしまのかみ》
目賀田《めがた》次郎左衛門尉《じろうざえもんのじょう》
平井《ひらい》加賀守《かがのかみ》
揃うたようじゃ
対馬 頼む

高島郡の
永田 平井 横山 山崎が
城を捨てて逃げ申した
ざわ…
連中の領地は
朽木の手の者が
押さえており申す
それは…
朽木が彼らを
攻めた
ということかな？
そうではない
朽木は
攻めておらん
連中が自ら
城を捨てて
逐電《ちくでん》した
その後で朽木が
領地を押さえた
ということだ

儂の元に
朽木から
書状が届いた
『永田 平井
横山 山崎が
城を捨てて逃げた』
『このまま
放置すれば
良からぬ者に
悪用されかねぬ』
『高島五頭の
頭領として
放置はできぬことと考え
接収した』
『ご理解頂きたい』
と書いてある
まさかと思い
対馬に調べ
させたのだが……
………
先日の
和議でござるが
帰路
あの四人は
何者かに
襲われて
おり申す

襲われた…
……朽木か？
いいや
朽木は助けたほうにござる
その際のことでござるが
助けた者が『主の命にて助けた』と言ったとか
『朽木領内で殺されては朽木の所為《せい》にされかねぬ』
『迷惑だ』と
では誰が…？
まさか…
儂ではないぞ

いや 疑うでしょ…
元々 揉め事を 起こすだけの 方針 だったのに
若殿が 戦に変えるって 強硬に 主張したから だしさ～…
失敗した連中を 始末しようと したのかって 思うじゃん…
あの四人は 六角が襲った 口封じに 動いたと見た …ということか
この先 六角家に 属していても 潰されるだけ
かといって 他に縋る 所もなし
だから 城を捨てて 逃げた……
領地を捨てて 命を守ったと いうことか…
臆病とは謗《そし》れぬ
いずれも 一万石に満たぬ 国人領主 六角家を相手に 戦はできぬ
…では誰が？

朽木であろうな
朽木？……では自作自演と申されるか
あの和睦妙にこちらに都合よく運ぶと思ったわ
あの小童こちらを油断させると同時にあの四人に朽木に敵意はないと思わせたのよ
和睦を行ったのも最初からこれが狙いであろう
ダーンッ!
今頃は高笑いをしておろうな
某《それがし》も同感でござる
彼らの領内では戦の前から将軍家や六角家に潰されるという噂が流れていたようにござる

襲われた時まず頭に浮かんだのは六角家が口封じに動いたということでござろう
父上!!
朽木を攻めましょう!!
朽木を疑うことはせぬの
ましてや助けたのが朽木となれば……
ならぬ
だいたい理由があるまい

朽木は六角の領地を奪っております!!
理由にならぬわ
朽木は捨てたものを拾っただけぞ
それに今朽木を攻めれば全ては六角が絵を描いたと言われかねぬ
越中が生きているとは思わぬのか
しかし
若殿お控えなされ
ギリ……

朽木は潰さぬ
活かして使ってこそ旨味があろう

対馬
朽木が調略を
使うことはわかった
なかなかの腕前よ
だが手足になる者が
いるはずじゃ
いったい
何者か？
わかりませぬ
…ですが
甲賀 伊賀では
ございませぬ
では
流れ者か？
とも
思えませぬ
少々手際が
良すぎまする
ふむ
…気に入らぬ
今後の
事もある
調べよ
はっ

少々朽木を甘く見たようじゃ なかなか手強い
焦らず ゆっくりと 行くとしよう
そのように不満顔をするな右衛門督《うえもんのかみ》
なに 釣りと同じよ
大物なればこそ 手繰り寄せるのには時がかかる

だが
釣り上げれば
その分だけ嬉しい
そうであろう

永禄二年
三月上旬
清水山城
兄上

このような所で如何《いかが》なされました
湖《うみ》を見ておられたようだが
うむ湖を見ていた
朽木では見られぬ風景よ
湖がこれほどまでに美しいとは思わなんだわ
なるほど
まさかこの風景を好きな時に好きなだけ見ることができるとは……
兄上…殿がやりましたな
うむ残り四家も残らず喰いおった
竹若丸は悪よ

だが
悪でなければ
この乱世
大を成せぬ
……蔵人《くらんど》
そなた何故
ここに？
やれやれ
ようやく
その問いが
出たか
殿より
話があると
呼ばれましてな
それは
いかぬの
今は主殿《とのも》が
殿のお傍に居ります
悔れの事を
話しておりましょう
兄上
これからどうなると
お考えか

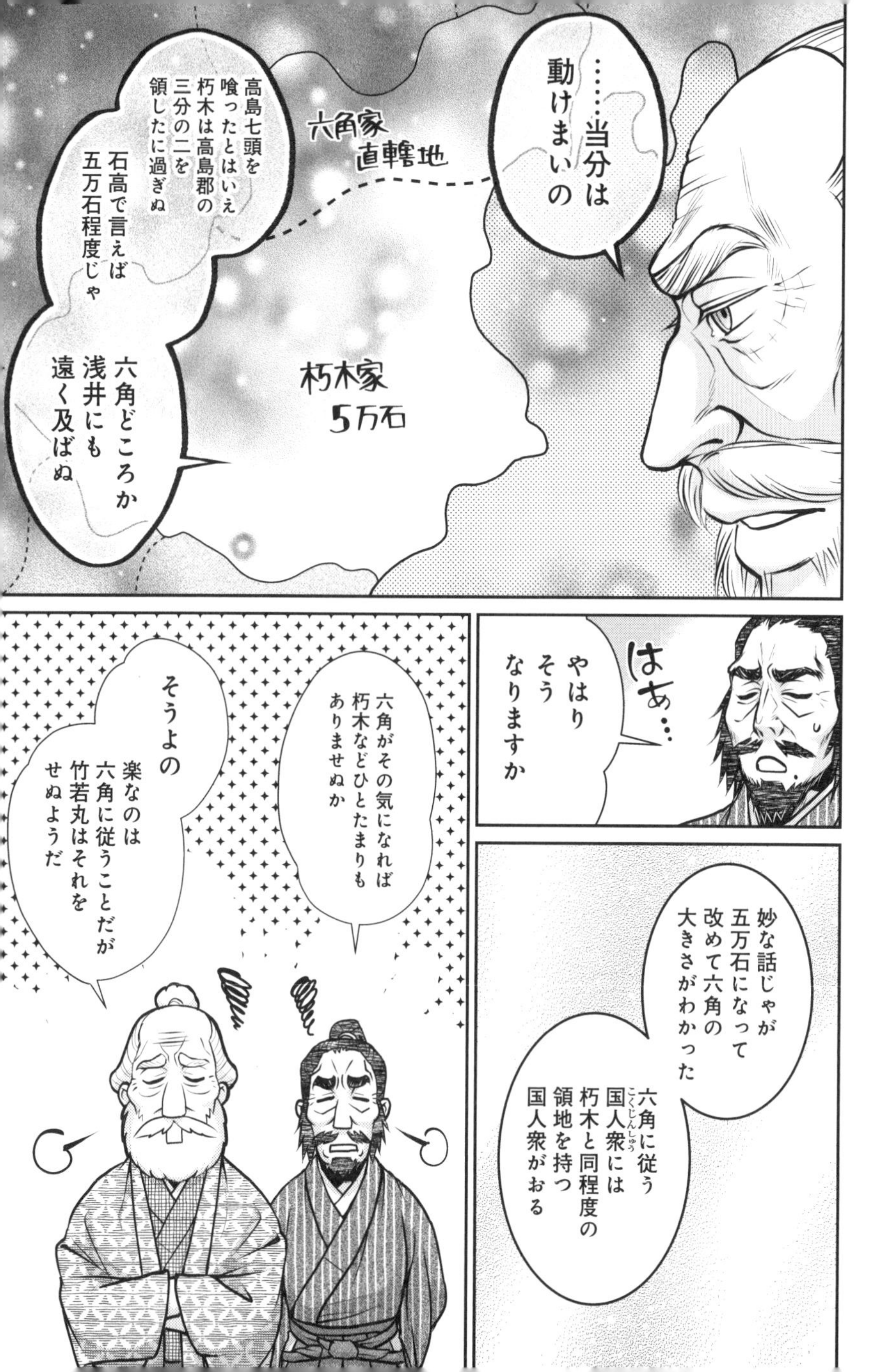
……当分は動けまいの
高島七頭を喰ったとはいえ朽木は高島郡の三分の二を領したに過ぎぬ
石高で言えば五万石程度じゃ
六角どころか浅井にも遠く及ばぬ
六角家直轄地
朽木家5万石
はあ…
やはりそうなりますか
妙な話じゃが五万石になって改めて六角の大きさがわかった
六角に従う国人衆《こくじんしゅう》には朽木と同程度の領地を持つ国人衆がおる
六角がその気になれば朽木などひとたまりもありませぬか
そうよの
楽なのは六角に従うことだが竹若丸はそれをせぬようだ

主には不足とでも見たかもしれん
なんとも不遜なことで
全くだ
竹若丸の部屋
済まぬの
手間をかけさせたようじゃ
構わぬ 何処に居るかはわかるからな
御爺はあの場所が余程に気に入ったとみえる
フフフ

父上
梅丸が頻《しき》りに元服をとせがむそうでござる
蔵人の息子 梅丸の父
朽木《くつき》主殿《とのも》惟安《これやす》
元服かちと早い様な気もするが……
殿も反対のようでござる
当分元服はさせぬ
今元服させても碌なことにはならん
先日のあれで戦とは楽に勝てるものだと思ったらしい
算勘 兵学 農政 諸国の情勢 京の公家のこと…
梅丸にはもっと色々なことを学んで貰わねば……

厳しいの
俺は梅丸に槍働きだけの男にはなって欲しくないのだ
今は無理でも十年後二十年後には俺の代理が務まるくらいになって貰わなければ……
殿の代理
それは厳しい
冗談ではないぞ主殿
朽木は親族衆が弱いのだ
俺と同年代と言えば梅丸しかおらぬ
確かに…
親族と言えば私と息子の主殿と孫の梅丸しかいない

御隠居様 幕府に出仕している四人の御子息の内どなたかお戻しなされては？
そうじゃの 一度話してみるか
長男 晴綱(故)
二男 藤綱
三男 成綱
四男 直綱
五男 輝孝
殿は如何《いかが》お考えです？
………
……戻ったとして叔父上たちは俺の命に素直に従うかな？
………!!
心配は要らぬ
たとえ若かろうとお前は朽木家の当主だ
それも理解できぬような愚か者はたとえ血が繋がっていようと朽木の者ではない
朽木の家から追放するまでよ

わかった
では俺から朽木に戻ってくれと手紙を書く…俺を助けてくれと
御爺も書いてくれ
うむ
して
今日我ら親子を呼ばれた訳は?
俺は居城を清水山に移す
新たな領地を治めるには朽木では不便だ
高島郡
朽木城には主殿…そなたが西山の城主で朽木城の城代となってくれ
大叔父上には船木城に入ってもらう
西山城
清水山城
朽木城
安曇川
船木城
殿
我ら親子で三つの城を預かることになりますぞ
……!!

已むを得ぬことだ
朽木は滅多な者に預けられん
あそこは京にも近くいざという時の避難場所になる
それに鉄砲 刀鍛冶 硫黄 炭 硝石…全てが揃っている
朽木が大きくなるためには大事な場所だ
硝石?
御爺

西山で硝石を作っている
俺が大叔父上と主殿に命じた
もう四年になろう …もうすぐできるはずだ
御爺に言わなんだのは岩神館のことがあったからだ
……御爺に隠し事をした
済まぬ
この通りだ

クフ
儂に隠し事をするとは
やはりお前は悪じゃのう竹若丸
頼もしい限りじゃ
……謝ることはない謝るのは儂のほうよ
そなたにはずいぶんと苦労をさせてしまった
御爺……
京に公方様を戻すことができたのはそなたの力量があればこそじゃ
感謝しておる
……済まぬ
らしくないのう竹若丸
わっはっはっはっは
それで船木城はどうなのじゃ

船木城は
安曇川の河口を
押さえる城
そして
いざという時は
清水山への
詰めの城になる
こちらも
滅多な者には
預けられん
それゆえ
大叔父上に
頼むことにした
なるほどの
清水山と船木では
椎茸 鉄砲 刀
澄み酒を
造るつもりだ
それと大叔父上
船木でも硝石を
作って欲しい
承知しました
俺はこれからも
硝石を買い続ける
つもりだ
硝石を
作っていると
知られたく
ないからな
買い付けは
主殿に頼む
大量に買うことはない
適当に買ってくれ
朽木が硝石を
買っていることが
大事なのだ
はっ
…済まぬな
主殿
そなたには
地味な仕事
ばかりさせる
ことになる

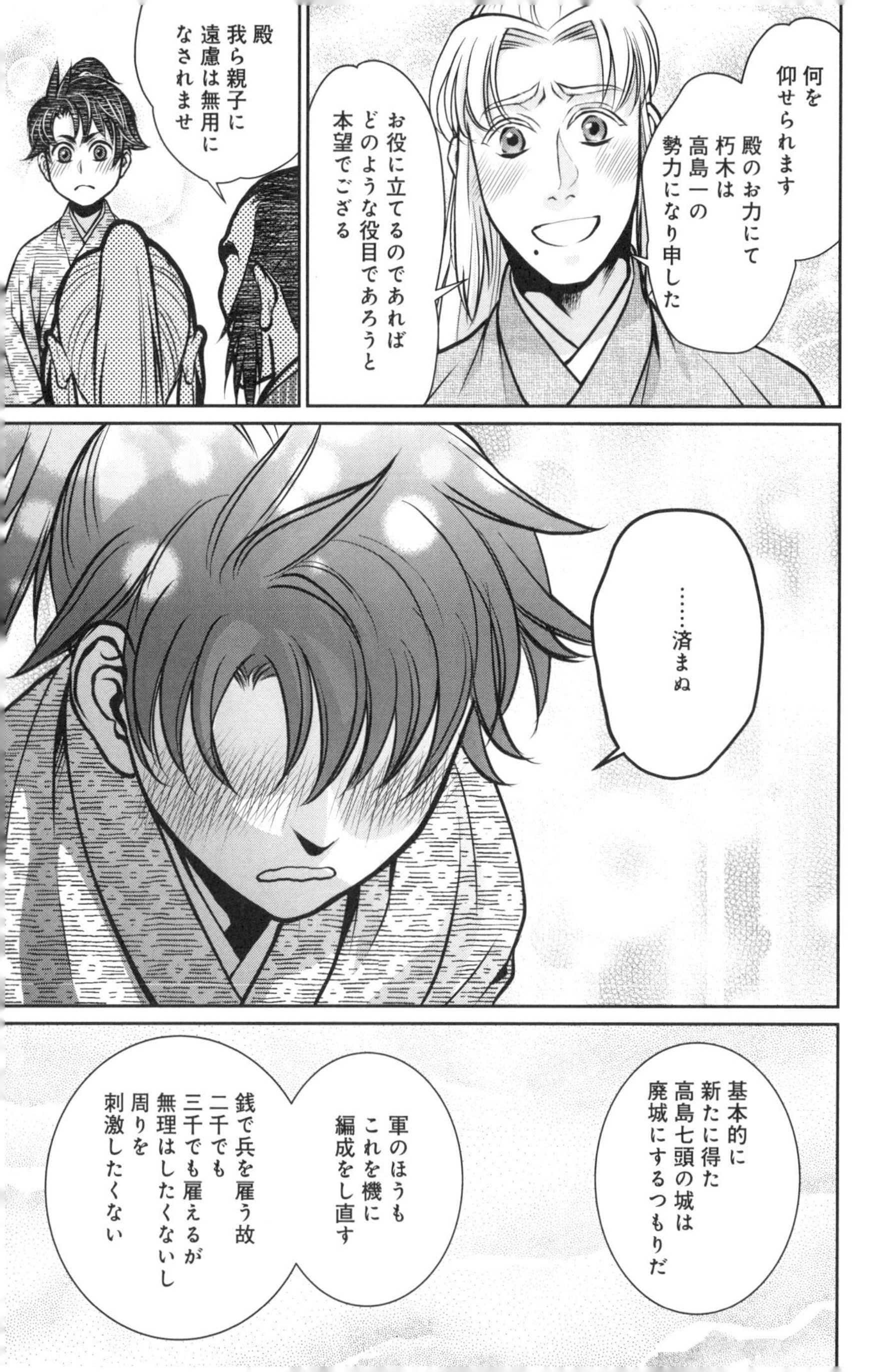
何を仰せられます 殿のお力にて 朽木は 高島一の 勢力になり申した
お役に立てるのであれば どのような役目であろうと 本望でござる
殿 我ら親子に 遠慮は無用に なされませ
……済まぬ
基本的に 新たに得た 高島七頭の城は 廃城にするつもりだ
軍のほうも これを機に 編成をし直す
銭で兵を雇う故 二千でも 三千でも雇えるが 無理はしたくないし 周りを 刺激したくない

朽木の兵力は千六百
外に出せるのは千にするつもりだ
千六百…
改めて…朽木は大きくなった…
五郎衛門は鉄砲隊から外す
ほう外すのか？
五郎衛門には副将として俺の傍に居てもらう
兵の動かし方を教わらねばどうにもならん

年内に形を整え来年には外に出せるようにするつもりだ
鉄砲隊も増強する…三百は欲しい
だから準備を急がざるを得ん
急いでいるの何かあるのか？
ある
若狭が不安定だ
それに朽木が千の兵を出せることを京の公方様や三好が如何思うか…
何を引き起こすのか俺にはさっぱりわからん
永禄二年二月
織田信長《おだのぶなが》が上洛した
朽木に来たがっていたが戦争中だったので南近江を通って尾張に戻ったようだ
残念だ…出来れば会いたかった

同じく二月
長尾景虎《ながおかげとら》の
上洛も
本決まりになり
四月に
上洛した
関東管領
就任の許可と
従四位下
近衛少将就任か
義輝も朝廷も
景虎には
期待して
いるんだろう
でもなあ
帰りは
まっすぐ
越後へ
帰れよ…！
『夏頃に
越後に
帰るから
その時に
会いたい』とか
止めて
欲しいわ…！
あいつ酒癖
悪いからな
だがこれで
今年が西暦
一五五九年だ
ってことがわかった

来年は一五六〇年…忙しくなる
桶狭間《おけはざま》の戦いが起こり近江でも野良田《のらだ》の戦いが起きる
朽木もどうなるかわからない
取り敢えず領内をひとつに纏め軍備を整え…
綿花の栽培関の廃止…
税の軽減で経済を活性化させるくらいしか現状ではできることはない

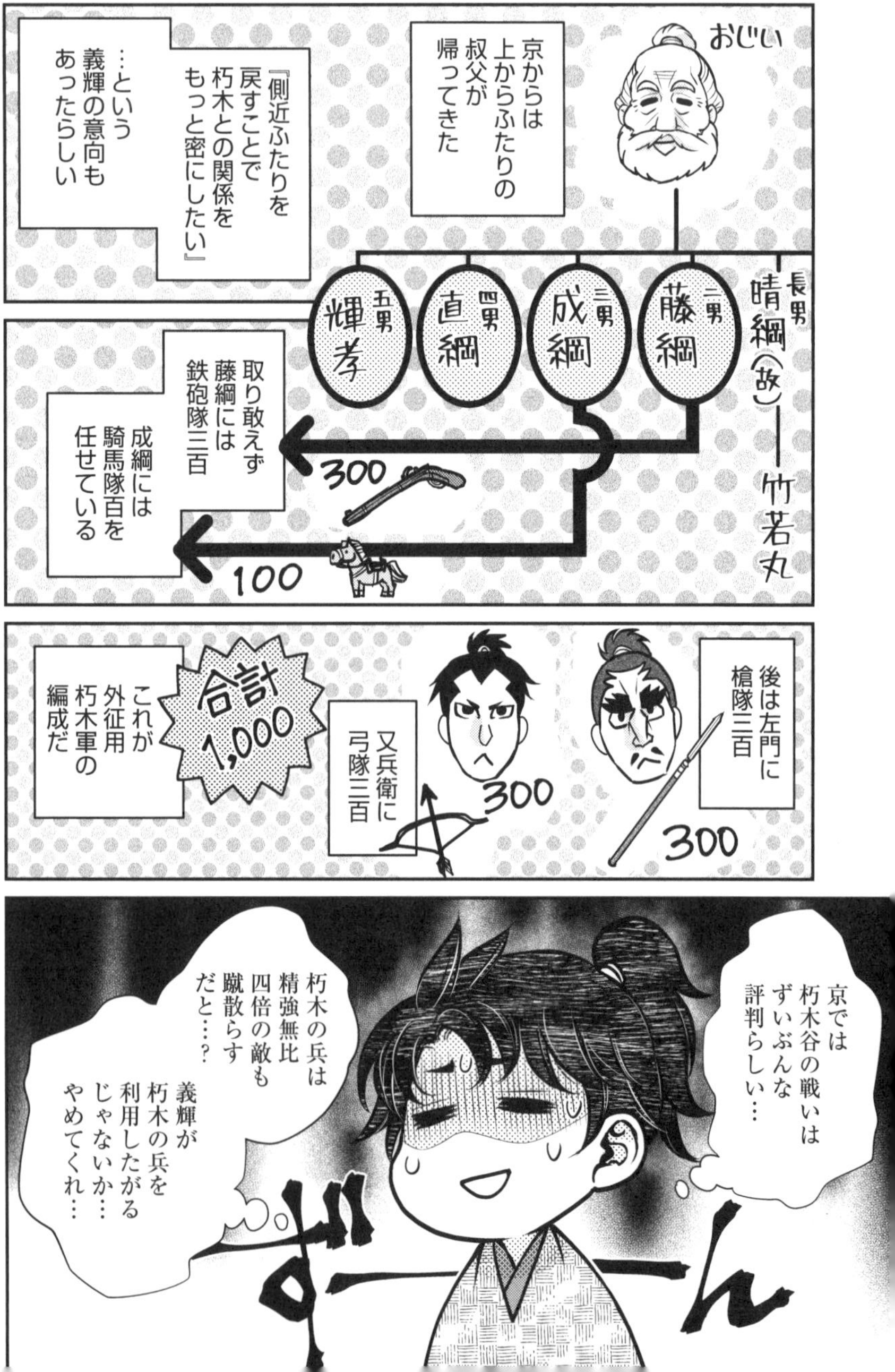
おじい
京からは上からふたりの叔父が帰ってきた
『側近ふたりを戻すことで朽木との関係をもっと密にしたい』
…という義輝の意向もあったらしい
長男 晴綱(故)
竹若丸
二男 藤綱
三男 成綱
四男 直綱
五男 輝孝
取り敢えず藤綱には鉄砲隊三百
成綱には騎馬隊百を任せている
300
100
後は左門に槍隊三百
300
又兵衛に弓隊三百
300
合計1,000
これが外征用朽木軍の編成だ
京では朽木谷の戦いはずいぶんな評判らしい…
朽木の兵は精強無比四倍の敵も蹴散らすだと…？
義輝が朽木の兵を利用したがるじゃないか…やめてくれ…
ずーん

全く碌なことがない
最近甲賀者と思われる者が朽木領を徘徊して居ります
六角は我ら八門の存在を探ろうとしている様です
加えて高島越中の生存と居場所を探しているのかも知れませぬ
どっちも有りそうな事だな…
大丈夫か??八門…
ご心配には及びませぬ
甲賀者に尻尾を掴まれるほど未熟ではございませぬゆえ
ちなみに高島越中だが
今は密かに八門に匿われ駿府で八門の仕事である米の売買をしている
元々金が大好きな男だから商売に向いていたらしい
武田・北条・今川相手に阿漕《あこぎ》に金を搾り取っている様だ

親の仇でもあるが生き証人でもある
殺すことはできない
うははは
いいなあ
俺もそっちの道に進みたくなるよ…
永禄二年 八月下旬 清水山城
遅くなりましたが心よりお慶び申し上げまする
公方様より近衛少将へのご就任…そして関東管領職へのご就任のお許しを得たと聞きました

いやいや
竹若丸殿に
そのように祝われては
恥ずかしゅうござる
竹若丸殿の
朝廷への忠義
そして将軍家と
三好との和睦…
誠に見事なお働き
ご献身
某など遠く
及ぶところでは
ござらぬ
そのようなことは
ござりませぬ
山内上杉家が
少将様を
頼られましたのも
少将様のお力と
お人柄を
信頼すればこその
ことで
ござりましょう

その方ら
暫時席《ざんじ》を外せ
────!!

[著]
イスラーフィール
[絵]
碧風羽《みどりふう》
最新第十二巻
2021年12月20日
発売予定!

淡海乃海《あふみのうみ》
水面が揺れる時《みなもがゆれるとき》
［漫画］もとむらえり
［原作］イスラーフィール
［キャラクター原案］碧風羽《みどりふう》
次なる敵は朝倉!!
狙うは敦賀の湊《みなと》!!
最新⑥巻好評発売中！
http://seiga.nicovideo.jp/manga/official/tocomics/

羽林、乱世を翔る
「うりん、らんせをかける」
～異伝 淡海乃海～
いてん あふみのうみ
［漫画］藤科遥市《ふじしなはるいち》
［原作］イスラーフィール
［キャラクター原案］碧風羽《みどりふう》
「あの童《わらべ》斬るべきぞ」
公家になった元綱が知略と話術で大名を翻弄する！
淡海乃海 外伝、待望のコミカライズ！
comic コロナ CORONA TOcomics
第①巻好評発売中！
詳細はTOブックスが贈るWEBコミックcomicコロナにて！

インストア
ッズ続々!
香月美夜
書き下ろしドラマCD用SS付き!!
椎名優
描き下ろしジャケットイラスト!
2021年
8月10日
第五部 女神の化身VI
と同時発売!
本好きの下剋上
司書になるためには
手段を選んでいられません
ドラマCD 6
香月美夜
イラスト:
椎名 優

ふぁんぶっく1～5
ドラマCD 1～5
TOブックスオンラ
限定グ
TVアニメ&新キャストでお届け！
ローゼマイン：井口裕香
フェルディナンド：速水奨
ルッツ：田村睦心
トゥーリ：中島愛
ジルヴェスター：井上和彦
カルステッド
／イマヌエル：森川智之
ヴィルフリート：寺崎裕香
シャルロッテ
／ヒルデブラント：本渡楓
コルネリウス／アナスタージウス：山下誠一郎
ハルトムート：内田雄馬
ダームエル：梅原裕一郎
ハンネローレ：諸星すみれ
ブリュンヒルデ
／リーゼレータ：石見舞菜香
ソランジュ：宮沢きよこ
ラオブルート：関俊彦
ディートリンデ：潘めぐみ
エルヴィーラ：井上喜久子
原作公式HP
http://www.tobooks.jp/booklove
またはTOブックスオンラインストア
https://tobooks.shop-pro.jp
Illustrated by You Shiina

広がる
第二部
本のためなら
巫女になる！ V
漫画：鈴華
新刊、続々発売中！
第三部
領地に本を
広げよう！ IV
漫画：波野涼
本好きの下剋上
公式コミックアンソロジー ⑦巻
本好きの下剋上　コミカライズ
第四部 貴族院の図書館を救いたい！ ②巻

いや 他に考えることがあるだろ…
王室のご飯が食べられるんですか!?
護衛仕事《バイト》を邪魔するなら暗殺教団も返り討ちです！

水属性の魔法使い
第一部　中央諸国編Ⅲ
公国で請けた依頼は——王子の影武者!?
涼が国々の争乱の渦中へ飛び込む第3巻!
第3巻
2021年
冬
発売予定
!!!
4巻も
制作決定
!!!

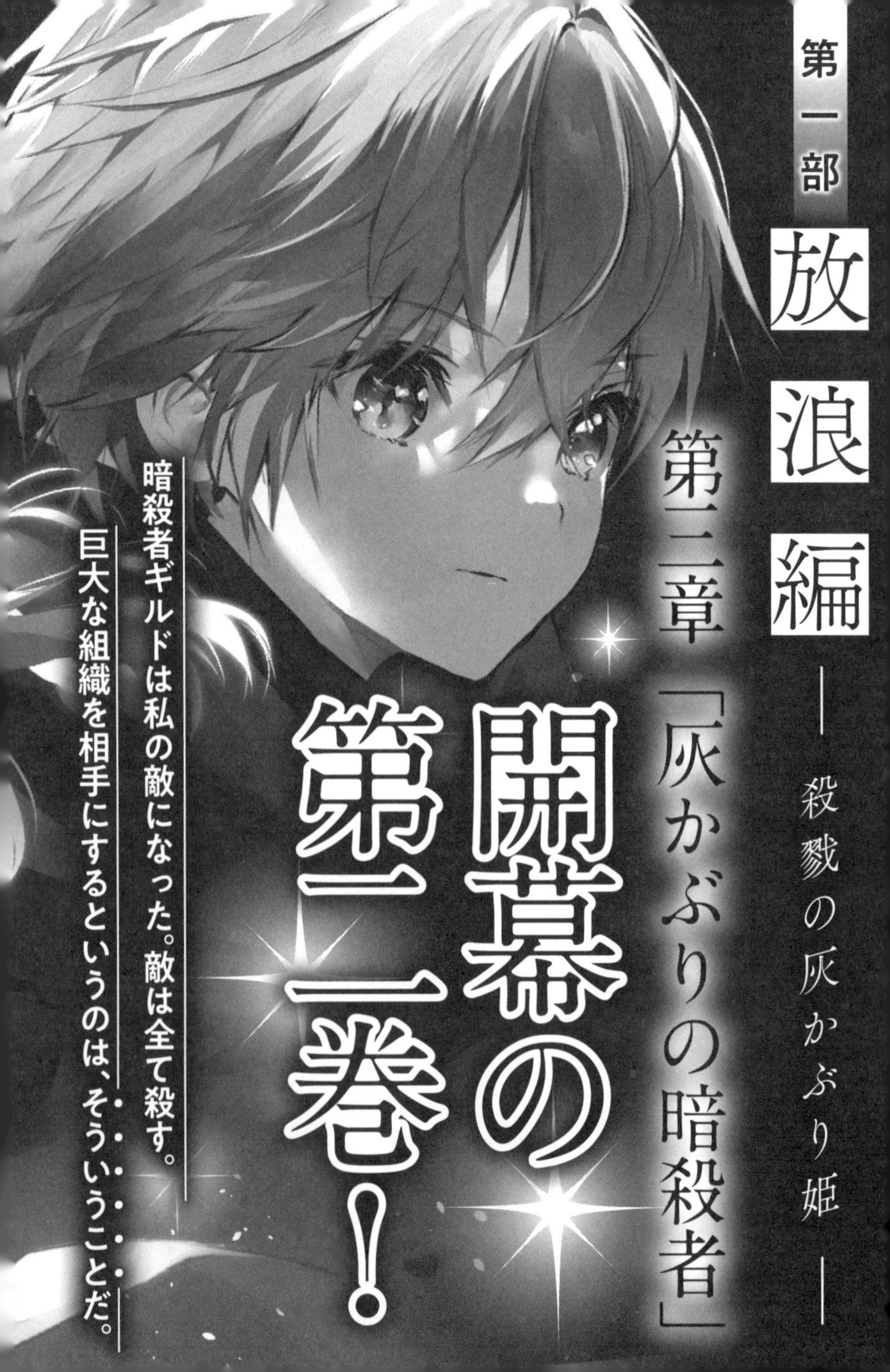
第一部
放浪編
―殺戮の灰かぶり姫―
第二章「灰かぶりの暗殺者」
開幕の第二巻！
暗殺者ギルドは私の敵になった。敵は全て殺す。
巨大な組織を相手にするというのは、そういうことだ。